［英］伊夫林·沃

（Evelyn Waugh，1903—1966）

↑ 这幅著名的伊夫林·沃在牛津莫德林桥上的照片，
在多本传记中出现过，甚至充当过封面。摄于1925年，
这时他已经离开牛津，在阿斯顿·克林顿的一所中学
任教。他将这幅照片当作明信片寄给了他的母亲

↑ 全家福（左至右）：玛格丽特、哈里耶特、伊夫林、
奥伯龙、劳拉、特蕾莎、詹姆士、塞普蒂默斯

↑　伊夫林·沃在蔻蒙·弗洛瑞家中的书房
↑　伊夫林·沃位于蔻蒙·弗洛瑞的家

↑ BBC 名人访谈节目《面对面》，伊
夫林·沃接受约翰·弗雷曼采访录制
现场

↑ 出版商 CHAPMAN & HALL 赠送
给伊夫林·沃的礼物：由著名错视画
艺术家马丁·巴斯特比用代表伊夫
林·沃作品的元素制作的错视画艺术
品

↑ 德文郡公爵夫人与伊夫林·沃在书
商福伊尔为沃的新书《吉尔伯特·平
福尔德的折磨》举行的发布会上

目 录

不被征服的野蛮［译序］

1928 年 5 月，《泰晤士报文学副刊》①刊发了一篇长长的书评，评论一部新出版的但丁·罗塞蒂②传记。书评显然不看好那位年方 24 岁，名不见经传的传记作家"伊夫林·沃小姐"（Ms. Evelyn Waugh）。

这一称呼上的错误，在这篇书评刊出后不久，便将永不会有人再犯。

因为，仅仅几个月之后，伊夫林·沃便成为英国家喻户晓的名字。而引发伦敦文学界这场轰动的不是那部罗塞蒂传记，而是讽刺小说《衰亡》（*Decline and Fall*）——英国文学史上毫无疑问的一部幽默杰作。

---

① 《泰晤士报文学副刊》（*The Times Literary Supplement*），简称 TLS，最初以《泰晤士报文学增刊》的形式出现于 1902 年，后于 1914 年成为单独出版的文学周刊。其作者群中有很多著名作家，包括 T.S.艾略特、亨利·詹姆斯、弗吉尼亚·伍尔芙等。（本书注释，若无特别说明，均为译注。）
② 但丁·罗塞蒂，又译作丹蒂·加百利·罗塞蒂（Dante Gabriel Rossetti, 1828 年 5 月 12 日—1882 年 4 月 10 日），英国画家、诗人、插图画家和翻译家，是前拉斐尔派的创始人之一。

　　《衰亡》讲述了一个叫作保罗·潘尼费热尔的年轻人所经历的一系列不幸而怪诞的遭遇，充满了黑色幽默，残忍讽刺，以及令人难忘的人物。通过这本书的出版，一位20世纪最为人知也是最优秀的小说家之一，开创了自己的职业生涯。它比同时代任何其他小说都更体现出漫画般的小说形式在20世纪20年代文学中的回归，它提供了对待战后世界的价值崩溃和秩序混乱的最理想方式。

　　从小说一开始，读者就能感觉到，书中有两种对立的情绪贯穿：顽童的胡闹和道德家的捍卫。令人兴奋捧腹的荒诞不经、顽皮滑稽的故事，被隐藏在字里行间的道德家暗中调遣，使得情节的推进和人物的命运，都是对作者所认同的那个文明价值的捍卫。

　　尽管作者自己站在秩序这一方，却又忍不住被对立面的无序和混乱所带来的精彩所吸引。那在诺亚和洪水之前就存在的，从来就没有被击败过，也许永远也不会消失的野蛮，就像这个故事里及时行乐、自我放纵，却好似获得了永生的格莱姆斯上尉。格莱姆斯与自己身上的原始的人性和谐相处，用今天的话说，他从不纠结，不对自己进行任何道德审判，他的快乐来源就是"去做我想做的"。正是在这样的"不纠结"中，格莱姆斯获得了一种奇异的、能让自己"站起来"的力量，他就是人类文明史上"永远没有被击败过的野蛮"的象征，有着诱人的生命力。他的混乱顽皮，都会让人忍不住去喜欢他，认同他。就像佩特在《文艺复兴》一书中所分析的蒙娜丽莎一样，是新异教徒的典型。

　　书中有一段关于格莱姆斯的人生总结，几乎就是一幅描述野蛮人历史的漫画，在一连串的"死亡"事件中，他无一例外地活了过来。在无序的偶然之中游刃自如，展示了什么是不朽，什么是蛮荒生命力。在沃的眼里，历史就是秩序和野蛮的厮杀，永无结果，直到他这个天主教徒眼里的"最后的号角"。但是我们在《衰亡》一书中看到的历史，是野蛮的胜利，以及秩序的肤浅、虚伪和衰亡。

《衰亡》荒诞离奇的情节，将主人公保罗在令人眩晕的旋涡中抛掷。从牛津到威尔士北部阴暗潮湿的赫兰勒巴公学，再到伦敦梅费尔区的上流圈，再到埃格顿荒原的犯人流放点，最后回到他出发的原点——牛津，变身为自己的远房堂弟，做回故事开头时那个老实巴交的神学院学生。追随保罗这一趟离奇遭遇，精英教育体制、英国教会、上流社会、法制体系、政治和政客、刑法系统，以及 19 世纪观念里的绅士，无一幸免被伊夫林·沃不动声色地讽刺了个遍。

透过他敏锐观察所带来的不羁而残忍的讽刺，创造出一个荒诞而自成一统的虚拟宇宙，处处魔幻，却处处让人觉得熟悉。没有人逃过了他审视的眼睛，尤其是代表着伟大光荣正确的精英阶层，他们的造型是高举酒杯，用精巧词汇说出来的话全都带着醉意。小说一开场就直击主题，在那低调却才华横溢的序幕中，牛津大学的两名学术小官僚藏在暗处；与此同时，是由贵族子弟组成的布灵吉尔俱乐部（真实生活中的布灵顿俱乐部，传说中卡梅隆首相玩猪的场合）正在进行的年度晚宴，完全失控的骚乱中，展现的当时英国社会未来国家栋梁的无与伦比的野蛮。而担负着塑造和教育栋梁之重任的最高学府的官员，因为"高级职员休息厅的地窖里，有些昂贵的波特酒，只有在学院罚金数目达到了五十镑时才会被送上来"，而在祈祷"哦，主啊，请让他们去冲击教堂吧"。

简朴而平凡的神学院学生保罗，一个典型的现代社会普通文明人，成为栋梁狂欢的受害者。他被他们脱光了衣服，不得不在牛津的学院方庭里裸奔而"有伤风化"之后被开除。这种"碰巧"，就是机会控制社会中的典型事件，下一个就是你，而后因为你仅仅是"不太重要的一个人"，而让其他所有人松一口气。

父母双亡的保罗，因失学的理由，又被监护人吞掉他父母留下的遗产，走投无路之下来到北威尔士一所公学赫兰勒巴城堡当老师。公学的校长和主人，是一位费根博士。费根这个名字绝非偶然。

伊夫林·沃的父亲亚瑟·沃，是著名的文学出版社查普曼与霍尔出版公司（Chapman & Hall）的董事总经理，这家公司最重要的作者是狄更斯。在父亲的影响下，沃从小熟读狄更斯。用《雾都孤儿》中教唆流浪儿童行窃的老骗子来比拟一位以教育家自居开办精英学校的老学究，其讽刺含义不言而喻。费根衣着讲究，沉迷于风格，重视"视野"大过实质，他那可怕的学校"建立在一种理想的基石之上"。这样一个炫耀的机会主义伪君子，就像他那模仿出来的领主庄园一样，呈现出两面，"取决于你从哪一侧来"。

在那有如监狱一般的赫兰勒巴城堡里，保罗遇到两位同事，一位是放纵享乐的格莱姆斯，另一位是恰恰相反的普伦德尔高斯特先生。这两位，一位遵从彻底的无序，一位遵从错误的秩序。保罗在格莱姆斯的无序和普伦德尔高斯特先生的错误的秩序之间摇摆，而其实什么是正确的秩序，他原本也从来没见过。他从气质上更接近黯淡乏味的普伦德尔高斯特先生，然而在这荒谬不经的新环境里，格莱姆斯那种颠覆性的影响，一下子让保罗找不着北，很快他便朝着无序的世界偏离了去。保罗与美丽富有的学生家长恋爱订婚，就在几乎要当上"上流社会新郎"的当天，以贩运白奴罪锒铛入狱。他在狱中忽然感到的轻松和自由，将特权即是锁链的关系又揭示出来。所以他刚刚还在心中自得的"今天在丽兹，明天在马赛，下一天又到科孚，再往后，整个世界都像一个大酒店，对他敞开大门"这种国际化的，世界都在我手中的自由感觉，恰恰将他引向了与自由相对的囚徒生活。从另一个角度来说，他其实从来就不曾动过，因为牛津、赫兰勒巴城堡，以及他几乎要成为主人的庄园大宅"国王的星期四"，这些代表了英国社会，尤其是精英社会的所在，通通都是无形的囚笼，正如书中戏谑地说："毕竟任何一个上过英国公学的人，在监狱里都会比别人感到更适应。"

如此的辛辣节中比比皆是。沃从整体上厌恶维多利亚文学中满带着感性情绪的幽默，他认为讽刺是不能带有对角色的同情或者共情成分的，因而整个19世纪的讽刺都太弱。前面说到的狄更斯，对他的影响当然是明显的，但是这个影响，用他自己的话说也仅仅局限在人物的塑造和对幻想情节的设计上，一旦狄更斯在小说中开始抒情，他马上就不耐烦读下去。他认为小说家的责任，仅仅在于创造角色，推进故事，所有的情绪、道德思考都应该留给读者自己去进行。没有了代替读者去思考这一层责任，小说家沃带给我们的阅读快感才能如此丰富而多层面，甚至激发出成年人内心深处的胡闹快感。在"国王的星期四"被拆毁时，在布灵吉尔公子哥们的骚乱聚会中，都有那么一层隐隐的难以抑制的兴奋，和破坏欲得到满足的快乐。相反，谭金特小爵爷的死，这种任何作家也不会放过的流露情感的机会，他却一笔带过。保罗那位白富美未婚妻的南美洲皮肉生意，招聘"女职员"时的门庭若市，他只字未提。但略有历史常识的读者都会知道，那时一战刚过，而一战是英国之殇，其死伤之惨重，造成一代剩女，号称十个中间只有一个嫁得出去。这种看似视若无睹的无情，只让现实的残忍双倍沉重。这是小说家的高明。

这种风格，也许中国读者会觉得似曾相识。欧洲的一些比较文学学者认为，钱钟书留学英国期间，正是《衰亡》出版后几年，伊夫林·沃声名鹊起之时。《围城》之英式干冷讽刺，以及不动声色的有趣，深受《衰亡》的影响。这个说法肯定会有争议，但若知道有此一说，可以令熟悉《围城》的读者多出一个角度来欣赏本书，未尝不是一件值得一提的事。了解作家之间相互的借鉴影响，不为了分高下。伊夫林·沃自己说，他在这本书里借鉴了不少海明威笔下喝醉酒的人怎么讲话。

另外需要说明的是，沃在处理种族和阶层冲突时的写法，可能会令当今的读者感到不适。但若读者能留意到作品中对白人和上层社会的加倍不留情面，那些政治不正确也就算不上不正确了。

今年是伊夫林·沃去世50周年，尽管在英国，他名声赫赫，丘吉尔1928年给家人点名要这本"才华横溢，充满恶意讽刺（brilliantly malicious satire）"的书作为自己的圣诞礼物，而中国读者将之误称为"沃小姐"的可能性兴许还在。作为伊夫林·沃之"脑残粉"，对于漓江出版社沈东子先生主持出版沃的系列小说中文版一举，感激之情实难言表。

本书原著名为 *Decline and Fall*，得名于英国史学家爱德华·吉本历史巨作《罗马帝国衰亡史》(*The History of the Decline and Fall of the Roman Empire*, by Edward Gibbon)，所以中文译名几番纠结之后，还是决定遵从原著取名之原则来相应提取，是为《衰亡》。

黑　爪

2016 年 12 月

献给

哈罗德·阿克顿①

带着敬意和爱意

① 哈罗德·阿克顿爵士（Sir Harold Mario Mitchell Acton CBE, 1904—1994），英国作家，学者。阿克顿出生于意大利弗洛伦萨附近一户名门世家，父亲是一位成功的艺术品收藏家及商人，其家族名人包括历史学家阿克顿勋爵，以及费迪南多四世治下的那不勒斯首相约翰·阿克顿爵士。
阿克顿于1918年进入伊顿公学，同期的同学包括乔治·奥维尔、布莱恩·霍华德，以及安东尼·鲍威尔。阿克顿是伊顿艺术社区发起会员之一。1923年10月，哈罗德进入牛津大学基督堂学院攻读现代经学（Modern Greats），并联合发起了先锋派杂志《牛津扫帚》（*The Oxford Broom*）。在这期间，他以及圈子里的其他朋友，受到英国战前文学的极大影响。他于20世纪20年代，与伊夫林·沃交往密切。他在1948年的回忆录中写道："也许……我通过这个献词而被人所知，远超过通过我自己的任何作品。"此外，伊夫林·沃承认，其发表于1945年的小说《布园重访》中的角色安东尼·布兰奇在很大程度上受到阿克顿的启发。

序幕　母校

　　初等学监史尼格斯[①]先生，和学院宿舍的会计帕索斯维特先生，两人坐在史尼格斯先生那间俯瞰斯贡学院[②]的花园方庭的房间里。从相隔两个楼梯以外的阿拉斯代尔·狄格比-韦恩-特朗品敦爵士的住处，传来古怪的咆哮声和玻璃被打碎的声音。那天晚上，斯贡学院的高级职员中只有他们俩留在学院里。布灵吉尔俱乐部[③]的年度晚宴在这一天举行，其他人全都分散跑去了野猪山[④]、牛津北部一带，要么是在参加狂欢不羁的派对，要么是在稍微体面一些的俱乐部里，或者是学者社区的聚会上。因为这个布灵吉尔晚宴，对学院里的管理人员来说，是一年一度最头疼的时间。

　　称它为年度事件其实并不准确，因为每一次聚会后，它时常会暂停好几年。布灵吉尔来头可不小，它过去的会员中，国王都能数

---

① 史尼格斯（Sniggs），作者发明的姓氏。
② 斯贡学院（Scone College），这个虚构的牛津大学学院名字，曾出现在不止一部小说中。
③ 布灵吉尔俱乐部（Bollinger Club），虚构的俱乐部名字，暗指著名的布灵顿俱乐部（Bullingdon Club）。布灵顿是牛津大学的一个学生餐饮俱乐部，1789年成立之初为板球和狩猎俱乐部，因其会员在酒精作用下的喧闹和破坏性闻名。英国诸多政界要人出自此俱乐部。
④ 野猪山（Boar's Hill），牛津西南面三英里左右一个山坡旁边的小村子，风景优美，有许多文人在那里住过。

出好多个。在上一次晚宴上，那还是三年前，一只狐狸被装在笼子里带进来，最后生生被香槟瓶子砸死。那是怎样的一个夜晚啊！今天是自那以后的第一次，老会员们从欧洲各地纷至沓来。两天里，他们像洪水一样涌入牛津校园：从流放别墅里来的像得了癫痫病一般的皇室成员，衰败的乡村庄园里来的野蛮贵族，大使馆或领事馆里来的趣味不明但漂亮舒展的青年，高地上那些湿漉漉的花岗岩洞穴里钻出来的文盲领主，还有从伦敦社交季那些新出道的闺秀对他们高歌猛进追逐中逃离出来的野心勃勃的律师、保守党候选人。所有这些人，每一个都挂着响亮的名字和头衔，来参加这个聚会。

"罚金！"史尼格斯先生说，一面用烟斗轻轻地蹭着鼻梁的一侧，"哦天哪！这一个晚上之后可以收到的罚金！"

高级职员休息厅的地窖里，有些昂贵的波特酒①，只有在学院罚金数目达到了五十镑时才会被送上来。

"我们至少可以有一个星期，"帕索斯维特先生说，"一个星期的创始人珍藏波特酒。"

这时，一个尖锐刺耳的声音从阿拉斯代尔爵士的房间里升起。凡是听到了那叫声的，无论是谁，后来回忆起来都会忍不住一个激灵。那是来自英国地主家庭里的喧嚣狂欢，伴随着玻璃杯被击碎的狂热叫声。很快，他们都跌跌撞撞地拥到了外面的方庭上，穿着酒瓶绿色的晚礼服，脸涨得通红，咆哮着，这才进入这个夜晚狂欢的高潮。

---

① 波特酒（port），原产于葡萄牙杜罗地区的一种高度葡萄酒。

"你不觉得我们最好把灯关了吗？"史尼格斯先生说。

黑暗中，两名职员贴在窗户上。下面的方庭里，布满了各式各样依稀可辨的脸庞。

"起码有五十个，"帕索斯维特先生说，"这要都是本院的学生呢，五十个，每人十镑。哦，天！"

"要是他们去进攻教堂，还得更多，"史尼格斯先生说，"哦，主啊，请让他们去冲击教堂吧。"

"这让我联想起当我在债务委员会时，布达佩斯的共产主义起义①。"

"我知道。"帕索斯维特先生说。史尼格斯先生的匈牙利回忆在斯贡学院尽人皆知。

"我在想，这一期的本科生里都有谁不讨人喜欢呢。他们常常去那些人的房里捣乱。但愿这些人今晚上会比较明智地没待在家里。"

"我想帕特里奇是一个。他有一幅马蒂斯②，或者类似响亮名字的画作。"

"还有人告诉我，他床上铺着黑色的床单③。"

"桑德斯曾经与拉姆齐·麦克唐纳④一起用过晚餐。"

---

① 在库恩·贝拉（1886—1937）的领导下，匈牙利共产党于1919年3月21日夺取了匈牙利政权。匈牙利在库恩的领导下作为共产主义国家持续了四个半月后被推翻，库恩被迫逃亡维也纳，随即俄国。其后匈牙利的动荡局面持续，直到国际联盟于1923年组建了一个赔偿委员会，最终于1926年帮助匈牙利偿清债务，恢复稳定。
② 马蒂斯（Matisse），法国画家。
③ 此处的黑床单，应该是向于斯曼（Joris - Karl Huysmans, 1848—1907）的小说《逆流》（À rebours，1884）开篇的黑色葬礼致敬。《逆流》是审美运动的关键作品，深受王尔德以及王尔德追随者的推崇。在那一段描述中，有提供黑色食品的黑色房间，由裸体的黑色女佣领着通向黑色的花园，花园的水塘里注满了黑色的墨汁。
④ 拉姆齐·麦克唐纳（Ramsay MacDonald, 1866—1937），英国政治家，第一位工党首相。

"我还听说，伦丁可以付得起狩猎的钱，但他爱收集瓷器。"

"还喜欢早餐后在花园里抽雪茄。"

"奥斯汀有一架三角钢琴。"

"他们会很开心地去把它砸烂的。"

"今晚肯定会有一个大账单，你就等着瞧吧！可我还是得承认，如果系主任或者主管在，我会感到轻松些的。他们看不见我们吧，能吗？"

这是个美妙的夜晚。他们砸坏了奥斯汀先生的三角钢琴；将伦丁勋爵的雪茄在地毯上踩扁，还砸碎了他的瓷器；又把帕特里奇先生的床单全部撕成了条，把他的马蒂斯画扔进了水罐；桑德斯先生那儿除了窗户之外，没有可砸的，但他们发现了一份他正为参与纽迪盖特奖①所写的诗歌手稿，于是好好地把玩了一番。阿拉斯代尔·狄格比－韦恩－特朗品敦爵士因兴奋过度感到不适，于是斯特拉斯德拉蒙德②的朗姆斯敦扶着他上了床。这时十一点半了，这个夜晚很快就要过去。可好戏还在后头呢。

＊

保罗·潘尼费热尔在念神学，眼下是他在斯贡学院度过的平淡无奇的第三年。他来自南唐斯③一个带点基督教性质的小公学，成绩

---

① 纽迪盖特奖（Newdigate Prize Poem），是颁发给牛津大学本科学生的一项英语诗歌命题创作奖，1806年为纪念罗杰·纽迪盖特爵士（Sir Roger Newdigate，1719—1806）而设立。1888年的该奖项，由伊夫林·沃的父亲亚瑟·沃获得。
② 斯特拉斯德拉蒙德（Strathdrummond），虚构地名。
③ 南唐斯（South Downs），英国温切斯特南部的地区。从1917年至1921年，伊夫林·沃本人在位于萨塞克斯郡的蓝星公学就读，当时的蓝星亦可被描述为"南唐斯一个带点基督教性质的小公学"。

优异，编过校刊，做过学校辩论社区的主席，成绩报告上写着，作为男生当中的一个领队，他"始终给团体带来了健康有益的影响"。说到家庭，他与监护人一起住在昂斯洛广场①；监护人是一名事业正处于兴旺发达期的事务律师，对自己的职业进展十分满意，同时也对同僚们的愚钝乏味感到十分厌倦。潘尼费热尔的父母均在他预科获得论文奖状时，在印度去世。两年来，他一直靠着两项很宝贵的奖学金资助生活。每周抽三盎司的淡巴菰——约翰·科顿②，中度——每天喝一品脱半的啤酒，午餐时半品脱，晚餐时一品脱，晚餐从不例外，在学院大厅里吃。他有四个朋友，其中三个来自同一所公学。布灵吉尔俱乐部里从来没有人听说过保罗·潘尼费热尔，而他，也很罕见地，从来没听说过他们。

对于这个夜晚将带给他的巨大后果一无所知，他此刻正开心地骑着自行车，从国际联盟③开完会回来。当天晚上，他们讨论了一篇特别有意思的文章，关于波兰的全民公决。他寻思着上床前抽一斗烟，再读上一章《福尔赛世家》④。他敲了敲学院大门，门应声而开后，把自行车停好，像平常一样，穿过方庭向房间走去。怎么这么多人！保罗对醉汉并没有特别的反感——他曾经在托马斯·摩尔⑤协会里给大家读过一篇关于这个问题的文章，观点挺大胆——但他还

---

① 昂斯洛广场（Onslow Square），英国伦敦南肯辛顿的一个花园广场。
② 约翰·科顿（John Cotton），英国烟草品牌。
③ 国际联盟（the League of Nations Union），一个民间社团，推崇国际联盟所倡导的主张。国际联盟是 1918 年 10 月成立于英国的一个国际性组织，意在弘扬国际公正、安全以及国家间的永久和平。主要发起人为《凡尔赛条约》签署后崛起的大国。
④ 《福尔赛世家》（the Forsyte Saga），诺贝尔文学奖得主、英国小说家、戏剧家约翰·高尔斯华绥（John Galsworthy，1867—1933）的三部曲小说。
⑤ 托马斯·摩尔（Sir Thomas More，1478—1535），被罗马天主教尊为圣徒，称为圣·托马斯·摩尔。他是一名英国律师、哲学家、作家、政治家，以文艺复兴的人文主义者著称，曾任亨利八世的枢密院顾问官。

是尽量避免跟醉汉打交道。

斯特拉斯德拉蒙德的朗姆斯敦，在黑暗中忽然摇摇晃晃地出现，挡在他的路上，像一尊德鲁伊的不倒翁巨石。保罗试图绕过去。

这时保罗系的那条旧公学的领带，看上去跟布灵吉尔的浅蓝间白条的领带极为相似，至于条纹宽度上那四分之一英寸的差距，便完全不是此刻的斯特拉斯德拉蒙德的朗姆斯敦所能够分辨的。

"这儿有个邋遢鬼也戴着条布灵吉尔领带呢。"那蠢汉说。他祖上在基督元年以前就擅长当头领，占据大片的荒芜土地，可不是白混的。

史尼格斯先生有点担心地看着帕索斯维特先生。

"他们好像抓住了一个人，"他说，"但愿他们可别真的把他给弄伤了。"

"天，那会是瑞丁勋爵吗？我想我得出面去干预一下了。"

"别，史尼格斯，"帕索斯维特先生说，同时把一只手放在他那沉不住气的同事的手臂上，"不，不，不。那是不理智的。我们有高级职员休息厅要考虑呢，他们目前这状况，是不会听从管教的。我们必须不惜一切代价来避免激怒他们。"

过了很久，人群开始散去，史尼格斯先生松了一口气。

"幸好，不是瑞丁，是潘尼费热尔——不太重要的一个人。"

"啊，这解决了大麻烦。我很高兴，史尼格斯。真的，我真的很高兴。你看那年轻人，身上好像少了不少衣服啊！"

＊

第二天早上，学院召开了一次十分愉快的会议。

"二百三十英镑，"宿舍会计狂喜地嘟囔着，"还没算上损失赔偿！这意味着五个晚上，按照我们目前已经收到的钱，可以有五个晚上的创始人珍藏波特酒！"

"潘尼费热尔这件事，"主管正在说，"总的来说，好像非常不同寻常。他跑着穿过整个方庭，你说，他没穿裤子。这是很不得体的，更应该说，这是有伤风化的。其实，我几乎想要说，这是骇人听闻地有伤风化，完全不是一个学者应该有的行为。"

"也许我们应该狠狠地罚他？"初级学监建议说。

"我很怀疑他是否付得起。我知道他并不宽裕。连裤子都没有，真的！还是在夜里那个时候！我想彻底把他从我们这里除掉，可能会好得多。这种青年人对学院一点好处也没有。"

＊

两个小时后，保罗正在往小皮箱里装他的三套西装，宿舍会计差人带信来说要见他。

"啊，潘尼费热尔先生，"他说，"我检查了你的房间，注意到有两处轻微的烫痕，一个在窗框上，另一个在壁炉上，毫无疑问是烟蒂烫的。每一个需要五镑六便士，我从你学院的费用里扣。就这些，谢谢你。"

穿过方庭时，保罗碰上了史尼格斯先生。

"刚办完？"这初级学监轻快地说。

"是的，先生。"保罗说。

再走几步，又碰上了牧师。

"哦，潘尼费热尔，正好你还没走，我那本史丹利牧师的《东教会史》肯定是在你那里吧？"

"对，我把它放在您桌上了。"

"谢谢。那，再见吧，我亲爱的孩子。我想经过昨晚那件事的指控后，你会考虑其他职业了。不过，也许你应该祝贺自己，尽早发现了自己不适合从事牧师职业，趁现在还不是太晚。你知道，如果一个人做出了那样的事，全世界都会知道。很多人就是这样啊，唉！你打算做什么呢？"

"我还不知道呢。"

"总有出路的，这是肯定的。也许你会利用你在斯贡学到的一些理想，为这个世界做出一番不凡的事业来。可你知道，并不容易，这是需要勇气的。约翰逊博士关于坚韧①是怎么说的？……天哪，天哪！没有裤子！"

在大门口，保罗给门房付了小费。

"唉，再见吧，布莱克沃，"他说，"我想我将有很长一段时间不

---

① 塞缪尔·约翰逊（Samuel Johnson），常常被称作约翰逊博士（Dr. Johnson），英国作家，他作为诗人、散文家、道德家、文学评论家、传记作家、编辑以及词典编撰家，对英国文学做出了难以估量的长久贡献。他曾于1750年7月7日在《漫步者》杂志（The Rambler）第四期上发表了一篇题为《坚韧》的论文。

会见到你了。"

"是的，先生，听到这个消息我很难过。我希望你能成为一名老师，先生。那是很多绅士都去做的工作，先生，那些因为有伤风化给开除的绅士们。"

"让他们都见鬼去吧。"保罗坐在去往火车站的出租车里，轻轻地对自己说，可随即他便为自己感到羞愧，因为他很少骂人。

第一部分

第一章　召唤

"因有伤风化的行为被开除，哦？"保罗·潘尼费热尔的监护人说，"唉，感谢上帝，你可怜的父亲躲过了这一耻辱。我只能这么说。"

昂斯洛广场有一种寂静，平时很难被打破，除非保罗监护人的女儿在楼上她那间粉红色闺房里用留声机开始播放吉尔伯特和苏利文①。

"一定不能让我女儿知道这件事的一丁点。"保罗的监护人继续说。

又是一阵沉默。

"嗯，"他重新开始，"你知道你父亲遗嘱的条款吧？他总共留下了五千英镑，利息用于支付你的教育，而本金将在你二十一岁生日时全额转交给你，如果我没记错的话，这将发生在从现在算起的十一个月以后。而现在，你的教育提前终止了，他将自行决定权完全留给了我，我可以在认为你的生活表现不尽如人意的情况下，停

---

① 吉尔伯特和苏利文（Gilbert and Sullivan），维多利亚时代英国的一个舞台剧词曲创作组合，他们联合创作了十四部通俗喜剧。

发你的津贴。按目前的情况，如果我继续发放津贴，我认为，愧对你可怜的父亲给予我的信任。此外，你首先应该意识到的是，让我答应你跟我的女儿同住在一个屋顶下，是多么的不可能。"

"那我该怎么办呢？"保罗说。

"我想你应该去找份工作，"监护人深思熟虑后这么说，"没有别的事能帮你更快地把这些烦恼抛到脑后。"

"可什么样的工作呢？"

"就是工作嘛，健康良好的辛勤劳作。保罗，一直以来你过于享受了被荫庇的生活，当然这也许该怪我。适当地开始面对现实，会带给你无尽的好处——你知道，见识见识生活的本来面目，去持续而完整地了解生活，嗯？"这时保罗的监护人又点燃了一支雪茄。

"我无权动用任何一点我的钱吗？"保罗问。

"你无权，我亲爱的孩子。"他的监护人显然很开心地说……

那个春天，保罗监护人的女儿添了两条新的晚装裙子，在经过如此装饰一番之后，她与一位品行端庄，在政府劳动部就职的年轻人订了婚。

*

"因有伤风化的行为被开除，哦？"丘吉和噶戈耶教师职介所的列维先生说，"嗯，我想我们不会提及这一点的。事实上，正式准确点说，你也从没告诉过我。我们把这一类事情叫作'因个人原因所致的教育终止'，你懂吧？"他拿起电话。"山姆森先生，我们现在有'教育终止'的职位吗，男性，立即？……对！……现在拿上来，好吗？我想，"他回过头来对着保罗补充了一句，"我们现在正好有个合适的位置给你。"

一个年轻人拿了一张纸条进来。

"这个怎么样？"

保罗接过来看：

空缺职位之非公开保密通告。

　　奥古斯都·费根，绅士，博士，赫兰勒巴城堡①，北威尔士，现急需一名教师，教授可达大学水平的古典文学以及英语课程，并能兼任一定数学、德语和法语的教学。必须有经验，必须一流运动水平。

　　学校类别：学校。

　　工资：120英镑，包食宿。

　　请及时并仔细地回复，致信费根博士（信封上请注明"绅士，博士，"），信内请务必附上推荐信以及相片，如果方便，请指明您是从我们这里听说这个职位的。

"这简直就是为你量身定做的。"列维先生说。

"可我一个德语词都不知道，我也没有经验，没有推荐信，而且我还不会打板球。"

---

① 赫兰勒巴城堡（Llanabba Castle），虚构地名。"ll"经常出现在威尔士语的地名中，读音介于"sh"和"h"之间，读音IPA（国际音标）号为148。这个学校暗指伊夫林·沃离开牛津后任教的阿诺公学。

"不应该这样谦虚啊，否则什么事也办不成，"列维先生说，"只要一个人肯去尝试，他就可以教得很好。为什么这么说呢？上学期我们送了一名一辈子从没进过实验室的人去一所知名的公学担任高级科学教师。他来我们这里，是想找一个私人音乐教师的工作。而我相信他现在干得不错。再说，费根博士不可能付这点薪水，还指望一个人什么都会。这事也就你我之间说说，赫兰勒巴在行业里名声不是特别好。你看啊，我们把学校分成四类：顶尖学校，一等学校，好学校，以及学校。坦白地说，"列维先生说，"被归到学校这个类别的，确实够糟了。我想你会发现这是个很适合的职位。就我所知，有两个候选人，其中有一个是聋子，可怜的家伙。"

*

第二天，保罗去到丘吉和噶戈耶，与费根博士见面。他并没有等多久，去的时候费根博士已经在那儿面试另外的求职者了。几分钟后，列维先生领着保罗走进去，介绍完，就只留下了他们俩。

"实在是一次很艰难的面试，"费根博士说，"我肯定他是一名很优秀的青年，但就是没有办法让他听懂我说的哪怕一个词。你能清楚地听见我说话吗？"

"完全能，谢谢您。"

"好，那我们开始吧。"

保罗害羞地看了看桌子对面的他。很高，很老，穿戴很体面；眼窝深陷，白头发略有些长，盖住了炭色的眉毛；头也很长，说话时会轻轻地摆动；他的声音有一千种语调，大概很多年前接受过演讲技巧训练；手背多毛，手指弯曲，活像爪子。

"按我的理解，您过去没有工作经验？"

"是的先生，恐怕是没有。"

"啊，当然，这从很多方面来说也许是个优势。一个人要掌握某种职业腔调是很容易的，可往往也因此而丧失了视野。但我们不得不面对现实，我提供的一百二十英镑薪酬，只适用于有工作经验的候选人。我这里收到一封来自有林业学位的年轻人的信，他希望因此而每年增加十镑，可我更加看重的是视野，潘尼费热尔先生，不是文凭。我还了解到，您离开大学十分突然。那么——是为什么呢？"

这是保罗一直很害怕的问题。但是，基于过去一直所受的教育，他诚实地回答了。

"我是被开除的，先生，因为有伤风化的行为。"

"真的，真的？哦，那我就不问细节了。我在学校行业待得够久，知道除非一个人做出了什么他急于要掩盖的事，否则是不会进入这个行业的。可是再一次，我们还是不得不面对现实，潘尼费热尔先生，我不太可能给一个因有伤风化的行为被大学开除的人支付一百二十英镑的薪水。是否可以这样，我们将您的工资先定在九十镑一年作为开端？我今晚还要赶回赫兰勒巴。你知道，这学期还剩下六个星期，而我忽然缺了一名老师。我希望明晚就能够见到你。有一趟很棒的列车，十点钟从尤斯顿站①发车。我认为你会喜欢你的

---

① 尤斯顿站（Euston Station），位于伦敦市中心的一个铁路车站。

新工作的，"他很陶醉地继续说，"你会发现，我的学校建立在一种理想的基石之上——服务与合作的理想。大多数男孩都来自那些最好的家庭，谭金特小勋爵这学期刚来，你知道，他是瑟康弗伦斯伯爵的儿子。那真是个好小伙子，当然，不太好捉摸，就像他家人一样，但他很有格调。"费根博士长长地叹了口气。"我多希望也能这样谈论我的员工啊。就你我知道好了，潘尼费热尔，我想我很快会把格莱姆斯给除掉的。他不是个上等人，而男孩儿们会注意到这些事的。再有，你的前任是一位非常友善、讨人喜欢的年轻人，失去他我很遗憾。但他常常在夜里不知道几点钟，骑着摩托车回来，那响声总是吵醒我的女儿们。他还爱找男孩儿们借钱，有时数目挺大，这令家长们非常不满。我才不得不除掉他……不管怎么说，我的确很遗憾。他也很有格调。"

费根博士站了起来，把帽子斜戴在头上，拿出一只手套。

"再见，亲爱的潘尼费热尔。我想，其实我已经知道，我们会很愉快地在一起工作的。这种事我通常能看得出来。"

"再见，先生。"保罗说。

"九十英镑的百分之五，那是五镑十先令，"列维欢快地说道，"你可以现在付，也可以等你第一次领到工资时再付。如果现在付，有 15% 的优惠，那就是三镑六先令六便士。"

"我领到工资再付给您。"保罗说。

"您愿意怎样都可以，"列维先生说，"只是觉得能对您有点用，太令我高兴了。"

第二章　赫兰勒巴城堡

赫兰勒巴城堡表现出非常不同的两面，这取决于你从哪一侧来，是从班戈[①]呢，还是从海边那条路来。从后面看，它跟其他乡村庄园没什么区别，有很多窗户，一个露台，以及一连串的玻璃房，还有好多个隐藏在树丛中的不伦不类的厨房屋顶。可是从前面看——如果你从赫兰勒巴车站来的话，先看到的就是这一面——它是一座雄伟的封建领主城堡；开车起码要穿过一英里长、带城防的城墙，才能到达它的正门；有钟楼、炮塔，装饰着动物图案的纹章，以及一个还能使用的吊门。远处，在大道的终点，便矗立着那座城堡，一座中世纪不可攻破的象征。

要解释这前后两侧惊人的差异对比，其实也很简单。60年代[②]棉荒时，赫兰勒巴庄园还是兰卡夏郡[③]一位富裕棉纺厂主的财产。他的妻子不堪忍受工人挨饿这个事实，便和女儿们一起开办了一个集市

---

① 班戈（Bangor），威尔士的一座城市。
② 此处指19世纪60年代，因受美国南北战争的影响，南部的棉花供应终止，英国大量的棉纺厂因原材料短缺而导致停工，继而导致饥荒。
③ 兰卡夏郡（Lancashire），英格兰西北部一个非都市郡。

来帮助他们集资，但是收效甚微。而她那位读了些自由经济学论著的丈夫，却接受不了任何没有回报的投入。因此"觉醒的私利"找到了一条出路，让棉纺工人们在花园里扎营居住，白天干活修墙，从附近的一个采石场拉来石头，给庄园加上了一道雄伟的石墙。等到美国那边战争结束，厂里又重新开工时，经过了那一系列大量的廉价劳力所进行的工程，赫兰勒巴庄园已经变成了赫兰勒巴城堡。

乘坐一辆封闭的小出租车从车站过来，保罗并没有注意到这些。大道上几乎漆黑，屋内也光线黯淡。

"我是潘尼费热尔先生，"他对管家说，"我是来上任做老师的。"

"是的，"管家说，"你的事我都听说了。这边请。"

他们穿过几个过道，都没有点灯，并且充满了学校里常有的各种可怕的味道，直到来到一扇被灯光照得很亮的门前。

"在这儿，这是教师休息厅。"不慌不忙地，管家又消失在黑暗中。

保罗向四周看了看，这间屋不大，连保罗这种一直习惯于生活在狭小空间的人都这么认为。

"不知道这儿一共住了多少人。"他想，在壁炉旁边的一个架子上一下数出了十六个烟斗时，心猛地一沉。门后的挂钩上有两件长袍。角落放了些高尔夫球杆、一根步行手杖、一把雨伞，还有两支微型步枪。壁炉上方有一个绿色的呢毡面的公告板，上面贴满了各种清单。桌上有一台打字机。书架上放了一些旧的教科书，还有一些新的练习册，以及一个自行车打气筒、两把扶手椅、一把直背椅，还有半瓶滋补药酒、一只拳击手套、一顶礼帽、昨天的《每日新闻》，和一包清理烟斗用的小棍。

保罗有些沮丧地在那张直背椅上坐了下来。

这时响起了敲门声，进来一个小男孩。

"哦！"他说，专注地看着保罗。

"你好！"保罗说。

"我来找格莱姆斯上尉。"小男孩说。

"哦！"保罗说。

这孩子继续盯着保罗看，带着一种有穿透力而淡然的好奇。

"我猜您是新来的老师？"他说。

"是的，"保罗说，"我叫潘尼费热尔。"

这小男孩爆出一阵刺耳的笑声。"我觉得这太可笑了。"他说，然后走了出去。

这时门又打开了，两个男孩正在往里瞅。他们站在那儿，嬉笑了一会儿，也走了。

接下来的半个小时内，有六七个男孩以各种借口出现，盯着保罗看。

随后铃响了，紧跟着是一阵极响亮的哨声和奔跑声。门打开，一个三十岁左右的矮个男子走进了休息厅。他一路发出一串很引人注意的响动，因为他装着一条义肢。这人留着红色的短须，略微秃顶。

"你好！"他说。

"你好！"保罗说。

"我是格莱姆斯上尉，"进来的这位说，然后对着门外的什么人加了一句"进来，你"。

另一个男孩走了进来。

"你是什么意思，"格莱姆斯说，"我让你停下的时候，你却吹口哨？"

"每个人都在吹口哨。"男孩儿说。

"那有什么关系？"格莱姆斯说。

"我可觉得这有很大的关系。"男孩儿说。

"那好。你去写一百行字，记住，再有下一次，我就会打你了，"格莱姆斯说，"就用这个。"格莱姆斯一面说，一面舞了一下手杖。

"那不会很痛的。"男孩儿说，走了出去。

"这个地方没有纪律。"格莱姆斯说，接着他也走了出去。

"不知道我会不会喜欢做一个老师。"保罗想。

很快，另一个年纪大一些的男子又走进了这间屋。

"你好！"他对保罗说。

"你好！"保罗说。

"我是普伦德尔高斯特，"进来的这人说，"来点波特吗？"

"谢谢，很想来点。"

"哦，就一个杯子。"

"噢，那算了，没关系。"

"要不然去你房间拿漱口杯来吧。"

"我还不知道那在哪儿。"

"噢，那算了，没关系，我们改天再喝好了。我猜你是新来的老师？"

"是的。"

"你会讨厌这儿的。我知道。我在这儿十年了。格莱姆斯这学期刚来，他已经恨上了。你见到格莱姆斯了吗？"

"是的，我想我见过了。"

"他不是个君子。你抽烟吗？"

"抽。"

"我是说，烟斗。"

"是的。"

"那些烟斗是我的，晚饭后提醒我拿下来给你看看。"

这时，那管家出现了，带信说费根博士想要见潘尼费热尔先生。

费根博士那一侧的城堡要富丽堂皇些。他坐在一间很长的屋子的尽头，背后是一个洛可可大埋石壁炉，穿了一件天鹅绒晚装。

"安顿好了？"他问道。

"是的。"保罗说。

壁炉前，坐着一位衣着鲜艳的女子，膝盖上放了一杯甜酒，刚刚步入中年的样子。

"那位，"费根博士带着一丝厌恶的口气说，"是我女儿。"

"很高兴见到你，"费根小姐说，"我常常对刚来的年轻人说的一句话是：'别由着爸爸让你们过度工作。'他是个暴君，是个家长，可你也知道，学者都这样——冷酷无情。对吗？"费根小姐说，猛地对着她父亲转过身去，"难道您不是很冷酷无情的吗？"

"有时是，宝贝，不过我很庆幸这并没有在我们中间产生多少隔膜。哦，这儿，"他补充了一句，"是我另一个女儿。"

无声无息地，除了一串几乎听不见的钥匙叮当碰撞声，另一名女子已经走进了这个房间。她比坐着的那位要年轻些，可远不如那位有趣可亲。

"你好吗？"她说，"我希望你自己带了些肥皂来。我请父亲转告过你，但他总是忘记这些事。这里不给教师提供肥皂以及靴子抛光剂，也没有一周两先令六便士的洗衣服务。你喝茶加糖吗？"

"是的，通常要加。"

"这我记下来，会为你追加两份。不过别让那些男孩儿们给你拿走了。"

"这学期剩下的时间，我把你安排去管五年级，"费根博士说，"你会发现他们都是很让人开心的男孩儿，很讨人喜欢。顺便说一句，克拉特巴克得多留点神，那个清秀的小伙子。我还安排你负责体育活动、木工课、消防演习。另外我忘了，你能教音乐课吗？"

"不能，恐怕不能。"

"这太不幸了，非常不幸。我从列维先生那里得来的印象是你能，我已经计划好了你一周给比斯特－奇汀上两次管风琴课。好吧，那你一定要尽力把你能做的都做好。晚餐铃响了，我就不耽误你了。哦，还有件事，请一定不要对男孩儿们提及一个字关于你离开牛津的原因！我们做教师的应该能够恰到好处地掩盖一些事实。这么说，我想我已经点出了一些值得你去思考的事吧。祝你有个愉快的夜晚。"

"再会。"年长一些的费根小姐说。

第三章　格莱姆斯上尉

　　循着厨房的味道和人声，保罗没费一点劲就找到了餐厅。那是个很大的房间，墙上装着木头饰面，丝毫没有令人不快的迹象，大约有五十或六十个，年龄在十到十八岁之间的男孩，坐在四张长桌边。年龄小一些的穿着伊顿制服，年龄大一些的穿着晚装。

　　他被领到一张桌子的首位，他两侧的男孩儿都礼貌地站了起来，直到他坐下。其中一个是对着格莱姆斯上尉吹口哨的那个，保罗觉得自己还挺喜欢他的。

　　"我叫比斯特－奇汀。"他说。

　　"我得教你管风琴，我想。"

　　"是的，很好玩，我们在村里的教堂里弹。您弹得特别好吧？"

　　保罗觉得这不是一个表现坦率的好时候，而且要能够"恰到好处地掩盖一些事实"，他说："是的，很不错。"

　　"我说，您说的是真的，还是吹牛的？"

　　"是真的，不吹牛。我过去教斯贡学院的老师呢。"

　　"哦，那你教不了我多少，"比斯特－奇汀欢快地说，"我上这个课的目的是为了逃避体育课。我说，他们都没有给您餐巾。这些仆人太糟糕了。菲尔布雷克，"他对管家喊道，"你为什么没给潘尼费热尔先生准备餐巾？"

"我忘了，"菲尔布雷克说，"可现在也来不及了，因为费根小姐已经把餐巾都锁起来了。"

"胡说八道！"比斯特－奇汀说，"赶紧去拿一张来。这个人其实还行，真的，"他补充说，"就是你得盯着点。"

几分钟以后，菲尔布雷克拿着餐巾回来了。

"我看你可真是个聪明有办法的男孩儿啊。"保罗说。

"格莱姆斯上尉不这样认为。他说我是个笨蛋。我很高兴您不像格莱姆斯上尉，他太普通了，您不觉得吗？"

"你不可以在我面前这样谈论其他老师。"

"唉，反正我们都是这样认为他的。还有，他穿连身睡衣，有一天我去替他取帽子时，在他的洗衣单上看见。我觉得连身睡衣挺恶心的，你不觉得吗？"

这时大厅那一头有些骚动。

"我猜那是克拉特巴克反胃了，"比斯特－奇汀说，"每次我们吃羊肉他都会反胃。"

坐在保罗另一侧的那个男孩儿这时第一次说话了。

"普伦德尔高斯特先生戴假发。"他说，说完变成一副很困惑的样子，一个人咭咭地笑起来。

"他是布雷格，"比斯特－奇汀说，"只是大家都叫他布劳利①，因为那个商店，你知道。"

"他们都是些愚蠢的无赖。"布雷格说。

这一切都比保罗预想的容易多了。跟这些男孩打交道，看上去并不特别困难。

过了一会儿，他们全站了起来，普伦德尔高斯特先生在一片嘈杂声中开始说饭前祷文。有人喊了一声"普伦迪②"，就在保罗的耳边，声音特别响。

"……天主降福我等，阿门，"普伦德尔高斯特先生说，"比斯特－奇汀，刚才是你在喊吗？"

"我，先生？不是，先生。"

"潘尼费热尔，刚才比斯特－奇汀叫了吗？"

"没有，我想他没有。"保罗说，这时比斯特－奇汀向他投来友好的眼光，因为，事实上，他喊了。

格莱姆斯上尉在餐厅外挽上他的胳膊。

"龌龊的一顿饭，不是吗，伙计？"他说。

"够糟的。"保罗说。

"普伦迪今夜当值，我去酒吧。你去吗？"

"好吧。"保罗说。

"普伦迪有他自己的方式，他并不坏，"格莱姆斯说，"但他不能

---

① 布劳利（Brolly），是俚语"伞"的意思，而"布雷格和儿子们"是一家被英国国王及皇室指定的供应雨伞、拐杖、狩猎用短马鞭的公司。因公司与布雷格同名，所以孩子们用伞的俚语布劳利当作他的绰号。

② 普伦迪（Prendy），姓氏普伦德尔高斯特的简称。

维持秩序。当然了，你知道他戴着假发。让一个戴假发的人去维持秩序，是很困难的。我有一条假腿，可这不一样。男孩儿们对此很尊重，因为我是在战争中失去它的。事实上，"上尉说，"就你我之间说说，我是有次喝得酩酊大醉时，在特伦特河畔的斯托克城①被一辆街车给撞了。可这还是不能让别人知道了。奇怪的是，我觉得可以信赖你。我想我们可以成为哥们儿。"

"希望如此。"保罗说。

"已经有好一阵了，我希望交个好朋友。你之前那家伙尽管还不坏，但感觉有些疏远。他有辆摩托车，你看，主人的女儿们不喜欢他。你见过费根小姐了吗？"

"我见到了两个。"

"她俩都是狗娘儿们，"格莱姆斯说，又闷闷不乐地加了一句，"我跟弗劳希订了婚。"

"仁慈的主啊！是哪一个？"

"老的那个。男孩儿们管她俩叫弗劳希和玎吉。我们还没跟孩子们说，我得等到再次困在浓汤里时，打出最后这张牌。我迟早总是会困进汤里的。到了，这就是酒吧。这小地方还不算太糟。克拉特巴克的父亲给这一带所有的地方酿啤酒，也挺不错的。请来两品脱，罗伯茨太太！"

远处的角落里，坐着菲尔布雷克，他正用威尔士话跟一个模样阴森森的老年男子滔滔不绝地谈话。

----

① 特伦特河畔的斯托克城（Stoke-on-Trent），英国城市名，位于曼彻斯特和伯明翰之间。

"该死的厚脸皮,他也来了!"格莱姆斯说。

罗伯茨太太给他们端来啤酒,格莱姆斯大喝一口,幸福地叹了口气。

"这好像是我两年来第一次坚持到期末,"他有些恍惚地说,"很滑稽,我总是能好好地待上六个星期不出岔子,然后就一定会掉进汤里。我觉得我天生就不该当老师。我的脾气,"格莱姆斯说,眼神好像看着远方,"这是我一直以来最大的困扰,脾气和性。"

"另找份工作容易吗,在你——你掉进汤里以后?"保罗问。

"起初不容易,一点也不,可总有办法。另外,你看,我是公学出身。这意味着很多。英国社会有它神圣的公平啊,"格莱姆斯说,"这公平,保障了公学毕业生不会饿肚子。一个人在生活本应是地狱的年纪,经历四年或者五年的地狱生活,不管怎么说,那以后这个社会便永远不会抛弃你了。

"告诉你,其实我并没有待够四年或者五年,我过了十六岁生日就被赶出来了。但我的导师,他自己也是名公学毕业生,他明白这个体制。'格莱姆斯,'他说,'现在这些事发生以后,我不能把你再留下,我还有其他男孩儿要考虑。可我不想对你太苛刻,希望你能重新开始。'于是他坐下来,给我未来可能的雇主写了封推荐信,一封特别好的信,我现在还留着,每次都很管用。这就是公学体制,也许它会把你踢出这个校门,但永远不会让你走投无路。

"我给战争纪念基金捐了一个金币。我觉得自己欠他们的。真心感到歉意,"格莱姆斯说,"可那支票一直没有被兑现。

"那以后我去从商。我有个叔叔在埃德蒙顿开制刷厂,战前经营得很好，可战争终止了我的刷子生意。你还年轻，没经历过战争吧，我想。那些日子，兄弟，我们不会再见到了。整个战争期间，我清醒的时间总共不超过几小时。接着我就又掉进了汤里，这一次非常糟。事情发生在法国，他们说：'这下，格莱姆斯，你一定得有点绅士风度了，我们可不希望团里来一个军事法庭。你自己待半小时吧，这是你的左轮手枪，你知道该怎么做。再见，伙计。'他们说着有点动感情。

"唉，我坐了一会儿，看着那支左轮手枪，两次举起来对准自己的头，但每一次又把它放了下去。'公学毕业生不应该是这个结局。'我对自己说。那是漫长的半小时，幸运的是，他们还给我留了一瓶子威士忌在那儿。我想他们都喝了些，才使得他们个个那么严肃。等他们回来时，酒没剩下多少了，而且，在那紧张的局面下，他们进来时，我却只是大笑。那本是我做的傻事，可他们看上去都惊呆了，见我活着，大醉。

"'这人就是个无赖。'上校说，可即便那时，我还是不能止住笑，于是他们把我关押起来，并上报了军事法庭。

"我得说我第二天情绪特别低落。另一个连的少校过来料理我的案子，他先来看了看我，这时奇迹发生了，他是我从前在学校里认识的一个人。

"'上帝保佑我的灵魂，'他说，'这不是普哲尔的格莱姆斯吗？这什么军事法庭等等这一堆胡说八道都是怎么回事？'于是我把事情告诉了他。'嗯，'他说，'这确实挺糟糕。可无论如何，枪毙一名哈罗人①是绝对不能允许的。我来看看怎么解决吧。'第二天，我被送去了爱尔兰，做一项很轻松的跟邮政相关的工作。在爱尔兰你可掉不进汤里，想干什么都可以。不知道我说这些，有没有让你厌烦？"

"一点也不，"保罗说，"我觉得很鼓舞。"

"那以后我就频频陷入浓汤，可是从来没有特别糟过。总是有人出现，说：'我不能眼睁睁看着一名公学毕业生倒下，让我帮你站起来。'我可以认为，"格莱姆斯说，"我比任何人重新站起来的次数都多。"

菲尔布雷克绕过酒吧的柱子，向他们走来。

"觉得寂寞吗？"他说，"我刚才正和这里的火车站站长聊天，如果你们俩中间的任何一个，想要我给你们介绍一个年轻姑娘——"

"绝对不用。"保罗说。

"哦，那好吧。"菲尔布雷克说，转身离开。

"女人就是个谜，"格莱姆斯说，"就格莱姆斯所知。"

你看，我是公学出身（本书插图均为伊夫林·沃手绘）

---

① 哈罗人（Harrovian），指哈罗公学（Harrow School）毕业生。

第四章　普伦德尔高斯特先生

第二天清早，保罗被重重的敲门声吵醒，比斯特－奇汀正在向里张望。他穿着一件看上去很贵重的夏尔凡①睡袍。

"早上好，先生，"他说，"我想我应该来告诉您，因为您肯定不知道，所有老师共用一间浴室。如果您希望在普伦德尔高斯特先生之前用的话，您现在就得去。格莱姆斯上尉不怎么洗。"他又加了一句，随即便不见了。

保罗来到浴室，几分钟之后，听见走廊上一阵拖鞋踢踏声，随后是很响亮的一记摔门声，他知道自己来对了。

正穿衣服时，菲尔布雷克出现在那里。

"哦，我忘了叫您，早餐在十分钟以后。"

早餐后，保罗来到教师休息室。

普伦德尔高斯特先生在那儿擦他的烟斗，用一张羚羊皮，一个一个地擦。他用责备的眼神看了看保罗。

---

① 夏尔凡（Charvat），法国顶级衬衣与领带成品及定制商，位于巴黎。

"我们一定要制定一个浴室安排，"他说，"格莱姆斯很少洗澡，而我早餐前一定要洗。"

"我也是。"保罗顶回去。

"这么说，我应该另选个时间了。"普伦德尔高斯特先生说，深深地叹了口气，把注意力又重新收回到他的烟斗上。"还是经过了十年的习惯以后，"他加了一句，"可任何事都是这样的。我早该知道你也想用浴室的。当只有格莱姆斯和另外那个年轻人时，这事情很简单。哦天哪！哦天哪！我可以预见，这儿的事情以后会越来越困难的。"

"可肯定我们俩应该都能洗上吧？"

"不，不，那不可能。这都是同一个问题的一部分，自从我离开教会，每件事便都变成这样了。"

保罗没有再回答，普伦德尔高斯特先生继续喘着气，擦着烟斗。

"我猜你肯定在想我是怎么来到这儿的？"

"没有，没有，"保罗很平静地说，"我觉得这些事很自然。"

"一点也不自然，几乎完全不正常。但凡当时所发生的事稍有不同，我现在应该是教区牧师长，有我自己的小房子，我自己的浴室。甚至我还有可能已经成为一个大教堂的总牧师，只是——"这时普伦德尔高斯特先生压低了声音，几乎是悄声在说，"只是我产生了怀疑。

"我不知道我为什么跟你说这些，谁知道呢。只是不知为什么，我觉得你能懂。

"十年前，我是英国国教会的一名牧师，沃辛[1]的生活刚刚在我眼前展开。那是一个很迷人的教堂，不太老，但是装饰得非常漂亮，祭坛上有六支蜡烛，圣母堂里有圣餐储藏室[2]，还有一个很棒的烧焦炭的供暖设备，安装在圣器室门边的小屋里，没有墓地，只有教区长的住宅和教堂之间的一溜金女贞树篱。

"我一搬进去，母亲也跟着来了。她替我收拾房子，还自己掏钱买了些印花棉布，做会客厅的窗帘。她每周开放一次我们的家，接待来参加礼拜的女士。这些女士中间的一个，牙医太太，她送给我一套《不列颠百科全书》供我学习用。一切都很美好，直到我的怀疑出现。"

"这儿有那么糟吗？"保罗问。

"不可逾越，"普伦德尔高斯特先生说，"这正是我为什么现在在这儿的原因。我猜我是不是让你烦了？"

"没有，请继续讲。那就是说，直到你想起那件事就痛苦。"

"我随时都在想。它就这样发生了，几乎是突然之间。我们在那儿待了三个月，母亲交了很好的朋友，那家人叫邦朵尔——一个奇怪的名字。我猜他退休前是个保险经纪，而邦朵尔太太每逢星期天，总是在晚祷告结束后邀请我们去她家，与他们共进晚餐。那些聚会都是让人愉快而很随意的，我那时总是盼着。我这会儿眼前又

---

[1] 沃辛（Worthing），英国西萨塞克斯郡的海滨城镇。
[2] 按英国天主教会的传统，他们将自己视作天主教的一个分支，而在日常教会的习俗、活动和仪式中拒绝新教元素。祭坛上的六支蜡烛，以及有圣母堂，都为英国天主教的重要符号。

浮现出有一天晚上，他们坐在那儿的样子：有我母亲；邦朵尔先生和太太；还有他们的儿子，一个长了些雀斑的男孩，我记得他每天乘坐火车去上布里顿学院；还有邦朵尔太太的母亲，克朗普太太，几乎聋了，可她是一位非常虔诚的妇女；还有阿伯尔太太——这是那位送我《不列颠百科全书》的牙医太太的名字；还有老少校恩丁，这一个社区的管理员。我那天做了两次布道，下午还上了儿童圣经课，所以我有些跟不上他们的谈话。他们开心地谈论着正在进行当中的码头上为夏季到来做的准备。忽然间，什么原因也没有，我的怀疑降临了。"他中断了一下，保罗感到自己必须表达一点同情。

"这太糟糕了！"他说。

"是的，那以后我便再没有过一个小时的真正快乐。你看，它不是普通意义上的怀疑，不像是怀疑该隐①的妻子究竟是谁，抑或对旧约神迹②、对红衣主教帕克③的困惑这一类。那些疑问，我在神学院期间就学会了如何去解释。不，不是这些，是比它们都更深层的一种东西。是我压根不能理解，神，究竟是为什么创造了这个世界。那儿坐着我母亲、邦朵尔一家、克朗普太太，无忧无虑地在谈天，而我被这突如其来的疑问所击中，独自坐在那儿挣扎。你知道这是一切的根本，只有第一步建立了，我才能看见紧随其后的一切——巴别

---

① 该隐（Cain），亚当和夏娃的长子。
② 旧约神迹（Old Testament miracles），《旧约》中所讨论的神迹，创世、方舟、盐柱等。
③ 红衣主教帕克，马修·帕克（Matthew Parker）是1559年至1575年期间的坎特伯雷大主教，被有争议地认为是英国国教神学思想的奠基者。

塔①，巴比伦之囚②，道成肉身③，教堂，主教，香火，一切——可我当时看不清楚的，现在仍然看不清楚的是，这一切为了什么而起？

"我去问我的主教，他不知道。他说他不认为这会对我行使教区牧师的职责产生任何影响。我又去同我母亲讨论。起初她倾向于认为这只是一个阶段，会过去。但一直没有过去，于是最终她赞同，唯一可做的体面的事，是辞去这份工作。可怜的老太太，后来再也没有从那次创痛中恢复过来。对她来说，买了那些印花棉布，又跟邦朵尔一家建立了那样的友情之后，发生这件事打击太大了。"

一串铃声从走廊那一头响了起来。

"好吧，好吧，我们该去吟诵祷文了，我烟斗还没擦完呢。"他从门后的挂钩上取下袍子，搭在肩上。

"也许有一天我会看见光明，"他说，"那时我应该回到教会去。同时——"

克拉特巴克从门外跑过，烦人地又吹起了哨子。

"他就是那个讨厌的小男孩，"普伦德尔高斯特先生说，"如果说会有小男孩让人讨厌的话。"

---

① 巴别塔（Tower of Babel），也译作巴贝尔塔、巴比伦塔，或意译为通天塔。本是犹太教《希伯来圣经》（或者《旧约全书》）中的一个故事，说的是人类产生不同语言的起源。在这个故事中，一群只说一种语言的人在"大洪水"之后从东方来到了示拿地区，并且决定在这儿修建一座城市和一座"能够通天的"高塔。上帝见此情形，就把他们的语言打乱，让他们再也不能明白对方的意思，还把他们分散到了世界各地。

② 巴比伦之囚（Babylonian captivity），是指公元前597—前538年期间，两度被新巴比伦王国国王尼布甲尼撒二世征服的犹太王国，大批民众、工匠、祭司和王室成员被掳往巴比伦，这些人被称为巴比伦之囚。

③ 道成肉身（Incarnation），基督教术语，正统基督教信仰认为，耶稣基督是三位一体中的第二个位格，即是圣子或道，他通过童贞玛利亚的子宫，成为肉体，降生在世上。玛利亚也因此拥有圣母（又译为诞神女）的称号。这个信条在《尼西亚信经》中被确认，是基督教基本教义之一，基于对《圣经·新约全书》的理解。该教义认为：三位一体中的圣子在降世之前与圣父同体，称为"道"。后来这个"道"以肉身的形式降世成人，便是耶稣。所以耶稣就是道成肉身，既是完全的神又是完全的人。

第五章　纪律

祈祷仪式在楼下的城堡大厅里举行。

男孩们顺着装了木饰板的墙面站立，每人手里捧着一小摞书。格莱姆斯坐在一个富丽堂皇的壁炉旁的一把椅子上面。

"早上好，"他对保罗说，"我也刚刚下来，我身上有酒味吗？"

"是的。"保罗说。

"因为没吃早餐。普伦迪刚和你说他的疑问了吧？"

"是的。"保罗说。

"真好笑，"格莱姆斯说，"我就从来没担心过那些事。我不去假装自己是那一类虔诚的人，却从来没有过任何怀疑。当你像我一样频繁地陷在浓汤里，会产生一个感觉，所有的安排都是为了一个最好的结果，真的。你知道，神在他的天堂里，这个世界的一切都是正确的。我也不能准确地解释，但是我不认为一个人总能够在他想做某件事就可以去做时，还会不开心。上一个帮我站起来的伙计说我'与人性的本能最和谐'。我记住了这句话，因为我觉得某种程度上这确实很像我。老头来了，我们得站起来了。"

铃声止住时，费根博士一阵风似的飘进了大厅，博士袍翻飞飘逸，纽孔里插着一枝兰花。

"早上好，先生们。"他说。

"早上好，先生。"男孩们齐声说。

博士向房间最顶头的桌子走去，拿起一本《圣经》，随手翻了一页，不带感情色彩地读了一段令人毛骨悚然的军事历史。从那儿，他直接跳进一段主祷文，这时男孩儿们开始低声诵读。普伦德尔高斯特的声音显然担当着引导的角色，这证实了他作为教士的过去。

接着博士瞄了一眼他手里握着的一页纸。"孩子们，"他说，"我现在宣布，因为洪水的原因，本年度的挑战杯费根越野赛跑将取消。"

"我猜那老小子把奖杯给当掉了。"格莱姆斯对保罗耳语道。

"同样取消的，还有赫兰勒巴散文奖。"

"因为洪水的原因。"格莱姆斯说。

"我刚收到电话账单，"费根博士继续说，"发现上个季度有不少于二十三个打给伦敦的长途电话，其中没有一个是我或者我的家人打出去的。我希望级长能制止这件事的再度发生，当然除非他们本人就应该对此事负责，这个情况下，我会要求他们使用村邮政所的设施。

"今天就这些了，是吗，普伦德尔高斯特先生？"

"雪茄。"普伦德尔高斯特先生用戏院里那种后台提示耳语说道。

"啊，对了，雪茄。孩子们，我非常难过地了解到一件事，发现了几根雪茄烟蒂——在哪里发现的？"

"锅炉房。"

"在锅炉房。我觉得这是应该受到指责的行为，是什么孩子会在锅炉房里抽雪茄呢？"

一段长长的沉默，这期间，博士的眼睛在男孩的队列里扫了一遍。

"我限定犯错的人午餐之前来承认错误，到时如果没有人来，全校都将被从重处罚。"

"该死！"格莱姆斯说，"那些雪茄是我给克拉特巴克的，我希望那小畜生能聪明点，不要捅出来。"

"去上课吧。"博士说。

孩子们退了出去。

"从外表上看，我觉得那些雪茄相当廉价，"普伦德尔高斯特先生很伤心地补充了一句，"淡黄色的。"

"这就更糟了，"博士说，"想想看，我管教下的男孩儿，在锅炉房里抽淡黄色的雪茄！这简直不是绅士应该犯的错。"

教师们回到楼上。

"那边，是归您的一队乌合之众，"格莱姆斯说，"十一点放他们出去。"

"可我该教他们什么呀？"保罗说，忽然感到一阵惊慌。

"哦，我想什么也不要教，起码现在还不。先能让他们闭嘴就好。"

"唉，那正是我从来都没学会的一件事。"普伦德尔高斯特先生叹了一口气。

保罗目送他从容地走进走廊末端的教室，他的到来令教室里爆发出一阵掌声。然后保罗茫然而恐惧地走进了自己的教室。

面前坐了十个男孩，双手交叠，眼神明亮，充满希望。

"早上好，先生。"离他最近的一个说。

"早上好。"保罗说。

"早上好，先生。"下一个说。

"早上好。"保罗说。

"早上好，先生。"下一个说。

"哦，闭嘴吧。"保罗说。

然后那孩子掏出一张手绢开始小声地哭。

"哦，先生，"这时响起一连串的责备，"您伤害了他的感情。他很敏感的，您知道，这是他威尔士血液里的，这让人很动感情。请跟他说'早上好'吧先生，要不然他会伤心一整天。再说，这难道不是一个很好的早上吗，先生？"

"安静！"保罗在这一片喧嚣中喊道，好一会儿，确实安静了一些。

"求您了，先生，"一个很低的声音说道，保罗转身看见一个表情严肃的小孩举起手，"求您了，先生，也许是他抽了雪茄，这时感觉很不好呢。"

"安静！"保罗又说了一遍。

这十个孩子停止了说话，一声不响地坐着，瞪着他。在他们的注视下，他感到燥热，浑身发红。

"我想我应该做的第一件事，是弄清楚每个人的名字。你叫什么名字？"他转向第一个男孩儿，问道。

"谭金特，先生。"

"你呢？"

"谭金特，先生。"第二个男孩说。保罗的心沉了一下。

"你们不可能两人都叫谭金特吧？"

"不，先生，我是谭金特。他是在开玩笑。"

"哈，你可真有趣。我喜欢开玩笑？拜托，先生，我是谭金特，先生，我真的是。"

"说到这个，"屋子后面的克拉特巴克说，"这个房间里只有一个谭金特，那就是我，其他人最好都滚蛋。"

保罗开始感到绝望。

"好吧，有没有人不叫谭金特的？"

大概四五个声音同时响起。

"我不是，先生，我不是谭金特。请一定不要叫我谭金特，无论在什么情况下。"

几秒钟之内，这个房间里的人分成了两派：那些叫谭金特的和那些不叫谭金特的。很快已经发展到拳头伺候了，这时门开了，格莱姆斯走了进来。教室里安静了一些。

"我想你可能需要这个，"他说，递给保罗一根拐杖，"如果你肯听我的建议的话，你要安排点任务给他们。"

他走了出去。保罗紧紧抓住那根拐杖，面对着他的班级。

"听着，"他说，"你们谁叫什么，我一点也不关心，但现在如果谁再说一个字，我会让你们在这儿待一整个下午。"

"您不能把我关在这儿，"克拉特巴克说，"我要和格莱姆斯上尉一起去散步。"

"那我差不多可以用这拐杖杀了你。同时，你们每个人都必须写一篇散文，关于'自我纵容'。最长的那篇散文，将获得半克朗①的奖励，其他方面的质量不论。"

那以后直到课间，全部都安静了。保罗，仍然握着那根拐杖，沮丧地瞪着窗外。不时地，楼下传来刺耳的，用人们用苏格兰语彼此责备的声音。铃声响起的时候，克拉特巴克已经写了十六页，他得到了那半克朗。

"你觉得那些孩子很难管教吗？"普伦德尔高斯特先生一面填着烟斗，一面问。

"一点也不。"保罗说。

"啊，那你很幸运。我觉得男孩儿们十分棘手。我也不明白为什么会这样。当然，跟我的假发可能有些关系。你注意到我戴假发了吗？"

"没有，没有，当然没有。"

"唉，男孩儿们第一眼看见我就注意到了。从一开始决定要戴假发，就是个错误，大错误。离开沃辛时，我担心自己看上去太老，不适合找到好的工作，我当时只有四十一岁。假发还很贵，尽管我已经选了最便宜的一种。我也不知道，一开始我就觉得那是个错误，可一旦戴上了，也没有回头路。他们编出各种玩笑来取笑它。"

"我猜如果没有这个，他们也会找出其他事来取笑的。"

"那倒是，毫无疑问他们会的。也许把他们嘲弄的兴趣集中在身

---

① 克朗（crown），旧英镑硬币，半克朗为二先令六便士。最后一次铸造是1967年，1970年停止流通。

上的某一点是件好事。哦天哪！天哪！要不是我这烟斗，我真不知道靠什么来支撑自己挺过去。你是为什么到这儿来的？"

"我因为有伤风化的行为被斯贡开除。"

"哦，这样，像格莱姆斯一样？"

"不，"保罗肯定地说，"跟格莱姆斯不一样。"

"咳，好吧，其实真的都差不多。哎，铃响了。哦天哪！哦天哪！我肯定那讨厌的小人把我的袍子拿走了。"

＊

两天以后，比斯特－奇汀拉出管风琴上的"人声"簧片，弹了一首《噗，黄鼠狼跑了》①。

"您知道吗，先生，您算是把五年级给镇住了？"

他和保罗坐在村教堂的管风琴阁楼上，这是他们的第二次音乐课。

"拜托，先放下管风琴，你说'镇住'是什么意思？"

"哦，克拉特巴克今天早上在舍监房里，他拿了一罐菠萝块。谭金特说：'你要把这带进大厅吗？'他说：'不，我打算在潘尼费热尔先生的课上吃。''哦，不，你不要这样，'谭金特说。'甜品和小饼干是一回事，菠萝块就太过分了，它跟你一样，是个讨厌鬼，'他说，'可以把一个体面的老师变成野人。'"

---

① 这是一首童谣，曲调起源于一首宫廷舞会上的舞曲，后来填上各种版本的词流传于民间。词的释义和来源，众说纷纭，没有公认的标准说法。

"你觉得这是赞扬吗？"

"这是我所听过的对老师的最好赞扬了，"比斯特－奇汀说，"您想让我再弹一遍那首曲子吗？"

"不。"保罗果断地说。

"那好吧，我再告诉您一件事，"比斯特－奇汀说，"您知道菲尔布雷克那个人吧，嗯，我觉得他身上有古怪。"

"这我毫不怀疑。"

"倒并不只是因为他是一个糟糕的管家，那儿的仆人反正都很可恶。只是，我压根就不相信他真的是个管家。"

"我可看不出来他还能是别的什么。"

"好吧，可您见过一个管家戴钻石领带夹吗？"

"没有，我觉得我没见过。"

"这就对了，菲尔布雷克就有一个，他还有一枚钻戒，给布劳利看过。巨大的钻石，布劳利说。菲尔布雷克说，他战前有很多很多的钻石和祖母绿，而且他那时都是用金盘子吃饭。我们都认为他是个被流放的俄国亲王。"

"通常来说，俄国人可不爱把他们的头衔藏起来不用的，会吗？再说，他看上去很英国。"

"是，我们也想到过这一点，可布劳利说，战前有很多俄国人来英国上学的。现在我得练习管风琴了，"比斯特－奇汀说，"毕竟我母亲每学期支付了额外的五基尼①让我学习。"

---

① 基尼，英国老式货币，是 1633 年首款机器铸造的金币，最初等值 1 英镑，随着金价攀升，其价值远超币面价值。19 世纪停止发行，但此后很长一段时间内仍然在某些领域流通。

第六章　行为规范

这天下午，坐在休息室的壁炉前，等候下午茶的铃声，保罗发现自己在回忆上周发生的事时，觉得它们并不像想象中那么可怕。正如比斯特－奇汀告诉过他的，他在自己的班级面前，很显然取得了成功。第一天之后，双方对彼此的了解算基本建立起来了，也心照不宣地同意，当他让他们自由安排时间时，他可以读书或者写信而不受干扰；当保罗向他们提及他们的功课时，他们保持沉默，当他布置一些作业给他们去做时，有些也能完成。天一直在下雨，所以没有体育课。没有惩罚，没有报复，没有费尽心机，而一到晚上，便总是格莱姆斯那些忏悔，每一条都可以作为精神分析论文的案例，放在论文的附录中，无愧地闪耀。

普伦德尔高斯特先生拿着一堆邮件走了进来。

"一封你的信，两封格莱姆斯的，我什么也没有，"他说，"从来没有人写信给我。曾经有一段时间，我一天会收到五六封信，还不算那些账单广告通知等。我母亲过去总是替我分类放好，让我回复——一堆是赞助请求，另一堆是私人信件，再一堆是婚礼葬礼邀请函，又一堆是受洗皈依仪式，还有一堆是匿名辱骂。我不明白为什么牧师总是会收到很多这种信，有些还是来自受过很好教育的人。我记得我父亲有一次惹上了这种麻烦，因为受到了严重的威胁，他不得不报警。而且，你知道吗，那都是助理牧师的妻子发的—— 一个看上去十分安静的小妇人。这是你的信，格莱姆斯的看上去可能是账单，我不明白为什么商店会让他支付信用。我总是付现金，或者说，如果我要买东西的话我肯定会付现金。可是你知道，除了烟草和《每日新闻》①，以及偶尔特别冷时的一小瓶波特，我已经有两年什么也不买了。我买的最后一样东西便是那根拐杖，在先克令②买的，就是格莱姆斯用来打男孩儿们那个。我本来并不打算买的，可那天一整天我都待在那儿——两年前的八月份——我去烟草铺里买烟叶，他没有我想要的那种，但我感觉好像不能什么也不买就走，于是便买了那拐杖。花了一镑六，"他伤感地加了一句，"所以那天便没去坐茶铺。"

保罗接过他的信。是从昂斯洛广场转投过来的，信封上有斯贡学院的印章。信是他那四个朋友中的一个写来的。

斯贡学院，J.C.R.③，

牛津

亲爱的潘尼费热尔，信上说，

不用说你也能知道，听说了降临到你身上那个不幸的灾难

---

① 《每日新闻》(*Daily News*)，虚构报纸名。
② 先克令 (Shanklin)，怀特岛上的一个旅游度假村。
③ J.C.R., Junior Common Room，低年级生休息室。

时，我有多难过。在我看来，这件事对你是极不公正的。我尽管尚未听说事情的全貌，但我的看法却被昨晚发生的一件事情证明了。我当时正准备上床睡觉，狄格比－韦恩－特朗品敦没有敲门就进来了，抽着一支雪茄。你也知道，我过去从来没有与他讲过话，所以对他的造访深感吃惊。他说："我听说你是潘尼费热尔的朋友。"我说是的，然后他说："嗯，我知道我给他的生活造成了一些混乱。"我说："是的。"然后他说："嗯，你写信时能替我向他道歉吗？"我说我会的。这时他说："你看，我听说他比较穷，我想给他寄点钱——二十英镑，以弥补一些损失，你知道。我现在就拿得出这些来。这会有点帮助吗？"我毫不犹豫地拒绝了，你知道，而且告诉他，我对于他这一侮辱性的建议是怎么想的。我问他，他怎敢因为一个人不属于他那个可恶的俱乐部，就如此去对待一名真正的绅士。他好像有点吃了一惊，"啊，我所有的朋友整天都想从我身上挤点钱出来呢"，就离开了。

我骑车去小贝切利①的圣马格努斯②，拓了一些铜雕。多希望是你和我一起去的呀。

你的，

亚瑟·帕兹

---

① 小贝切利（Little Bechley），虚构的地名。
② 圣马格努斯（St Magnus），教堂名字。真实的叫这个名字的教堂不在牛津附近，这里应该是虚构的。

另，我理解你现在考虑要从事教育工作，在我看来，教育的一个主要问题是进行道德认知训练，而不仅仅是约束人的欲望。我总是忍不住想，这场竞赛的未来将更多地在于更加严谨，而不在于加强自我约束。我很想听听你在这个问题上有了经历以后的想法。学院的牧师不同意我的说法，他说，过于感性往往会导致意志软弱。请告诉我你是怎么想的。

"你怎么看？"保罗把信递给普伦德尔高斯特先生，问道。

"啊，"他仔细读了信之后说，"我认为你朋友关于感性的认识是错误的，一个人的个人感受是靠不住的，靠得住吗，任何事都不行？"

"不，我是说关于那钱。"

"天，潘尼费热尔！我希望你对这件事不会有疑问吧，立即接受啊，当然了。"

"是很诱人。"

"我亲爱的孩子，拒绝它完全是一种罪过。二十英镑！为什么呀，我要半学期才挣得来。"

下午茶的铃声响了。在餐厅里保罗又将这封信给格莱姆斯看。

"我应该接受这二十英镑吗？"他问。

"要吗？我的天！我当然认为你会要的。"

"哦，可我不肯定。"保罗说。

整个下午上课期间，晚餐前更衣期间，整个晚餐时间，他一直在想，这令他十分挣扎，但他早年所受的教育正在取胜。

"如果我接受那笔钱，"他对自己说，"我永远也不会知道自己是做对了还是做错了，这事会一直压在我心里。如果我拒绝，我却可以肯定自己做了一件正确的事，这一克己行为会给予自己完美的自我肯定。通过拒绝这笔钱，我会说服自己相信，尽管过去十天里在我身上发生了这件令人难以置信的事，我还是那个自己一向尊重的保罗·潘尼费热尔。这是一次对我理想的持久性的考验。"

一整晚他们坐在罗伯茨太太的酒吧里，他一直试着想要把自己的感受解释给格莱姆斯听。

"恐怕你会发现我的态度很难理解，"他说，"我想这很大程度上关乎我的家教。确实有各种理由告诉我，我应该收下这笔钱。狄格比－韦恩－特朗品敦非常富有，如果把钱留给他，无疑会被挥霍在赌博或者其他骄奢淫逸的可悲事情上。拜他的派对所赐，我已经遭受了无可挽回的损失，我的整个未来都被击碎了，而且我直接损失掉一年一百五十英镑的奖学金，一年二百五十英镑的来自监护人的津贴。按常理来说，无论怎么想，那钱都应该是我的。可是，"保罗·潘尼费热尔说，"这涉及我的荣誉。多少个世纪以来，英国的布尔乔亚阶层将自己视作绅士，这意味着，与其他品质并行的，还有对意外之财的不屑一顾的自爱。正是这些品质，将绅士同艺术家和贵族区分开来。而我，是一名绅士，我不能自已，这是天生的。我就是不能收下那笔钱。"

"哦，那我也是绅士啊，小伙子，"格莱姆斯说，"我就担心你会那样想，所以我尽了最大的努力，要将你从你自己中拯救出来。"

"你这么说是什么意思？"

"亲爱的孩子，别生气，下午一吃完茶我立刻就给你的朋友帕兹发了一份电报：请转告特朗品敦迅速把钱汇来。署上了你的名字'潘尼费热尔'。我也不介意在你收到这笔钱之前借给你一巴布①。"

"格莱姆斯，你这坏蛋！"保罗说，但是，他已经忘记了自己，只感到一阵巨大的满足涌上来，"那么我们还得再喝一杯。"

"这就对了，"格莱姆斯说，"这一轮我请客。"

"为理想的永恒干杯！"保罗举起他那一品脱酒说。

"我的话，一言难尽！"格莱姆斯说，"但我不会说那个。干杯！"

*

两天以后，又收到一封亚瑟·帕兹写来的信。

亲爱的潘尼费热尔，

随信附上特朗品敦的 20 英镑支票。很高兴我与他之间的交道到此就结束了。我不会假装自己在这件事情上理解你的态度，但无疑你的决定一定是最好的。

斯狄更斯在给 O.S.C.U.②读一篇关于"性压抑以及宗教体验"的论文。每个人都预计会有一场争论，因为你知道的，沃

---

① 巴布（bob），英国货币单位先令的俗称，20 巴布为 1 英镑。
② O.S.C.U.，牛津大学基督教学生会。

尔顿一向对神秘主义有多热衷，而我相信斯狄更斯是倾向于不这么看。

你的，

亚瑟·帕兹

在《教育期刊》上有一篇极有趣的文章，关于在因内斯堡高中试验的一种刺激感官协调的新方法。他们将一些小物品放进儿童的嘴里，然后让他们用红粉笔把这些物品的形状画出来。你在你教的男孩子们身上试过吗？我得说，我很羡慕你的机会，你的同事们开明吗？

"还是那个帕兹，"格莱姆斯读完信以后说，"他应该会是某种令人讨厌的人。可无论怎样，我们办成了。去庆祝下怎么样？"

"是啊，"保罗说，"我觉得我们应该因为这事做点什么。我想把普伦迪也叫上。"

"这还用问，当然了。这正是普伦迪需要的。他最近看上去情绪十分低落。要不我们哪天晚上去昆普瑞迪格①市中心吃晚饭吧？得等哪天那老小子不在时，不然他会注意到没人当班。"

这一天晚些时候，保罗把这个计划向普伦德尔高斯特先生提议了。

---

① 昆普瑞迪格（Cwmpryddyg），虚构地名。

"真的，潘尼费热尔，"他说，"我觉得你这样真是太好心了。我真不知道该怎么说。当然了，我太想去了。我已经记不得上一次我在酒店用餐是什么时候了。可以肯定，战后就没有过了。这简直是一次款待。我亲爱的孩子，我真的很激动。"

然后，很令潘尼费热尔尴尬的，眼泪在普伦德尔高斯特先生的一双眼睛里涌起，并顺着他的脸颊流了下来。

第七章　菲尔布雷克

那天上午，在午餐前天好像就要放晴，到一点半时太阳已经明晃晃地挂在了那里。博士很不寻常地前来学校餐厅巡访。他一走进来，所有的男孩儿都放下刀叉停住了吃。

"孩子们，"博士说，一边仁慈地看着他们，"我有事要宣布。克拉特巴克，能请你暂时中止一会儿吃饭吗，我正在对全校讲话呢。这些孩子们的礼貌习惯需要纠正，普伦德尔高斯特先生。我寄希望于级长来处理这件事。孩子们，一年中最重大的运动会，明天将要在操场上举行。我称它为年度校运会，去年因为大罢工，而非常不幸地延期了。潘尼费热尔先生，你们都知道，他自己本身就是个出色的运动员，会负责所有的运动会程序安排。资格赛今天就开始。每一个男孩必须要参加每一项竞赛。好心的瑟康弗伦斯伯爵夫人答应了前来颁奖，普伦德尔高斯特先生担任裁判，格莱姆斯上尉计时，我本人明天上午将出席观看决赛。就这些，谢谢你们。潘尼费热尔先生，也许你能帮我个小忙，午餐后来见见我？"

"我的上帝！"保罗喃喃自语。

"上一次运动会，我赢了跳远比赛，"布雷格说，"可每个人都说是因为我穿了钉鞋。您穿钉鞋吗，先生？"

"毫不例外地。"保罗说。

"可每个人都说那占了优势，不公平。你看，我们之前也不知道将要开运动会，所以我们也没有时间去准备。"

"我妈妈明天要来看我，"比斯特－奇汀说，"这是我的运气，这下我可以整个下午都待在这儿了。"

午餐后保罗来到开晨会的房间，只见博士正兴奋地在房间里上下踱步。

"啊，快进来，潘尼费热尔！我正在安排明天的招待会。弗洛伦丝①，你能跟克拉特巴克家通电话，请他们来吗？还有霍普－布朗家，我觉得沃伦顿家离得太远，但你也可以问问，当然要请牧师和塞德博萨姆少校了。客人越多越好，弗洛伦丝！

"还有，黛安娜②，一定要由你来负责茶点，三明治，鹅肝酱三明治——上一次，你记得吗，上一次你买的肝肠让邦彦夫人生病了——还有蛋糕，蛋糕一定要足够，要带彩色的糖霜！你最好还要组织汽车去赫兰迪德诺③车站接他们来。

"菲尔布雷克，不能少了香槟杯，你能指挥那些人把帐篷搭起来吗？对了，还有旗子，黛安娜！上一次一定还剩下了很多旗子。"

"我把它们都做成了除尘掸子。"玎吉说。

---

① 弗洛伦丝（Florence），女名，第三章出现过的弗劳希为其昵称。
② 黛安娜（Diana），女名，费根的小女儿，第三章出现的玎吉是她的绰号。
③ 赫兰迪德诺（Llandudno），威尔士北部海岸城镇。中文维基以及众多中文旅游网站将这个地名译作"蓝德迪诺"或者类似音译名，按照威尔士语发音不够准确，故没有遵照常规译名。

"哦，那我们得再买些。一定不要为了节俭开支而省掉任何计划。潘尼费热尔，我希望你下午四点前把资格赛的结果拿出来，然后你电话告知印刷工，这样明天之前运动会的程序表就可以出来，跟他们说，五十份足够了，但是必须得用学校的标志颜色来装饰，并镶嵌金边。还得有花，黛安娜，成堆的鲜花，"博士比画着热情而夸张的手势说道，"奖品得放在成堆的鲜花中间，你觉得还应该给瑟康弗伦斯伯爵夫人准备一捧花束吗？"

"不。"玎吉说。

"胡说！"博士说，"当然得有一束花。赫兰勒巴很少将安静的学术空气让位给喜庆，可一旦我们做，品位和优雅就需要不遗余力地展现。一定要有一束巨大的鲜花，来体现我们的热情。你的任务是去做一捧全威尔士最贵的花束，明白了吗？鲜花，青年，智慧，珠宝闪耀，音乐，"博士说，在这些词汇的激发下，他的想象力蓬勃着，已经升到了令人眩晕的高度，"音乐！一定要有一个乐队。"

"我从没听说过这东西，"玎吉说，"真的，一个乐队！接下来您该要焰火了。"

"对，还有焰火，"博士说，"以及，你觉得我们给普伦德尔高斯特先生买一条新领带好吗？我今天早上注意到，他看上去实在很寒酸。"

"不，"玎吉坚决地说，"这实在扯得太远了。鲜花和焰火是一回事，可我还是坚持要有个限度。给普伦德尔高斯特先生买领带，这实在太荒唐了。"

"也许你是对的，"博士说，"但应该有音乐啊。我知道赫兰勒巴银管乐队上个月在北威尔士艺术节上得了第三名，弗洛伦丝你能跟他们联系上吗？我觉得车站的戴维斯先生是乐队的队长。克拉特巴克们能来吗？"

"能，"弗劳希说，"他们六个人。"

"太棒了！然后是媒体，我们一定得给'弗林特和登比先锋报'①打个电话，请他们派一名摄影师来，这就意味着得有威士忌。你来解决这事好吗，菲尔布雷克？我记得过去的四次运动会中有一次，我省掉了给媒体提供威士忌这个环节，换来的结果是最最可怕的照片。男孩们在障碍赛跑中，总是会有一些粗鲁的形象，不是吗？

"现在还剩下奖品。我觉得你最好带上格莱姆斯跟你一起去赫兰迪德诺，帮你拿奖品。我也认为我们不需要在奖品方面太节省，这会给男孩们带来对运动的错误认识。我在想，如果我们请瑟康弗伦斯伯爵夫人颁发香芹头冠，她会不会觉得太怪异，也许会的。实用、经济、毫无疑问能长久保存，是需要考虑的因素，我想。

"另外，潘尼费热尔，我希望你能考虑一下，让奖品最好比较平均地在全校分布。让某一个孩子在两项以上的竞赛中取胜不太好，这事就交给你去处理了。还有，小勋爵谭金特得要赢个什么比赛才行，还有比斯特－奇汀——对，他母亲也会来。

"我很抱歉，这一切加到你们肩上的责任都来得有些突然。我也是今天早上才知道，瑟康弗伦斯伯爵夫人提议要来学校参观，加上比斯特－奇汀夫人也会来，这样一个好机会我们不应该错过。这种

_____

① 弗林特和登比先锋报（Flint and Denbigh Herald），虚构的新闻机构。

两位重要家长同时来访的情形并不经常发生。你们知道，她可是尊敬的比斯特－奇汀夫人——帕斯马斯特伯爵的弟媳——一名非常富有的女士，南美洲人。人们常说她毒死了丈夫，不过小比斯特－奇汀当然是不知道这事的，从来没有被审理过，但当时传言纷纷。也许你记得那个案子？"

"不记得。"保罗说。

"玻璃粉，"弗劳希刺耳地说，"放在他的咖啡里。"

"土耳其咖啡。"玎吉说。

"开始工作！"博士说，"我们有好多事要做。"

＊

保罗和普伦德尔高斯特先生来到运动场边上时，天又开始下雨了。孩子们分成一小组一小组地在等他们，在他们所不习惯的光着膝盖、敞着领子等严酷条件下瑟瑟发抖。克拉特巴克摔倒在泥潭中，藏在一棵树后悄悄地哭。

"我们怎么给他们分组呢？"保罗说。

"我不知道，"普伦德尔高斯特先生说，"坦白地说，我对这整件事很反感。"

菲尔布雷克穿着大衣，戴着礼帽出现了。

"费根小姐说她十分抱歉，她把跨栏用的栏杆，和跳高架的柱子，都当作柴火烧掉了。她说可以明天从赫兰迪德诺租一些来，然后博士说，在那之前你们就自己想办法解决吧。我得去帮园丁们把帐篷竖起来。"

"我想，如果有什么可以拿来比较的话，运动会比音乐会还要糟糕，"普伦德尔高斯特先生说，"至少音乐会是在室内举行啊。哦天哪！哦天哪！我已经湿成这样了，要是早知道有这种事，我一定会把我的靴子补好的。"

"拜托了，先生，"比斯特－奇汀说，"我们都开始感到冷了，可以开始吗？"

"是的，我想是的，"保罗说，"你们想做什么？"

"啊，我们应该先分成预赛小组，然后开始比赛。"

"好！分成四组。"

这花了些时间。他们想把普伦德尔高斯特先生也劝说进去跑。

"第一场比赛是一英里。普伦迪，你能照看他们吗？我想去看看，能不能跟菲尔布雷克一起找点什么东西架来跳高。"

"可我该做什么呢？"普伦德尔高斯特先生说。

"就让每一组跑到城堡再跑回来，然后记下每个预赛组前两名的名字。很简单。"

"我试试吧。"他悲伤地说。

保罗和菲尔布雷克一起走进亭子。

"我，一个管家，"菲尔布雷克说，"让我去搭帐篷，像个该死的阿拉伯人！"

"唉，就当成生活中的一点小变化呗。"保罗说。

"做管家对我已经是个变化了，"菲尔布雷克说，"我原本可不是给任何人做仆人的。"

"不是，我想也不是。"

"我猜你大概很好奇，我是怎么来到这儿的？"菲尔布雷克说。

"不，"保罗坚决地说，"没有的事。我对你的任何事情没有一丝一毫的兴趣，听见了吗？"

"我告诉你吧，"菲尔布雷克说，"是这样的——"

"我不想听你这些讨厌的自白，你懂吗？"

"不是讨厌的自白，"菲尔布雷克说，"是一个爱的故事。我认为这是我听说过的最美的故事，没有超过它的。

"我猜你一定听说过所罗门^①·菲尔布雷克爵士吧？"

"没有。"保罗说。

"什么，从来没听说过老所利^②·菲尔布雷克？"

"没有，怎么了？"

"因为那就是我。我可以告诉你，在河^③那边这是个很响亮的名字，在滑铁卢桥的南边，走到任何地方，你只要说出'羔羊与旗'^④的所利·菲尔布雷克，就会知道它是什么样的名声了。试试吧。"

"改天我试试。"

"还有，我说所罗门·菲尔布雷克爵士，那只是为了好玩儿，知道吗？那些男孩儿们这么叫我。其实我就是平民所罗门·菲尔布雷克先生，真的，就像你和他。"他忽然将大拇指向操场方向一指，普伦德尔高斯特先生柔弱的声音高喊着，正从那边传来："哦，请站好

---

① 所罗门（Solomon），富有而智慧的以色列国王，大卫的儿子。后世也常用作男名。
② 所利（Solly），所罗门的昵称。
③ 这里的河，指的是泰晤士河。
④ 羔羊与旗（Lamb and Flag），一个著名的小酒馆。

队吧，你们这些要命的孩子。""可是所罗门爵士是他们对我的称呼，出于尊重，你知道吗？"

"当我说：'预备？跑！'我就是让你跑，"听见普伦德尔高斯特先生在说，"预备？跑！哦，你们为什么不动啊？"他的声音淹没在刺耳的抗议声中。

"告诉你，"菲尔布雷克又说开了，"我并不是一直都在我现在这个位置上的。我是被很粗糙地养大的，要命的粗糙。听人说起过齐克①·菲尔布雷克吗？"

"怕是没有。"

"应该没有，我想他是在你所生活的年代之前的人物了，算是一个还有点用的小拳击手吧。因为他喝酒太多，而且手臂太短，没成为一流拳击手。不过，他那时在兰贝斯体育馆，一晚上也能挣五英镑，哪怕他喝多了，几乎不能打了，大家还是喜欢他。他是我爸爸，好心肠，但是就像我刚才告诉你的，是个很粗鲁的人，他常常因为一些可恶的原因打我可怜的母亲。为此被关起来两次，可是我的天，每次一出来他就变本加厉！现在没多少这种人了，这是靠普及教育和威士忌换来的。

"齐克一心要把我带进体育比赛的行业，我还没从学校出来，就已经能每周挣几个先令了，靠星期六晚上在拳击台边举海绵。我在那儿遇见托比·克莱茨维尔，你一定也没听说过他？"

"没有，恐怕我真的没有。我对体育人物一点也不熟悉。"

---

① 齐克（Chick），绰号。

"体育！什么，托比·克莱茨维尔是一个体育人物！你可真会说笑，托比·克莱茨维尔，"菲尔布雷克又重新强调了一番，说道，"你知道1912年布勒尔钻石盗窃案，还有1910年的联合钢铁基金盗窃案，1914年怀特岛的入室偷盗吗？他不是体育人物，托比不是。体育人物！你知道他对阿尔夫·拉瑞根做了什么吗？因为拉瑞根想骗他的一个女孩儿。托比那时的圈子里有个医生，叫毕德菲尔德，住在哈利街①，有数不清的病人。可是，托比知道这医生的一点把柄，他治死了托比的一个姑娘，那姑娘怀上了孩子去找过他帮忙；而托比知道这事，所以他得按托比说的去做，知道吗？

"托比并没有干掉拉瑞根，这不是托比的做法。托比其实从来没杀过一个人，除了那些浑蛋的土耳其人，这让他赢得了维多利亚十字奖章。他只抓着他，把他带去了毕德菲尔德医生那里，然后——"菲尔布雷克的声音变成了耳语。

"第二组预赛，准备好。这次如果我说'跑'时你们不动，全组将被取消资格，听见了吗？预备？跑！"

"……那以后女孩儿对拉瑞根就再没有用处了。哈，哈，哈！体育人物很好。话说回来，我和托比一起干了五年，做了钢铁基金和布勒尔钻石这两件事，一起获得了不错的收益。托比资格老些，拿了75%，即便这样，我也觉得很不错了。就在战争开始前我们分了手。他继续去破保险箱，而我则心安理得地在坎伯韦尔绿地②的'羔羊与旗'安顿了下来。战前那是一幢很好的房屋，现在依我看，还

① 哈利街（Harley Street），伦敦的一条街道，自19世纪起就以聚集了众多知名医生而闻名。
② 坎伯韦尔绿地（Camberwell Green），伦敦南部坎伯韦尔的一个小区域。

是那一带最好的。现在一切都不像从前那么容易了，可我也没啥好抱怨的。我还在旁边安置了个电影院。你随便哪天去，说我的名字，要个免费座位看场电影吧。"

"你可真好。"

"没事。然后，战争就开始了。托比在达达尼尔①得了维多利亚十字勋章，变得受人尊重起来。现在已经进议会了——克莱茨维尔少校，议员，代表南部地区什么小镇的保守党成员。我还没跟你说我是结过婚的，说过吗？结婚时她还挺漂亮的，后来就变肥了，在酒馆里工作的女的很容易这样。开战后，生意有些冷清，接着我老婆辫子一翘死了。我本来不知道我会把那当回事，反正她也变得又肥又那什么，确实一开始我没什么感觉，可过了一阵，葬礼的热闹劲一过，一切恢复老样子以后，我便烦躁起来。你知道，事情就变得不一样了，我开始读报。那之前，老婆会挑一些她感兴趣的念给我听，有时我听，有时我懒得听，不管怎么说吧，那些都不是我感兴趣的事。她从来也对犯罪没什么兴趣，除非是谋杀。我开始看警察新闻，然后每次他们送个什么新片子来，我也开始去看电影。我睡得不太好，常常躺在那儿就想过去的老时光。当然我可以再结婚：按我的情况，我基本上想娶谁都行，可我不想了。

"然后，一个星期六晚上，我来到酒吧。我总是在星期六晚上去，抽一支雪茄，站着喝一轮儿。那样可以把气氛调正。夏天我也穿带纽孔的衣服，和一枚钻石戒指。好，我正在沙龙里待着，猜我

---

① 达达尼尔，一战中的加里波利之战，又称达达尼尔战役（Dardanelles Campaign），是第一次世界大战中土耳其加里波利（Gelibolu）半岛的一场战役。它始于一个英法联盟的海军行动，目的是强行闯入达达尼尔海峡，打通博斯普鲁斯海峡，然后占领奥斯曼帝国首都伊斯坦布尔。

看到了谁坐在角落里，吉米·德瑞基——过去我和托比·克莱茨维尔一起干的时候认识的一个家伙，我从来没见过有谁看上去像他那天那样沮丧。

"'嗨，吉米！'我说，'我们现在不像过去那样老见到了。你怎么样？'我很热情地说，也很小心，因为我并不知道吉米的近况。

"'很糟糕，'吉米说，'刚做砸了一个活。'

"'什么样的活？'我说。'套人。'他说。那意思是绑架。

"'是这样的，'他说，'你知道一个很有钱的浑蛋，叫厄特瑞奇勋爵？'

"'那个装了电子防盗报警器的家伙，'我说，'厄特瑞奇公馆，贝尔格莱维亚广场①？'

"'就是那该死的杂种。嗯，他有个儿子——一个大约十二岁的小下流坯，第一次去上公学，我把眼睛放在他身上，'吉米说，'好长一段时间。他是家里唯一的儿子，而老爹又那么有钱，于是当我干完上一个活，我就一直盯着他。所有的事都像喝酒一样容易。'吉米说。贝尔格莱维亚广场后面的街角有个修车厂，他过去常常大清早去那儿看热闹，看他们怎么折腾那些送来修的车。那小孩儿也对车入迷。吉米有一天骑着摩托车还挂了偏斗来加油，这小孩儿走过来，用他常有的样子看了看车。

"'这摩托车不太好。'他说。'不好？'吉米说，'一百魁德②我也不卖呢。这车，'他说，'在布洛涅③得过大奖。'胡说！'那孩子说，

① 贝尔格莱维亚广场（Belgrave Square），伦敦的一个大广场。
② 魁德（quid），英镑的俚语俗称。
③ 布洛涅（Boulogne），巴黎西郊的森林区，最早的赛车活动终点。

'三十英里都跑不到，连下坡都不行。''哦，那就让你看看，'吉米说，'上来跑一圈去？打赌我能在路上跑到八十。'于是那孩子上了车，吉米带着他跑开，停在了一个吉米认识的地方。就这样，吉米把他很安全地藏了起来，接着便给那父亲写信。孩子一面卸着吉米摩托车上的引擎，正幸福得像要燃烧起来。吉米说，过去从来没有像那样过，当然过去也没什么好说的。总之一切都很妥当，直到厄特瑞奇老爷的回信到来。你相信吗，这变态的老爹居然不肯掏腰包，这个拥有轮船、矿山，财富足够买下英国银行的富翁。信上说，他非常感谢吉米不辞辛劳所做的一切，除掉了他快乐生活的最后一个障碍，现在他已经一切圆满如意了。但是，因为这项工作不是他要求吉米做的，所以他不会因此而支付报酬。真诚的，厄特瑞奇。

"这对吉米来说太糟糕了。他后来又写了一两封信，都没有回音。这时，那孩子已经把那摩托车的部件拆了一屋子，吉米让他走。

"'你没试着拔他两颗牙给他爹寄去？'我问道。

"'没有，'吉米说，'我不那么干。'

"'你没让那孩子可怜巴巴地写几句，求救？'

"'没有，'吉米说，'我不那么干。'

"'你没剁他几根手指，放进他家邮箱？'

"'没有。'他说。

"'啊，那还有什么说的呢，'我说，'你确实不配得到成功啊，你根本没弄明白你干的这一行。'

"'哦，别这么说，'他说，'说说容易。你没干这行都十年了，你不知道现在是什么样的。'

"嗯，这倒令我开始琢磨。就像我说的，我那时开始变得烦躁不安，每天无所事事，就在酒吧里转悠。'你看，'我说，'我打赌，你指定一个小孩，我随时可以把这活儿干了。''一言为定！'吉米说。于是他翻开报纸。'就找第一个出现的，有钱并且只有一个独子的浑蛋。'他说。'同意！'我说。唉，首先看见的，便是瑟康弗伦斯伯爵夫人，和她的独子谭金特勋爵，在沃里克赛马场①的照片。'这个，你的目标。'吉米说。就是这个，把我引到了这里。"

"可是，天哪，"保罗说，"你究竟为什么要告诉我这个骇人的故事？我无疑立刻会报警的，从来没听说过这种事。"

"别紧张，"菲尔布雷克说，"这活已经了了。吉米已经胜了这场打赌。这一切都发生在我遇到蒂娜之前，知道吗？"

"蒂娜？"

"黛安娜小姐。蒂娜是我叫的，我在一首歌里听到过的名字。就在我看见那女孩儿的那一刻起，我就知道，这游戏结束了。我的心完全静止了。关于这个，也有一首歌。那个女孩儿，"菲尔布雷克说，"可以把一个男人从地狱中拯救出来。"

"你对她的感觉有那么强烈？"

"为了她，我不惜赴汤蹈火。她在这儿不开心。我觉得她爸爸对她不好。有时，"菲尔布雷克说，"我觉得她只应该嫁给我，离开这里。"

"上帝！你要结婚？"

---

① 沃里克赛马场（Warwick Races），英国著名的赛马场所。

"上星期四把这事搞定了，我们一起商讨已经有一阵了。对一个女孩儿来说，被这样关起来，从来见不到一个男人，是不好的。我出现时，她只是日夜管理家务，已经处于可能跟任何人跑掉的状态。她唯一的快乐就是削减开支，辞退用人。他们大部分都在合同到期前就离开了，他们真的很穷。她肩上是长了一颗头脑的，她有脑子，是一个真正的生意女人，正是我的'羔羊'所需要的。

"然后，有一天她听见我在电话里给剧院经理下达命令，这让她动上了脑筋。一个乔装打扮的王子啊，你可以这么说。事实上，正是她，提出来我们结婚的建议。我不会有脸提出来的，至少不会在我还是个管家身份时。我本来想的是，某一天租一辆车，带着钻戒，穿着带纽孔的礼服，隆重地来向她求婚。可根本不需要那样做。爱情真是一件美妙的事。"

菲尔布雷克没有再说下去，很显然已经深深地被自己的演讲所打动。亭子间的门打开了，普伦德尔高斯特先生走了进来。

"嗯，"保罗问道，"比赛进行得如何？"

"不是很好，"普伦德尔高斯特先生说，"事实上，他们全都已经走了。"

"都结束了？"

"是的。你看，第一场比赛后没有一个孩子回来。他们就在马路那头的树林后面消失了。我猜他们大概去换衣服什么的。不怪他们，真的，太冷了。可是，一组又一组预赛后，都没人回来，还是很让人沮丧。你知道，就像送部队去打仗一样。"

"那我们最好也回去换衣服啊。"

"是的，我觉得最好这样了。哦，这一天啊！"

格莱姆斯在休息室里。

"刚从热闹的赫兰迪德诺市场回来，"他说，"陪盯吉购物不像是一个公学毕业生适合的职业。预赛进展得怎样？"

"压根儿没举行。"保罗说。

"没事，"格莱姆斯说，"把这事交给我。我干这行有一段时间了，这种事最好在壁炉边解决，我们可以安静地把结果拿出来。最好得抓紧了，那老小子要求发出去今晚印刷。"

于是用一张纸，和一个小铅笔头，格莱姆斯编出了明天的比赛秩序。

"这怎么样？"他说。

"克拉特巴克看上去表现得不错。"保罗说。

"是的，他是个很棒的小运动员，"格莱姆斯说，"现在你给印刷厂打电话，一项一项地向他们说明，今晚上印。我在想，我们是否应该有跨栏比赛？"

"不。"普伦德尔高斯特先生说。

第八章　运动会

还算令人开心，第二天没有下雨。上午下课后，每个人都从头到脚按照最高等级打扮了起来。费根博士出现时，身上一袭浅灰色晨礼服上衣，加正装条纹裤，看上去比任何时候都更像偶像剧里的青年男主角。他步履轻盈，脚下好像装了弹簧，举止间有一种保罗从未见过的矍铄。弗劳希穿一件紫罗兰色的羊毛针织裙，是她妹妹上一年秋天织给她的。那颜色是永久性墨汁浸在了薄纸上的效果，腰间装饰着祖母绿和粉色的花朵。她的帽子，同样是手工家制的，出自许许多多个无怨无悔的冬夜里漫长的劳作，她从前那些帽子上的花边，也都用在了这一顶的装饰上。玎吉别了一枚斗牛犬形状的钢胸针。格莱姆斯穿了一匹浆硬的晚装假领。

"得为这庆典做点什么，"他说，"所以我戴上了这'项圈'。呃，可是真紧啊。你看见我未婚妻最新的作品了吗？爱斯科①根本没法比啊。趁那快乐的人群拥来之前，咱俩去罗伯茨太太那儿赶快喝一杯

---

① 爱斯科（Ascot），英国传统的皇家赛马会，以比拼服饰尤其是帽子闻名。

吧。"

"我倒希望我可以去啊，可我得陪着博士检查一遍场地。"

"哦，是啊，那老男孩儿！回头见。普伦迪来了，穿着他色彩鲜艳的外套。"

普伦德尔高斯特先生穿一件有点败色的条纹西装，能闻到一股浓烈的樟脑味。

"我理解费根博士鼓励我们在这种场合做适当的展示，"他说，"我上大学时常常在板球队守门，可因为眼睛近视，所以干得不太好。但无论如何，我还是有资格获得了这件夹克，"他说的时候声音里有一丝蔑视的意味，"这比在运动场合穿一件硬领子恰当多了。"

"好你个普伦迪！"格莱姆斯说，"看来没有什么比偶尔换一下装更能激发一个人潜在的攻击性了，我感觉自己好像穿上卡其军服的第一个星期那样。好吧，回头见。我去罗伯茨太太那儿了，你干吗不和我一起去呢，普伦迪？"

"你别说，"普伦德尔高斯特先生说，"我还真要去。"

保罗吃惊地目送他俩消失在马路上，然后他转身去找博士。

"坦白地说，"博士说，"我也对自己的热情感到很困惑，但我就是不能想象还有任何别的更好的方式，能比展示充满竞争的运动员气质更让人兴奋的了，没有——可能民间舞蹈除外。如果这世界上有两名妇女的陪伴令我厌恶的话——事实上远不止两名——她们便是比斯特－奇汀夫人和瑟康弗伦斯伯爵夫人。此外，我刚还与我的管家搞得特别尴尬，他——你能相信吗？——穿着芥末色的齐膝灯笼裤套装，戴一枚钻石领带夹，在那儿伺候午餐。而当我为此事而训斥他时，他却试图编出什么他曾经是马戏团还是游泳池或者什么类似环境的老板这种荒谬的故事来。不过无论怎样，"博士说，"我还是满怀兴奋。我也不明白这是为什么，就像这类事过去从来没有发生过一样。我在赫兰勒巴这十四年中，总共举办过六天的运动会，以及两次音乐会，所有这些活动，不是这个原因就是那个原因，最后都办得一塌糊涂。一次邦彦夫人生了病；另一次是媒体摄影师拍了那些难看的跨栏照片；还有一次，几名不太重要的父母带了只狗来，严重咬伤了两个男孩儿和一名老师，这老师当着大家的面骂得很难听。这事我并不能怪他，但是当然，他也只能离开学校了。再有就是一次音乐会，男孩儿们因为午餐吃的那布丁，而拒绝唱《天佑吾王》①。不是这样就是那样，我一直地在举办活动这件事上不走运。可每一次，我都怀着新的期待，享受着这盼望的心情。也许，潘尼费热尔，你会给赫兰勒巴带来好运吧。事实上，我非常相信你已经给我们带来好运了。你看太阳！"

在被水淹了的车道上，他们小心翼翼地踩着那一小块一小块的干地，来到了操场。那里，过去二十四小时的一番忙乱似乎见了些成效。一个大帐篷已经搭好，此刻菲尔布雷克——还是穿着灯笼裤——加上三名园丁正在竖一个小点的帐篷。

"这是为赫兰勒巴银管乐队准备的，"博士说，"菲尔布雷克，我刚才说了让你脱掉这一身讨厌的衣服的。"

"我买的时候它们是新的，"菲尔布雷克说，"花了我八英镑

① 《天佑吾王》，英国国歌，根据当时君主的性别，分别为 *God Save the King*，或者 *God Save the Queen*。

一十五先令。不管怎么说，我不能同时做两件事吧，可以吗？如果我回去换衣服，谁来负责这个，我倒想知道？"

"好了！先把手里的事做完。我们来整理一遍安排吧。这个大帐篷用于客人的茶点，那是黛安娜的地盘，我想她应该正在那儿忙碌吧。"

不出所料，玎吉正在帮着两个用人从一个工作台上取下色彩艳丽的蛋糕，往盘子里摆。另外两名用人在后面切三明治。显然玎吉也很开心。

"简，艾米莉，记得那些黄油是用在三整条面包上的，一定要都抹到了，但也别浪费，面包皮切掉时尽量薄一些。父亲，您觉得男孩儿们是单独到这儿来好呢，还是跟他们父母一起更好？您还记得上一次，布雷格带了四个男孩来，把所有的果酱三明治都吃了，结果娄德尔上校一点也没吃到。潘尼费热尔先生，香槟杯不是给老师们准备的，实际上，我估计你们会忙着招呼客人，在他们离开前，恐怕连喝杯茶的工夫都没有。你最好把这个也转告一下格莱姆斯上尉，我肯定普伦德尔高斯特先生是不会让自己越界一步的。

帐篷外面放了些椅子，以及一些盆栽棕榈树和鲜花灌木。"这些都一定要摆放整齐，"博士说，"客人一个小时内就会到了。"他走了过去。"汽车应该在这里从车道上拐下去，直接来到场地边，这会给相片添上怡人的背景，另外，潘尼费热尔，你能否比较隐晦地示意摄影师，在照片上更多地突出比斯特－奇汀夫人的希斯巴诺·苏莎①，而不是瑟康弗伦斯伯爵夫人的小汽车，我觉得这会让一切都更圆满。所有这些安排都是有意义的，你知道。"

"好像场地上做标志的事还一点都没有开展。"保罗说。

"是啊，"博士说，第一次把注意力转向了场地，"什么都没有。嗯，你只能尽力而为了，他们也不能把什么都干了。"

"我在想跨栏的栏杆有没有送到了一些？"

"已经订了，"博士说，"这个我很肯定。菲尔布雷克，栏杆送到了吗？"

"是的。"菲尔布雷克说的时候，不经意地笑了一下。

"怎么了，拜托，你觉得提到栏杆很可笑吗？"

"您请去看看吧！"菲尔布雷克说，"它们就在茶棚后面。"

保罗和博士走过去一看，只见一段一段带刺的铁栏杆，堆在大帐篷后面，每一根大约五英尺高，刷了绿漆，上面有金色的凸起。

"我看他们大概送错了东西。"博士说。

"是的。"

"嗯，那我们也只能尽力而为了。其他还有什么是应该有的？"

"铅球，链球，标枪，跳远坑，跳高杆，跨栏杆，鸡蛋和勺，滑竿。"菲尔布雷克说。

"过去都比赛过，"博士镇静地说，"还有什么？"

"要个地方跑。"保罗建议道。

"什么，愿主护佑我的灵魂，这里有一整个公园啊！昨天的预赛

---

① 希斯巴诺·苏莎（Hispano Suiza），老牌西班牙汽车厂商，于 1902 年由瑞士著名工程设计师 Marc Birikigt 和一家西班牙电车制造商共同创建，公司后来定名为 Hispano-Suiza，意为西班牙－瑞士，以纪念两位奠基人的祖国。

你是怎么进行的？"

"我们靠眼睛目测的距离。"

"那今天也只能这样了。真的，我亲爱的潘尼费热尔，用这种方式来对付困难很不像你啊，我看你是不是有点气馁了。让他们一直比赛，直到茶点时间。还有，记住，"他睿智地加了一句，"比赛越长，需要的时间也越多。我把细节留给你去处理，我更关心格调方面的问题，比如，我希望能有一杆发令枪。"

"这个有用吗？"菲尔布雷克说，摸出一把巨大的军事左轮手枪，"小心点儿，上了膛的。"

"就这个，"博士说，"记住，只对着地面开枪。我们要尽最大努力，避免任何事故。你总是把这东西带在身上吗？"

"只有当我戴了钻石的时候。"菲尔布雷克说。

"哦，那我希望这不要经常出现。天哪！这些可怕的人都是谁啊？"

十个模样令人作呕的汉子出现在车道上。眉毛低垂，眼神狡黠，四肢弯曲。他们挤成一团，有如狼群一般，一边向四周张望，一边前行，似乎在防范着随时可能到来的偷袭；嘴角垂涎，挂在松弛的下巴上，每个人大猩猩一般的手臂下夹着一个莫名其妙、无法解释的东西。当博士出现在他们眼前时，他们忽然停住了，随后向两旁散开，而排在队伍后面的，便从他们同伴的肩头眯着眼睛打量眼前发生的事。

"哎呀！"菲尔布雷克说，"疯子！这就是需要我拔枪的时候了。"

"我简直不敢相信自己的眼睛所看见的东西，"博士说，"这样的生物根本不能存在。"

一阵短暂的惊慌和推搡之后，一位年长的男子从人群后面走了出来。他留着粗粝的深色胡子，高低不平的肩上挂着一个槲寄生浆果造型的德鲁伊式铜花环。

"什么，这不是我的朋友车站站长吗？"菲尔布雷克说。

"我们是银管乐队，愿主保佑你们，"站长一口气说道，"站在你们面前的，是一个在整个北威尔士艺术节上，除了两个乐队以外，无人能战胜的乐队。"

"原来是这样，"博士说，"我知道了。这太好了。好，那请你们去帐篷里好吗，那边小的那一个。"

"让我们围在您身边游行不好吗？"站长建议道，"我们有一面漂亮的小黄旗，这样可以让您看上去就像绣在织锦中一样。"

"不了，不了，去那帐篷里！"

站长回头跟他的音乐家同伴们商量起来。只听他们中生起一阵阵的像狂吠，又像低吼和一连串的哇啦哇啦声，仿佛月亮升起时的丛林。这时他又走上前来，带着讨好的神色，拖着脚步。

"在运动会上奏乐，您付我们三英镑，说好的。"

"是的，是的，没错，三英镑，现在去帐篷里！"

"不先付钱，我们什么也不会演奏的。"站长坚定地说。

"这个怎么样，"菲尔布雷克说，"我给他一耳光？"

"不，不，我求你不要做这种事。你在威尔士住的时间没我长。"博士从衣袋里掏出一个钱夹，见此情形，音乐家们立刻焕发了生命的活力，他们围成一圈，抽搐，赞叹。博士掏出三英镑的钞票交给站长。"拿好了，戴维斯！"他说，"现在带你的人去帐篷里吧。他们只能在茶点以后才允许出现，你明白了吗？"

乐队溜走了，保罗和博士又回头向城堡走去。

"威尔士人的特点很有趣，值得研究，"费根博士说，"我时常起意要写一本关于这个题材的专著，可我担心这会让我失去村里人的喜欢。有一种很无知的看法，认为他们是凯尔特人①，这当然纯属谬论。他们是纯种的伊比利亚人②——这是真正的欧洲原住民，只在葡萄牙和巴斯克③地区生存了下来。凯尔特人很乐意与他们的邻居通婚，然后吞并他们。从很早很早以前，威尔士人就被看作不洁的人种，他们也因此而保持了他们的种族完整性。他们的子女从不与人类其他血统通婚。在威尔士，你不需要立法来限制征服者与被征服者通婚。可是在爱尔兰你就需要，因为在那里，种族间通婚是有政治意义的，在威尔士则只涉及道德。另外，我希望，你没有威尔士血统吧？"

"没有。"保罗说。

"我当然知道你没有，可是小心点总没有坏处。我有一次跟六年级的学生谈到这个话题，可后来知道其中一个孩子有一位威尔士祖母。恐怕那很深地伤害了那可怜小伙子的感情。她来自彭布罗克郡④，其实这当然很不一样了。我常常想，"他继续道，"英国历史上的所

① 凯尔特人（Celts），是指铁器时代和欧洲中世纪的一个人类种群，讲凯尔特语，有共通的文化特性。古代凯尔特人的地域分布有争议。
② 伊比利亚人（Iberians），希腊和罗马人的起源，来自伊比利亚半岛海岸，起码可以追溯到公元前6世纪。罗马文中的Hispani意同Iberians，西班牙人。
③ 巴斯克（Basque），比利牛斯山西边，横跨法国和西班牙边界。
④ 彭布罗克郡（Pembrokeshire），英国威尔士西南部的一个郡，东面与卡马森郡接壤，东北与锡尔迪金接壤，北面为爱尔兰海，南面为凯尔特海，首府为哈弗福韦斯特。

有灾难，追溯回去，都跟来自威尔士的影响有关。你想想卡那封①的爱德华，第一位威尔士亲王，那任性的一生，潘尼费热尔，那么不体面地死去②，然后是都铎③，教会分散④，后来又是劳合·乔治⑤，限酒运动，不信英国国教，淫荡，偷窥，所有这些丑恶并肩而来，横行全国，放纵，损毁。也许你觉得我夸张了吧？我承认，我有某种修辞倾向。"

"没有，没有。"保罗说。

"威尔士人，"博士说，"是这世界上唯一的一个民族，从来没有创造过任何平面或者雕塑艺术品，没有建筑，没有戏剧。他们就会唱，"他鄙视地说，"他们就会唱，或者吹奏一些镀了银的管乐器。他们喜欢欺骗，因为他们不能分辨真理与谬误；他们很堕落，因为他们不能预知放纵的后果。让我们再考虑到，"他继续说，"威尔士语言的词源推导……"

可这时他被一个上气不接下气，从车道上跑来找他们的小男孩打断。"快去，先生，瑟康弗伦斯伯爵和夫人已经到了。他们在书房里，与弗洛伦丝小姐在一起。她让我来告诉您。"

"比赛十分钟以后开始，"博士说，"快跑，去通知其他男孩儿们，

---

① 卡那封（Caernarvon），威尔士格温内斯港的一个皇室小镇。
② 国王爱德华一世（King Edward I，1272—1307）于 1301 年将封号 "威尔士亲王"（Prince of Wales）授予他的儿子爱德华（ Edward，1284—1327），他于 1307—1327 年之间在位，其间统治并不成功。他与皮尔斯·嘉威斯顿（Piers Gaveston）之间的友谊（人所共知的同性恋情）持续地引起他致对派的不满，并削弱他的统治，导致了在苏格兰的军事失败、英格兰的混乱和财政困境。终于 1327 年议会解除了他的王位，之后不久在格劳斯特郡被杀，据称是被人用烧红的烤肉叉插入肛门。
③ 都铎（Tudor），1485 至 1603 年间统治英格兰王国及其周围地区的王朝。
④ 英格兰和苏格兰教会的分散发生在 1536—1540 年间。
⑤ 大卫·劳合·乔治（David Lloyd George，1863—1945），威尔士人，自由党政治家，1908 年至 1915 年间担任英国财政大臣，1916 年至 1922 年间担任英国首相。英国近代史上重要的政治人物，他的职业生涯深受财政丑闻以及他私生活不忠的传闻的困扰。

立即更衣到操场。我以后再找机会跟你说威尔士，这是个我想得很多的问题，而我也能看出来你对此确实有兴趣。你跟我来，一起去见见瑟康弗伦斯。"

弗劳希正与他们在书房里谈话。

"是啊，这难道不是特别漂亮的颜色吗？"她正这么说，"我个人确实喜欢明亮的东西，这是黛安娜织给我的，她织得真是棒极了，哦，颜色当然是我挑的，你知道，因为，你看，黛安娜的眼光更倾向于平淡的灰色或者棕色。比较伤感的，你知道。哦，爸爸来了。瑟康弗伦斯伯爵夫人正在说，她有多喜欢我的裙子，你还说庸俗呢，看看！"

一个肥胖的、上了年纪的妇女，穿着一件粗呢上衣和短裙，戴一顶俏皮的提洛尔帽子①，向博士走过来。"你好！"她用低沉的嗓音说道，"你最近好吗？如果我们来晚了，真是很抱歉。瑟康弗伦斯撞到了一个傻孩子。我正跟你女儿在这儿说笑，聊她的裙子呢。真希望我现在还年轻，还可以穿那样的东西。我好像年纪越大越喜欢鲜艳的颜色。我们俩都老了，哈？"她使劲握了握费根博士的手，很显然把他都握疼了。这时她转向保罗。

"所以你就是博士请来的杀手，是吗？好吧，我希望你对我那癞蛤蟆儿子严厉些。他怎么样？"

"非常好。"保罗说。

"胡说八道！"瑟康弗伦斯伯爵夫人说，"那孩子就是个笨蛋，

---

① 提洛尔帽子，Tyrolean 帽子，有时又称作巴伐利亚帽或阿尔卑斯帽，最初发源于阿尔卑斯山提洛尔地区，在今意大利与奥地利交界地区。

否则他也不会在这儿了。他基本上得靠打着、抽着、推着才行，即便这样，他还是不会好。博士，露台上的草长得太糟糕了，你应该把它们除掉，重新下种，不过如果你真想让草长得好的话，得先把边上那根杉树拔掉。我最讨厌砍树——就像掉一颗牙一样——可你得做出选择，要树还是要草，你不能都要。你给园艺管理员付多少钱？"

她正说着，瑟康弗伦斯伯爵从阴影中出现，他握了握保罗的手。他唇上蓄着长长的小胡子，一双大眼睛湿漉漉的，这使得保罗禁不住联想起普伦德尔高斯特先生。

"你好吗？"他说。

"您好吗？"保罗说。

"喜欢运动，是吗？"他说，"我的意思是，这一类的体育运动？"

"哦，是的，"保罗说，"我认为它对男孩们大有裨益。"

"是吗？你这么认为，"瑟康弗伦斯伯爵热切地说，"你认为这对男孩们很有好处？"

"是的，"保罗说，"您不这样认为吗？"

"我？哦，是的，我也这样认为。对男孩们非常有好处。"

"战争或者类似情况下会很有用。"保罗说。

"你这样认为？你真的这样认为？我是说，你觉得会再次爆发战争？"

"是的，我很肯定。您不觉得吗？"

"是的，当然了。我也很肯定。难吃的面包，别人跑到你的土地上来，支配你的黄油和牛奶，指挥你的马匹！哦，好吧，再来一次！我妻子当时杀死了她的一匹猎马，省得它们被军队征用。穿着七分裤的女孩子挤满农场！全部再来一次！你觉得这一次又会是谁？"

"美国人。"保罗坚定地说。

"不，真的，我希望不是。我们有两个农场的德国战俘。那不算太坏，可要是把美国人放到我们农场里来，我会坚决抵制的。前几天我女儿带了个美国人来吃午餐，嗯，你知道吗？"

"挖出来，下肥，"瑟康弗伦斯伯爵夫人说，"你真的需要挖得很深，我告诉你。对了，去年你的荷包花长得如何？"

"这个我确实不知道，"博士说，"弗劳希，我们的荷包花长得怎样？"

"好极了。"弗劳希说。

"我一个字也不信，"瑟康弗伦斯伯爵夫人说，"去年没有谁的荷包花长得好。"

"我们是不是应该暂停，先去操场呢？"博士说，"我猜他们应该都在等我们。"

一行人欢快地交谈着，穿过大厅，走下台阶。

"你的车道太湿了，"瑟康弗伦斯伯爵夫人说，"我猜下水管的什么地方一定堵上了。你肯定不是污水？"

"我短距离一向很差，"瑟康弗伦斯伯爵说，"我总是起跑特别慢，可我在拉格比^①时，曾经得过克里克跑^②第十八名。我们考大学时运动不是很受重视，但每个人都骑马。你上的哪个学院？"

"斯贡。"

"斯贡？你在斯贡？你认识我妻子的一个年轻侄儿，叫阿拉斯代尔·狄格比–韦恩–特朗品敦的吗？"

"我不久前刚和他打过交道。"保罗说。

"这太有意思了，真好。潘尼富特^③认识阿拉斯代尔。"

"是吗？唉，那孩子自己可不怎么样。前两天被罚了二十英镑，他母亲告诉我的，好像还很自豪。如果我哥哥还在世，一定会从头到脚好好收拾那小崽子。得要一个男人，才能养大另一个男人。"

"是啊。"瑟康弗伦斯伯爵温顺地说。

"你在牛津还认识谁？你认识弗雷迪·弗伦奇–怀斯吗？"

"不认识。"

"还有汤姆·奥伯斯维特，或者卡索顿家的小儿子？"

"不，恐怕不认识。我有个好朋友叫帕兹。"

"帕兹！"瑟康弗伦斯伯爵夫人说，便没再说下去。

全校的人和几个来自当地的客人都已经在操场上集合好了。格莱姆斯一个人站在那儿，显得有些没精打采。普伦德尔高斯特先生，红光满面并且精神饱满，十分地不同寻常，正在同牧师说话。校长一行刚一出现，赫兰勒巴银管乐队即奏响了《哈莱克进行曲》^④。

---

① 拉格比（Rugby），英国很有名望的老牌公学。
② 克里克跑（Crick run），拉格比公学的一个越野跑项目。
③ 潘尼富特（Pennyfoot），将潘尼费热尔误记后的名字。
④ 《哈莱克进行曲》（Men of Harlech），一首威尔士进行曲，相传是描述 1461 年到 1468 年之间的哈莱克城堡的七年围城事件。

"震撼。"瑟康弗伦斯伯爵夫人亲切地评论道。

这时一名级长上前来将竞赛程序献给她，程序扎着丝带，边上烫金。另一名级长为她拉出椅子。她挨着博士坐了下来，瑟康弗伦斯伯爵坐在她的另一侧。

"潘尼费热尔，"为了盖过乐队的声音，博士只得大声喊道，"让他们开始比赛。"

菲尔布雷克递给保罗一只扩音喇叭。"我在亭子里找到的，"他说，"我想着可能会有用。"

"这个奇特的人是谁？"瑟康弗伦斯伯爵夫人问道。

"他是位拳击教练，专业游泳选手，"博士说，"锻炼得很优美的体格，您不觉得吗？"

"第一场比赛，"保罗通过扩音喇叭说道，"十六岁以下，四分之一英里！"他照着格莱姆斯的清单念出参赛者的名字。

"谭金特在这比赛中做什么？"瑟康弗伦斯伯爵夫人说，"那孩子一寸也跑不了。"

银管乐队停止了吹奏。

"比赛路线，"保罗说，"从亭子出发，绕过那一丛榆树……"

"榉树。"瑟康弗伦斯伯爵夫人大声纠正道。

"……乐队前面为终点。起跑裁判，普伦德尔高斯特先生；计时，格莱姆斯上尉。"

"我会说'预备？一，二，三！'然后鸣枪，"普伦德尔高斯特先生说，"预备？一——"一声巨响。"哦天哪！实在对不起。"可比赛已经开始了。很显然谭金特不会赢；他正坐在草坪上哭，他的脚被普伦德尔高斯特先生的子弹给打伤了。菲尔布雷克抱起他，只听他沮丧地号叫着，走进茶点帐篷，玎吉帮他把鞋脱了，脚后跟上有轻微的擦伤。玎吉给了他一大块蛋糕，他瘸着腿走出去，身边立即围上一大群充满了同情心的人。

"那伤不到他什么，"瑟康弗伦斯伯爵夫人说，"可我觉得应该让人把那枪从那老人那儿拿走，以免发生更严重的事件。"

"我就知道会发生这样的事。"瑟康弗伦斯伯爵说。

"这个开端真是太不幸了。"博士说。

"我会死吗？"谭金特说，嘴里塞满了蛋糕。

"看在上帝的分上，看好普伦迪，"格莱姆斯对着保罗耳语道，"那人已经醉成了一个老爷，就一个威士忌。"

"第一滴血是我的！"普伦德尔高斯特先生欢快地说。

"最后一场比赛将仍然是赛跑，"保罗对着扩音喇叭说，"起跑裁判，菲尔布雷克先生；计时，普伦德尔高斯特先生。"

"各就各位！预备。"哪，枪声又响起，这次没有事故。六个小男孩儿在泥泞里蹦跳着跑开，很快消失在榉树林后面，回来时有些慢。格莱姆斯上尉和普伦德尔高斯特先生牵着一条带子。

"跑得好，先生！"塞德博萨姆少校喊道，"这比赛真精彩。"

"真好，"普伦德尔高斯特先生说，丢下他牵的那一头带子，悠闲地朝上校那个方向走去，"我可以看出您是一名优秀的赛跑裁判，先生。就像我一样，曾经也是。格莱姆斯也是。一个很棒的家伙，格莱姆斯；一个无赖，可你知道，也是个很棒的家伙。无赖同时也可以是很棒的家伙，您难道不同意吗，斯莱德巴特姆^①上校？事实上，我更进一步地觉得很棒的家伙都是无赖。您怎么看？你能别再拽我胳膊了吗，潘尼费热尔？西艾巴特姆^②上校和我正在就无赖进行一场最有趣的交流呢。"

银管乐队又开始吹奏，普伦德尔高斯特先生开始摇晃起来，说："很棒的家伙！"然后开始弹响指。保罗把他带到茶点帐篷。

"玎吉希望你能在这儿帮她，"他严厉地说，"还有，看在上帝的分上，别再出来了，直到你感觉好些。"

"我这辈子从没有比现在感觉好过，"普伦德尔高斯特先生愤愤地说，"很棒的家伙！很棒的家伙！"

"这不关我的事，当然，"塞德博萨姆少校说，"可你如果问我的话，我会说那人喝酒了。"

"他刚才很兴奋地跟我说了好一会儿，"牧师说，"关于什么沃辛的教堂取暖设备，还有什么阿比西尼亚^③教会的使徒宣言。我承认我没能全部明白他所说的。他看上去对教会事务有着浓厚的兴趣。你肯定他脑子没事吗？我一次又一次地发现，一个人若不是牧师，却又对这些事有着浓厚的兴趣，通常是发疯的前兆。"

"喝酒，就这么简单，"少校说，"不知道他哪里来的酒？我都想来一点威士忌。"

"四分之一英里公开赛！"保罗通过扩音喇叭说。

---

① 斯莱德巴特姆（Slidebottom），普伦德尔高斯特先生显然因为酒醉已经不能准确记住"塞德博萨姆"的名字。
② 西艾巴特姆（Shybottom），同上。
③ 阿比西尼亚，埃塞俄比亚前身。

这时克拉特巴克一家到了。父母都颇为粗壮。他们带了两个年幼的孩子，一名家庭女教师，以及一位年长的儿子。一个个从车上下来，伸展着四肢，显然是放松了的样子。

"这是山姆，"克拉特巴克先生说，"刚刚从剑桥出来，加入到我的公司，我们还把小孩儿们也带来了，算是一次特殊出行。您不介意吧，博士？最后，但绝不是最次要的，这是我太太。"

费根博士用一种居高临下的友好欢迎了他们，并帮他们找到了座位。

"恐怕您错过了所有的跳跃项目，"他说，"可我这儿有所有的结果，您可以看到珀西表现得非常不错。"

"过去都不知道这小家伙还有这个本事。你看，玛莎？珀西赢了跳高、跳远和跨栏。您家的年轻希望怎么样，瑟康弗伦斯伯爵夫人？"

"我儿子脚被弄伤了。"瑟康弗伦斯伯爵夫人冷冷地说。

"哦天哪！不太糟吧，我希望。他是在跳的项目时扭了脚踝吗？"

"不是，"瑟康弗伦斯伯爵夫人说，"被一个助理教师给射中了。不过谢谢您这样关心。"

"三英里公开赛！"保罗说，"比赛路线，刚才的路线重复六次。"

"各就各位！预备。"菲尔布雷克的左轮又一次响起，啪。孩子们又冲了出去，开始另一场赛跑。

"父亲，"弗劳希说，"您不认为现在该是茶歇时间了吗？"

"比斯特－奇汀夫人到来之前，这些最好都别开始。"博士说。

一圈又一圈，运动员们绕着泥泞的道路跑着，银管乐队不间断地吹奏着神圣的音乐。

"最后一圈！"保罗宣布。

全校的人和客人一起，全都围在终点线旁边给胜利者加油。在响亮的欢呼声中，克拉特巴克又遥遥领先撞上了终点线。

"跑得好！哦，好，太好了，先生！"塞德博萨姆少校大声喊道。

"好小子珀西！这就对了。"克拉特巴克先生说。

"跑得好，珀西！"俩小克拉特巴克在家庭教师的敦促下，也齐声说道。

"那孩子作弊了，"瑟康弗伦斯伯爵夫人说，"他只跑了五圈，我数了。"

"我猜就要有不愉快来把这个下午给毁了。"牧师说。

"你怎么敢说这种话？"克拉特巴克夫人问道，"请教裁判，珀西跑满了全程，对吗？"

"克拉特巴克获胜。"格莱姆斯上尉说。

"真是胡扯！"瑟康弗伦斯伯爵夫人说，"他故意掉在后面，然后在榉树林后面加入队伍。那小癞蛤蟆！"

"真的，格蕾塔，"瑟康弗伦斯伯爵说，"我想我们应该服从裁判的决定。"

"哼，那这样他们可别指望我去颁奖了。没什么能说动我去给那男孩颁奖。"

"您明白吗，夫人，您正在发起一场对我儿子荣誉的严重指控？"

"严重指控，胡扯！他真正需要的是一顿好板子。"

"难怪您用您自己儿子的标准去看待别人的孩子。让我告诉您，瑟康弗伦斯伯爵夫人……"

"别想逼着我沉默，先生。只要在我眼前作弊，我就能识别。"

正当讨论进行到这个阶段时，博士离开了霍普－布朗夫人的身边，当时他正在对她儿子的几何进展进行说明，他走到终点附近的人群中。

"如果结果有争议，"他轻快地说，"他们应该重赛。"

"珀西已经赢了，"克拉特巴克先生说，"他已经被宣布为赢家。"

"非常好！非常好！一个充满希望的小运动员，我向你祝贺，克拉特巴克。"

"但他只跑了五圈。"瑟康弗伦斯伯爵夫人说。

"那很显然他赢了五浪①长的赛跑，这是个要求很高的距离。"

"可其他男孩儿，"瑟康弗伦斯伯爵夫人说，她已经几乎要狂怒了，"跑了六圈。"

"那么他们，"博士彬彬有礼地说，"分别是这三公里赛的第一，第二，第三，第四，和第五。显然这儿出现了一点混淆。黛安娜，我觉得可以开始供茶点了。"

进展得确实不易，可十分幸运的是，分散注意力的事出现了。正当他说到这里，一辆鸽灰色间银色的加长车无声地驶入了场地。

"还有什么比这更巧的呢？比斯特－奇汀夫人到了。"

轻快的三个跳步，他便来到了车边，然而脚夫已经先他一步站在了那儿。车门打开，从车内的靠垫中走出一位高挑的青年女子，穿一件贴身的鸽灰色外套。车夫身后，就像香榭丽舍大道上春

①　浪，长度单位，1浪相当于201米。

天的第一缕风，吹出了比斯特－奇汀夫人——脚蹬蜥蜴皮，腿裹丝袜，身披绒鼠皮，一顶紧紧的小帽，别着铂金和钻石，还有那种你可以在任何一个丽兹①酒店听见的尖细嗓音，无论是在纽约还是在布达佩斯。

"我希望您不会介意我把裘克伊也带来了，费根博士。"她说。"他对运动疯狂地入迷。"

"这我能肯定。"裘克伊说。

"亲爱的比斯特－奇汀夫人！"费根博士说，"亲爱的，亲爱的，比斯特－奇汀夫人！"他吻了吻她的手套，这时有点找不到词汇来表达欢迎了，因为"裘克伊"，尽管衣冠楚楚，却是个黑人。

---

① 丽兹（Ritz），奢侈酒店名。

第九章　运动会——续

　　茶点篷看上去非常漂亮。正中央的长桌上铺着白桌布，一罐一罐的鲜花间隔整齐地在桌上排开，每两罐花之间，是三明治、蛋糕、柠檬水以及香槟杯，桌子的后方，衬在棕榈树的背景下，站着四名威尔士女佣，戴着干净整洁的帽子和围裙，正在斟茶。她们的后面，坐着普伦德尔高斯特先生，手里握着一个香槟杯，头上的假发有些歪斜。见有客人走进来，他踉跄着站起身，轻轻地鞠了一躬，随即又显得很突然地猛坐了下去。

　　"能请您端着鹅肝酱三明治去给大家吗，潘尼费热尔先生？"玎吉说，"不用给男孩儿们和格莱姆斯上尉。"

　　"给小朋友我一个！"他经过弗劳希时，她这么说。

　　菲尔布雷克，毫无疑问把自己当成了客人中的一员，正与山姆·克拉特巴克就灰狗赛跑展开着热烈的讨论。

　　"那黑熊什么价钱？"保罗给他三明治时他问道。

　　"看见普伦迪这么开心，让我从心底里高兴，"格莱姆斯说，"可惜他射中了那可怜的孩子。"

"看他吃茶的样子，没什么事与他相干。我说，这个下午可不怎么样，你说呢？"

"走动走动，伙计，走动走动。事情进展得不太顺利啊。"

确实不顺利。因为三英里跑所爆发出的沸腾敌意，尽管被比斯特－奇汀夫人的到来暂时盖过了，却根本没有消解。茶点篷里已经很明显分成了两个敌对阵营，一方由瑟康弗伦斯夫妇，谭金特，牧师一家，塞德博萨姆少校，以及霍普－布朗一家组成；另一方则包括七个克拉特巴克，菲尔布雷克，弗劳希，以及两三个下午已经被瑟康弗伦斯伯爵夫人势利眼伤害过的父母。没人谈论那场比赛，然而激愤的运动员情绪却一直在每一双眼睛里危险地闪耀着。还有一些父母，正在专心用茶，人群围绕在玎吉和桌边。彻底超脱于这一切之上的，只有裘克伊和比斯特－奇汀夫人。显然社交平衡已经十分微妙地建立了起来，现在就取决于他俩的立场了。无论有没有她身边的黑人，比斯特－奇汀夫人都绝对是一位举足轻重的女子。

"哎，我这是怎么了，费根博士，"她正在说，"太遗憾了，错过了所有的比赛。我们今天这一路走得特别慢，随时都在停车，为了参观沿途的教堂。只要一看见老教堂，你就别想让裘克伊挪步了，他对文化就是这么着迷，是这样的吗，宝贝？"

"我很肯定地说，是这样的。"裘克伊说。

"你对音乐也感兴趣吗？"博士很得体地说。

"哦，你听见了吗，宝贝，"裘克伊说，"我对音乐感兴趣吗？我大概会说，是的我感兴趣。"

"他演奏起来有如天神。"比斯特－奇汀夫人说。

"你觉得他听过我的新唱片了吗？"

"没有宝贝，我不觉得他听过了。"

"哦，那您就听听吧，先生，然后您就会知道——我是不是对音乐感兴趣。"

"宝贝，别泄气，我现在带你去见见瑟康弗伦斯伯爵夫人。这是这位天使复杂的自卑天性，他热衷于结交贵族，是这样吗我亲爱的？"

"当然是了。"裘克伊说。

"我觉得简直是对我们的侮辱，她带一个黑人来这儿，"克拉特巴克夫人说，"是对我们所有妇女的侮辱。"

"黑人其实还好，"菲尔布雷克说，"我要跟谁画道线的话，是中国佬，那些凶残没有人性的东西。我一个哥们有次被一个中国佬干掉了，割喉，耳朵到耳朵。"

"我的天！"克拉特巴克家的女教师说道，"那是拳匪起义的时候吗？"

"不是，"菲尔布雷克欢快地说，"一个星期六晚上，就在艾齐韦尔路。可能发生在我们任何一个人身上。"

"这位先生说什么？"孩子们问。

"不关你们的事，宝贝们。快跑，再去拿些绿蛋糕吃吧。"

他们听话地跑开了去，可是后来有人听见那小男孩在她妹妹跪下念祈祷文时，在她耳边说，"可怕的刀割，从耳朵到耳朵"，于是克拉特巴克小姐这一生，直到晚年，看见开往艾齐韦尔路的巴士时还会感到一阵小小的眩晕。

"我有个朋友住在萨凡纳①，"山姆说，"他跟我说起过一两件黑人的事。当然这事在女士面前很难启齿，但是坦白地说，就是他们有难以控制的激情。明白我的意思了吗？"

"这是多糟糕的事啊！"格莱姆斯说。

"你也不能怪他们，你得知道，这只是他们的天性。动物，知道吧。可无论怎样，我只是想说，他们就是那样的，我们最好还是少见他们为妙。"

"正是。"克拉特巴克先生说。

"我刚才跟人有一段有趣的交流，"瑟康弗伦斯伯爵对保罗说，"同你那个乐队指挥。他问我想不想要见见他的姨妹。我说'是的，我将非常荣幸'时，他说通常需要一英镑，可他会给我一个特别的价格。他会是什么意思呢，潘尼富特先生？"

"说真的，"塞德博萨姆少校正在同牧师说，"我不喜欢那黑人那个样子。我在苏丹见够了那些毛茸茸、软绵绵的东西——真的是危险的敌人，靠不住的朋友。我得过去跟克拉特巴克夫人说几句。就你我知道就好了，我觉得斯夫人有点过了。我没有亲眼看到那场比赛，不过什么事都有个限度……"

"这雨水对萝卜的收成可没有什么好处。"瑟康弗伦斯伯爵夫人正在说。

"是的，确实如此，"比斯特－奇汀夫人说，"您在英国很长时间了吗？"

---

① 萨凡纳（Savannah），美国佐治亚州的一个港口城市，位于萨凡纳河口，亚特兰大以南二百五十英里。是非洲奴隶进入美国的主要入口，也是棉花的主要出口港。

"什么，我就住在英国，这用问吗？"瑟康弗伦斯伯爵夫人说。

"我亲爱的，那多好啊！可您不觉得这里太贵了吗？"

这是瑟康弗伦斯伯爵夫人最喜欢的话题之一，可是在比斯特－奇汀夫人面前，她不太提得起兴趣来像在塞德博萨姆夫人和牧师太太面前那样对此津津乐道。她一向在比她更富有的人面前，感到不太自在。

"哎，自从大战以来，我们人人都能感觉到一些风声，"她简短地说，"鲍比·帕斯特马斯特好吗？"

"疯疯癫癫的，"比斯特－奇汀夫人说，"疯得一塌糊涂，他跟裘克伊合不来。你会喜欢裘克伊的，他对英国也很着迷。我们刚刚参观了所有的大教堂，下一步我们要开始走访乡村庄园。我们还想着哪天下午来谭金特堡看望您呢。"

"这太令人兴奋了，可恐怕我们最近都在伦敦。您最喜欢哪一座大教堂，裘克伊先生？"

"裘克伊不是他的真名，您知道。这天使叫作塞巴斯蒂安·切尔蒙德利先生。"

"哦，"切尔蒙德利先生说，"它们都很精美，实在精美。每当我看见那些大教堂时，我的心就像猛然被提起来一样，心里便开始唱歌。我真的对文化发疯。你们会以为，因为我们有颜色，我们便除了爵士乐以外对其他什么也不在意。可是天哪，我宁愿用所有的爵士乐去换取教堂的一块小石头。"

"这是真的，他会的。"

"哦，这可真有意思，切尔蒙德利先生。当我还是个小女孩的时候，就住在索尔兹伯里①外面，可是就像我对爵士乐没有多大兴趣一样，我也从来没对它有多强烈的感受。"

"索尔兹伯里充满了历史，瑟康弗伦斯伯爵夫人，可在我看来，约克大教堂②更加优雅。"

"哦，你这个天使！"比斯特－奇汀夫人说，"我能把你一块一块地吃了。"

"这是您第一次造访英国的学校吗？"博士问。

"我得说不是。你能告诉博士，我访问过哪些学校吗？"

"他都去过了，甚至那些比较新的。事实上，他更喜欢那些新学校。"

"更宽敞。你见过牛津吗？"

"是的。事实上，我是在那里上的学。"

"是吗？我去看了牛津、剑桥、伊顿以及哈罗。对我来说也就是这些了，这就是我喜欢的全部，看见了吗？我崇尚艺术。有很多有色人种涌到这里来，却除了酒吧以外别的什么也不看。我也读莎士比亚，"裘克伊说，"《哈姆雷特》，《麦克白》，《李尔王》。您读过吗？"

"是的，"博士说，"不瞒您说，我读过。"

"我的种族，"裘克伊说，"本质上是一个充满了艺术气息的族群。我们有着儿童一般对歌曲的挚爱，也有着儿童一般的天然美好品位。所有你们这些白人都鄙视有色人……"

---

① 索尔兹伯里（Salisbury），索尔兹伯里大教堂是英国著名的天主教堂，13世纪早期哥特式建筑，为历代朝圣之地。
② 约克大教堂（York Minster），位于英国北部约克市，是英格兰教会约克教区的座堂，也是欧洲北部最大的哥特式教堂之一。

"不是，不是。"博士说。

"让他说完，这宝贝，"比斯特－奇汀夫人说，"他难道不像个天使吗？"

"你们都觉得有色人没有灵魂，随便什么都可以用到有色人身上。打他；把他用链子锁起来；让他背重物……"这时保罗在瑟康弗伦斯伯爵夫人的眼里捕捉到一丝热切的光彩。"可一直以来，可怜的有色人跟你们一样，有他们的灵魂。难道他们不像你们一样呼吸吗？难道他们不像你们一样吃喝吗？难道他们不热爱莎士比亚，热爱古老的大教堂，热爱大师的绘画，就像你们一样吗？难道他不是只想请求你们，用你们的爱和帮助，将他们从你们的祖先将他们所推入的屈辱之中拯救出来吗？①哦，好吧，白人朋友们，你们为什么不能对可怜的有色人伸出帮助的手，他们跟你们一样好，只要你们放开他们？"

"我的宝贝，"比斯特－奇汀夫人说，"你可千万不要难过，这里都是朋友。"

"是这样吗？"裘克伊说，"我应该给他们唱首歌吗？"

"别，别这样，亲爱的，吃点东西吧。"

"我有个朋友在巴黎，"克拉特巴克家的女教师说，"她的姐姐认识一个女孩儿，那女孩儿在战争期间嫁给了一个黑人士兵，你不能相信他是怎么对待她的。琼，彼得，快跑，去看爸爸是不是还要些

---

① 裘克伊这一段反驳式的问句，是借鉴了《威尼斯商人》中夏洛克那一段著名的反驳："难道犹太人没有眼睛吗？难道犹太人没有五官四肢、没有知觉、没有感情、没有血气吗？……你们要是用刀剑刺我们，我们不是也会出血的吗？你们要是搔我们的痒，我们不是也会笑起来的吗？你们要是用毒药谋害我们，我们不是也会死的吗？"

茶点。他用磨剃刀的皮带将她捆起来，将她扔在石头地板上过夜，不给吃的，也没有东西盖着取暖。后来整整用了一年，才办妥了离婚。"

"我们过去，是去砍断帐篷的绳子，"塞德博萨姆少校在说，"然后透过篷布朝里边那些可怜的流浪汉扎刀。"

"一周里的任何一个晚上你都能在沙福兹贝里大道和查令十字街见到他们，"山姆·克拉特巴克这时候说，"女人们简直就围着他们。"

"错就错在一开始给予了他们自由，"牧师说，"比起过去，他们现在开心多了，也被很好地照料着。"

"太古怪了，"弗劳希说，"一个像比斯特－奇汀夫人那样有钱的女人，居然会穿这么乏味的衣服。"

"那颗戒指不会少了五百。"菲尔布雷克说。

"我们去找牧师，跟他谈谈主吧，"比斯特－奇汀夫人说。"裘克伊认为宗教是非常神圣的。"

"我的种族是崇尚精神的。"裘克伊说。

"乐队已经演奏了半个多小时的《哈莱克进行曲》了，"博士说，"黛安娜，拜托你过去告诉他们，来点别的吧。"

"我有时会感到自己对有色人开始厌倦了，"比斯特－奇汀夫人对瑟康弗伦斯伯爵夫人说，"您呢？"

"我还从来没有这个机会呢。"

"我猜您会很善于跟他们相处的，他们充满了目标和热情。那个可爱的默默无闻的小醉汉是谁啊？"

"那就是射中我儿子的人。"

"我的天，这对你来说是多可怕啊。没死吧，但愿？裘克伊前几天晚上在一个派对上射中了一个人。他有时一高兴就会忘乎所以，你知道。他只在表现最好的时候才会有清醒的阶层意识，我得去解救牧师了。"

车站站长走进了帐篷，像只螃蟹一样，一脸的巴结逢迎。

"啊，我的好朋友？"博士说。

"刚才来了位年轻小姐，我告诉她，随便她怎么说，有女士吸烟时我们演奏不出别的曲目。"

"上帝保佑，这是为什么呀？"

FLOREAT LLANABBA

赫兰勒巴运动会

"其他曲目都是神圣的曲目，对着吸烟的女士，演奏圣歌是亵渎神灵的。《哈莱克进行曲》也是好音乐你看。"

"这太不幸了。我真不能要求比斯特－奇汀夫人别吸烟，坦白地说，我认为那么做是很无礼的。"

"可没人能让一个人去违背他的主，去做什么亵渎的事情，除非您再多付些钱。三英镑演奏音乐，多一英镑作为亵渎的代价，就看您了。"

　　费根博士又给了他一英镑。站长退了出去，几分钟以后，银管乐队吹奏起一首充满感情的"在您的宫殿逗留一日，别无所求，日月昼夜"①。

---

① 这是基于《圣咏集》第84篇所作的一首歌曲。

第十章　都过去了

当最后一辆车驶离时，博士和他的女儿们，加上保罗和格莱姆斯，一起沿着车路向城堡走回去。

"坦白地说，今天对我来说比较失望，"博士说，"尽管我们悉心准备了，可似乎没有一件事平稳地进展了。"

"还有开销。"玎吉说。

"另外令人遗憾的是，普伦德尔高斯特先生还很不幸地对比斯特－奇汀夫人的有色朋友表达了不同的意见。在我们一起工作的十年间，我从不知道普伦德尔高斯特先生是如此固执己见，这一点也不像他，更不用说菲尔布雷克，那里怎么会有他参与的份呢。我当时真的吓坏了，他们看起来个个都很生气，就因为一个微不足道的基督教建筑方面的问题。"

"切尔蒙德利先生非常敏感。"弗劳希说。

"是的，他好像认为普伦德尔高斯特先生坚持祭台屏风是后来逐渐发展起来的这个观点，从某个角度看跟种族偏见相关联。我很想知道这从何说起。在我看来，这暴露出他思维的混乱。可不管怎样，如果普伦德尔高斯特先生当时能放弃讨论这个话题会更得体一些，再说，菲尔布雷克在这个问题上能知道什么？"

"菲尔布雷克不是个寻常管家。"玎吉说。

"不是，确实不是，"博士说，"我从心底里反感他那些珠宝。"

"我不喜欢瑟康弗伦斯伯爵夫人的演讲，"弗劳希说，"你们呢？"

"我也不喜欢，"博士说，"而且我认为克拉特巴克夫人也不喜欢。她提及五浪跑实在太粗鲁了。我很高兴克拉特巴克在昨天的跳跃项目上表现得那么好。"

"她基本上跑题了，不是吗？"玎吉说，"我是说，她说了那么多关于狩猎。"

"我不认为瑟康弗伦斯伯爵夫人对于运动的各种分支分类有清醒的了解和认识。我常常观察她那一类的妇女，她们倾向于将各种体育运动都当作猎狐的一种低级形式。这实在毫无逻辑。另外，她还被切尔蒙德利先生关于残忍对待动物的一些评论给惹怒了。就像您说的，这些都无关紧要，却恰恰不幸地发生了。我也对她关于工党的说法感到愤慨。克拉特巴克先生站起来了三次，您知道。总的来说，那不是个令人开心的演讲。看着她的车开走，我真的很高兴。"

"比斯特－奇汀夫人的车可真漂亮啊！"弗劳希说，"不过随身带一个脚夫实在是太炫耀了。"

"我倒不介意那脚夫，"玎吉说，"可我不能忍受切尔蒙德利先生，他问我有没有听说过一位叫托马斯·哈代①的作家。"

---

① 托马斯·哈代（Thomas Hardy），英国维多利亚现实主义小说家、诗人，诗歌和小说风格都深受浪漫派的影响。

"他邀请我周末同他一起去观看划船比赛,"弗劳希说,"……而且是用一种颇为甜蜜的语调。"

"弗洛伦丝,我相信你拒绝了?"

"哦,是的,"弗劳希伤感地说,"我拒绝了。"

他们沉默地沿着马路走着。这时玎吉问道:"您坚持买来的那些焰火,我们拿来做什么呢?大家都已经走了。"

"我没有心情放焰火,"博士说,"要不另外找时间吧,现在不。"

*

回到休息室,保罗和格莱姆斯郁闷地坐到那两张椅子上。壁炉里的火,自午餐后就没人管过,现在已经只剩一撮小小的温暖的灰烬。

"哎,伙计,"格莱姆斯说,"总算过去了。"

"是的。"保罗说。

"忙乱欢快都化尽了?"

"是的。"保罗说。

"又回到日常修道院一般的寂静?"

"是的。"保罗说。

"就庆典来说,"格莱姆斯说,"我觉得可以更好。"

"是的。"保罗说。

"那位瑟夫人,根本就不是能胜任庆典的灵魂人物。"

"根本不能。"

"老普伦迪更是把自己弄砸了？"

"是的。"

"嗨，伙计！你听起来很蔫啊。还有社交风暴带来的紧张，忙乱的旋涡之后的眩晕，是吗？"

"我说，格莱姆斯，"保罗说，"你怎么看比斯特－奇汀夫人跟那黑人之间的关系？"

"哦，我不觉得她领着他到处走，就仅仅是因为他那些能够令气氛热烈起来的谈话。你觉得呢？"

"对，我觉得也不会。"

"事实上，我不介意这么来断定，那就是一段简单而美妙的性关系。"

"对，我想你说得对。"

"我很肯定。天，什么声音？"

是普伦德尔高斯特先生。

"普伦迪，你这老家伙，"格莱姆斯说，"你今天可把我们这间教室休息室的名声都给毁了。"

"让休息室见鬼去吧！"普伦德尔高斯特先生说，"休息室知道什么祭坛屏风？"

"好了好了，伙计。我们都是朋友，您说的祭坛屏风都是对的。"

"下一步他们就该质疑婴儿受洗的功效了。教会从来就没有就宗教问题征求过教众的看法，好像那只是个关于食物饮品的问题似的，"普伦德尔高斯特先生说，"关于喝酒的问题——而不是婴儿受洗的问题。就是喝酒。"他坐了下来。

"烦人的话题，兄弟，"格莱姆斯说，"真是个烦人的话题。普伦迪，你意识到两分钟以后自习时间的钟声就会响起来了吗，而且该你值班？"

"叮，咚，迪！小猫掉进了井里。"

"普伦迪，这不相关。"

"我知道好一些关于钟声的歌曲。葬礼钟，婚礼钟，弥撒钟，羊铃，火警铃，门铃，哑铃，还有就是普通的铃。"

保罗和格莱姆斯伤心地彼此望着。

"我感觉，"保罗说，"我俩中的一个，好像今晚应该替他去值守自习。"

"不，不，伙计，没事的。"格莱姆斯说，"你和我得去罗伯茨太太那儿，普伦迪让我馋了。"

"可我们不能扔下他这个样子啊。"

"他会没事的。那些小畜生不可能比平时更躁动。"

"你不觉得老头儿会发现他吗？"

"不可能。"

铃声响了。普伦德尔高斯特先生跳了起来，扶正了他的假发，靠着壁炉把自己稳了稳。

"这就是个好小伙子了，"格莱姆斯温和地说，"你就这样大步沿着走廊过去，守着那些男孩儿，好好睡一觉吧。"

小声哼着歌，普伦德尔高斯特先生顺着走廊闲逛一般地去了。

"希望他一会儿能比现在这样好点儿，"格莱姆斯说，"你知道，我老是对老普伦迪涌起一种父爱一样的关怀。关于教会建筑的话题，他真的说赢了那黑鬼，保佑他。"

他们挽着胳膊顺着村里的主大道，向小酒馆走去。

"比斯特－奇汀夫人让我去伦敦看她。"保罗说。

"是吗？嗨，那你去啊。我从来没有对上流社会或者时髦圈子有过太大的兴趣，但是你要是喜欢这一类东西，比斯特－奇汀夫人绝对是正确的去处。随便打开任何一份报纸，你肯定会找到一两幅她的相片，不是这儿就是那儿。"

"她上相吗？"保罗问，"我得猜她一定很上相吧。"

格莱姆斯意味深长地盯着他。"属于还好或者一般吧，为什么忽然这么大兴趣？"

"哦，我不知道。只是好奇。"

在罗伯茨太太那儿，他们看见赫兰勒巴银管乐队正在为如何分赃吵得不亦乐乎。

"整个一下午，我指挥乐队不停地演奏《哈莱克进行曲》，还有圣乐，可他们不肯多分我一分钱。这位学校里来的先生，来评评，我是不是可以多要，"站长说，"我还有妻妹要养。"

"够了，伙计，"格莱姆斯说，"听着，你要是再唠叨，我就把你从博士那儿多要了一镑的事也告诉你的伙伴们。"

那边威尔士语的争执又开始了，不过很明显，站长已经开始让步。

"这就让他消停了。听我一句，哥们，永远不要卷入威尔士人的纠纷中去。他们不像爱尔兰人一样，最后一顿拳头解决，他们会纠缠不休，没个完。到这学期结束他们还在为这三英镑吵个不停，你就等着看吧。"

"比斯特－奇汀先生死了很久了吗？"保罗问。

"我觉得不会，怎么了？"

"我只是好奇。"

他们沉默了好一会儿，只坐着抽烟。

"如果比斯特－奇汀是十五岁，"保罗说，"这并不一定意味着她已经过了三十一岁，对吗？"

"哥们，"格莱姆斯说，"你恋爱了。"

"胡说！"

"被击中了？"格莱姆斯说。

"不，不。"

"柔软的激情？"

"不。"

"丘比特那迷人的小飞镖？"

"不。"

"思春，情人的春梦？"

"胡说八道！"

"甚至心跳加速都没有？"

"没有。"

"甜蜜的想望？"

"当然没有。"

"颤抖的希望？"

"没有。"

"一阵战栗？一种说不清道不明？"

"没有你说的这些。"

"骗子！"格莱姆斯说。

又过了一段很长的沉默。"格莱姆斯，"保罗终于开口了，"我想也许你是对的。"

"当然了，哥们。你就去吧，只管赢得，然后就是快乐的一对儿！希望所有的麻烦和不快都微不足道。"

怀着一种前所未有过的体验和心情，保罗陪着格莱姆斯回到城堡。自习已经结束。普伦德尔高斯特先生靠在壁炉上，脸上挂着满足的微笑。

"嗨，普伦迪，你这老酒鬼！你都好吗？"

"简直太好了，"普伦德尔高斯特先生说，"我从来没有像现在这样了解他们。我刚鞭笞了二十三个男孩。"

第十一章 菲尔布雷克——续

第二天，普伦德尔高斯特先生的自信彻底蒸发。

"头疼？"格莱姆斯问。

"嗯，老实说，是有点。"

"眼乏？口渴？"

"是的，有一点。"

"可怜的老普伦迪！这我难道不知道？不过，值得，对吗？"

"我记不清楚都发生了些什么，只记得我跟菲尔布雷克一路走回城堡，他一直在跟我说他的生活中都发生了些什么事。好像他其实是一个很有钱的人，根本不是什么管家。"

"我知道。"保罗和格莱姆斯同时说。

"你们俩都知道？哦，这确实让我吃了一惊，尽管我得承认我注意到了他姿态里的某种优越感，可我又发现其实每个人都这样。他跟你们讲过他完整的故事吗——关于他射杀那个葡萄牙公爵这些事？"

"没，他没跟我谈到这个。"保罗说。

"射杀一个葡萄牙公爵？你肯定没听岔，伙计？"

"是的，是的，我很肯定。那实在太令我印象深刻了。你看，菲尔布雷克真的是所罗门·菲尔布雷克爵士，那位大船主。"

"那小说家，你是说。"格莱姆斯说。

"他是金盆洗手的贼。"保罗说。

三位教师面面相觑。

"伙计们，看样子有人在逗我们玩呢。"

"反正他是这么告诉我的，"普伦德尔高斯特先生继续说，"这一切都从我们与那黑人关于教堂建筑的争执开始。很显然菲尔布雷克在卡尔顿府联排①有一幢大房子。"

"坎伯韦尔绿地。"

"夏纳步道②。"

"嘿，我只是告诉你们他都跟我说了些什么。他在卡尔顿府联排有幢房子。我能记住这个地址是因为克朗普太太的一个妹妹曾经在那里的一个人家里做过家庭教师，而菲尔布雷克过去就住在那里，同一个女演员一起，我很抱歉地说，那不是他的妻子。我记不得她的名字了，可我知道是很出名的一位。一天他正坐在雅典娜俱乐部③里，坎特伯雷④大主教走上前来，对他说，政府热切地希望能够授予他贵族爵位，但是因为他当时的那种不正常的生活方式，又使其不

---

① 卡尔顿府联排（Carlton House Terrace），伦敦圣詹姆士区的一条街道，又特指建筑在街道南边阳台之上，可以俯瞰圣詹姆士公园的两排房屋，于1827年到1832年之间建成。
② 夏纳步道（Cheyne Walk），伦敦切尔西地区的一条著名历史街区。
③ 雅典娜俱乐部（Athenaeum Club），1824年成立于伦敦的私人会所，2002年以前仅接收男性会员。成员主要以在各专业学术领域有特殊兴趣的人士为主，尤其是在科学、文学和艺术领域有突出建树的人物。
④ 坎特伯雷（Canterbury），英国最古老也是最有名的基督教城市，有著名的坎特伯雷大教堂，位于肯特郡。

可能，于是菲尔布雷克拒绝了这份提议。他是罗马天主教徒，我忘了说。可所有这些都没有解释他为什么在这里，只是说明了他有多重要。他的轮船都是好几百吨重，他还告诉我这个。

"是这样的，一天晚上，他和他的女演员正在做东开派对，当时他们正在玩百家乐。有一位葡萄牙公爵在场——大使馆里的一位很阴沉的人物，菲尔布雷克说。很快这游戏就变成了他们两人之间的单挑。菲尔布雷克赢了一局又一局，直到公爵再没有钱剩下，签下了很多欠条。最后，到了深夜，他从公爵夫人的手上取下来——她一整晚都面容憔悴地坐在他身边观战——一枚巨大的祖母绿，高尔夫球那么大，菲尔布雷克说。

"'这是我家自第一次十字军时就开始的传家宝，'那葡萄牙公爵说，'这是我唯一真心希望留给我那可怜的，可怜的小儿子的东西。'随后他将它掷在了赌桌上。

"'我赌我那辆新的四烟囱涡轮发动机轮船"阿卡迪女王号"。'菲尔布雷克说。

"'那不够。'葡萄牙公爵夫人说。

"'那就再加上我的蒸汽游艇"燕子"以及四艘拖船和一艘煤驳。'菲尔布雷克说。所有人都站起来，开始为他的豪赌鼓掌。

"这一手玩了，菲尔布雷克又赢。深深一鞠躬，他把祖母绿还给了公爵夫人。'给您的儿子！'他说。再一次所有的客人又都开始鼓掌，可是公爵却已气得脸色铁青。'你侮辱了我的荣誉，'他说，'在葡萄牙，我们只有一条路来解决这个问题。'

"于是他们一起走出去，来到离得很近的海德公园[1]，面对面站着开了枪：当时天刚黎明，就在阿喀琉斯[2]雕像的脚下，菲尔布雷克射死了这位葡萄牙公爵。他们留下他，以及一支还在冒烟的左轮手枪，公爵夫人上车前亲吻了菲尔布雷克的手。'永远没有人会知道，'她说，'这会被当作自杀处理的，这是你我之间的秘密。'

"可是菲尔布雷克从此变了一个人。女演员被赶出了家门，他自己陷入痛苦，整日在他空荡荡的家里来回踱步，他整个人被内疚所占据。葡萄牙公爵夫人打电话给他，可他告诉对方打错了电话。终于他去找到牧师忏悔，被告知三年内他必须放弃房产、财产，与最底层的人生活在一起。这，"普伦德尔高斯特先生简单地说，"才是他为什么在这里的原因。他跟你们讲的不是这个故事吗？"

"不，不是。"保罗说。

"一点影子都没有，"格莱姆斯说，"有天晚上在罗伯茨太太那儿，他告诉了我关于他的一切。"是这样的：

"老菲尔布雷克先生，是个略有些古怪来历的人物。他很年轻的时候，从钻石采矿生意中很挣了些钱，随即在乡村安居，将自己的余生交付给文学。他有两个孩子：菲尔布雷克和一个女儿叫格蕾西。从一开始，菲尔布雷克就是老人眼里的苹果，这是格蕾西小姐千金也难换的。菲尔布雷克在格蕾西会读'猫坐在垫子上'之前，就能随时脱口而出莎士比亚以及哈姆雷特等等各种，将格蕾西小姐甩在

---

① 海德公园（Hyde Park），位于伦敦中心的西敏寺地区，伦敦最大的皇家庭园，紧邻肯辛顿花园。海德公园也是人们举行各种政治集会和其他群众活动的场所，有著名的"演讲者之角"（Speakers' Corner）。

② 阿喀琉斯（Achilles），希腊神话中特洛伊战争中的英雄，是荷马史诗《伊利亚特》的中心角色以及最伟大的武士。母亲是女神忒提斯，父亲是迷尔弥冬人国王珀琉斯。

身后一大截，八岁时便在当地报纸上发表了一首十四行诗。后来，格蕾西在这方面始终不开窍。她和用人们住在一起，像灰姑娘一样，菲尔布雷克说，而他，那个充满灵气的小坏蛋，却拥有最好的一切，不时给楼上的老家伙背诵名言和华丽词句。离开剑桥后，他在伦敦住了下来，火花四射地写作。老人对他的一切满意极了，他把菲尔布雷克的所有作品都用蓝色皮面装订后，放在一个专门的书架里，书架上还摆放了一尊菲尔布雷克的胸像。可怜的格蕾西终因感叹凉薄，与一位做汽车买卖的年轻人私奔，离开了父亲。这年轻人对书一无所知，她最后甚至发现他对车也所知有限。老头翘辫子走了以后，把一切都留给了菲尔布雷克，仅仅给格蕾西留下一些书。那年轻人之所以娶她，本来以为老人会留些财产给她，如今见此情形，也一抬腿就走了。这一切都与菲尔布雷克无关，他完全生活在自己的艺术当中，他说。他搬进了一所更大的房子，在那儿继续写了十来本书。格蕾西不止一次来找他要钱，可他全身投入写作，无暇顾及。最终她在南门①的一户人家做了厨子，第二年就死了。这起初也没有影响到菲尔布雷克，可过了一周左右，他注意到一件怪事，整个房子里总是充满了做饭的味道，书房、卧室，这味道无所不至。他请了一名建筑师来，可那人说什么也闻不到，于是重新修了厨房，安装了各种通风装置。可这味道只是越来越浓。甚至有一种恶心的油味还沾满了他的衣服，以至于他连门都不敢出。他尝试出国去，可他让整个巴黎都充满了英式烹饪的恶臭。这已经够糟了，然而过

---

① 南门（Southgate），伦敦北郊的一个地区。

了一段时间，他晚上想要睡觉时，盘子便在他床边乒乓响；写作时，这声音又会出现在他椅子后面。他常常半夜醒来，听见炸鱼的吱吱声，以及水壶的嘶嘶声。他这下知道了：是格蕾西缠上了他。他于是去了心灵研究协会，在那儿，他得以与格蕾西进行了一场对话。他问她，如何才能弥补。她说，他必须与仆人在一起生活一年，并写一部关于他们的书，让那部书可以帮助提升仆人的地位和生活条件。起初他尝试着什么都做，从做大厨开始，可这当然不是他擅长的事，他去帮佣的那家人都得病了，于是他不得不离开。然后就来到了这里。他说那部书非常感人，他会找时间读一点给我听。确实跟普伦迪的故事不太一样。"

"不，不一样。对了，他提到要跟玎吉结婚的事吗？"

"一个字也没有。他说一旦那烹饪的味道散尽，他又将变回全世界最快乐的人。很显然他跟切尔西的一个女诗人订了婚约。他绝不是我要选来做连襟的那种人，可话说回来，弗劳希也同样并不是我真正想挑来做妻子的人啊。事情总是这样的，伙计。"

保罗跟他们说了坎伯韦尔绿地的"羔羊与旗"，以及托比·克莱茨维尔。"你认为我说的这个故事是真的，还是你的，或者普伦迪的？"他问道。

"不。"普伦德尔高斯特先生说。

第十二章　格莱姆斯上尉的痛苦

两天以后，比斯特－奇汀与保罗又坐在赫兰勒巴教区教堂里的管风琴阁楼上。

"我不认为我弹得特别好，您认为呢，先生？"

"不太好。"

"我该停一会儿吗？"

"我希望你可以停会儿。"

"谭金特的脚肿起来，变黑了。"比斯特－奇汀津津有味地说。

"可怜的小畜生！"保罗说。

"我今早收到一封妈妈的来信，"比斯特－奇汀继续说道，"里面有一段关于您的话，要我读给您吗？"

他拿出一封可能是用最厚的纸写的信。"第一段都是关于赛跑以及她和裘克伊一次划船的事。很显然，他不喜欢她重建的我们的乡村庄园的样子。我觉得她是时候甩掉这个人了，您不觉得吗？"

"她说了些什么关于我的话？"保罗问。

"她说：'另外，亲爱的儿子，我必须要告诉你，上一封来信里，你的拼写实在支离破碎不成词。你知道我有多么担心，你能否好好进展下去，最后进入牛津等等。我在想，如果下一个假期我们延请一位家教，你会认为是个好主意吗？你会觉得那太乏味吗？找一位年轻的适合这件事的吧。我在想，你说你喜欢的那位样貌漂亮的年轻老师，不知道他肯不肯来？我应该付他多少钱呢？我一向不了解这些事。我不是指喝醉酒的那个，尽管他也很亲切。'我想她说的一定是你，对吗？"比斯特－奇汀说，"压根不可能是格莱姆斯上尉。"

"哦，我得仔细想想，"保罗说，"听起来是个不错的主意。"

"啊，是的，"比斯特－奇汀有些疑惑地说，"可能不错，但是绝对不要把学校老师那一套带来，那个普伦德尔高斯特前几天晚上打我了。"

"另外，还不能有管风琴课。"保罗说。

格莱姆斯听说这个消息时的反应，并不是保罗所希望的那样。他坐在休息室壁炉边，沮丧地咬着自己的指甲。

"好啊，哥们儿，这太棒了！"他心不在焉地说，"我很高兴，真的。"

"可你听起来好像并不兴奋啊。"

"是的，我是不兴奋。事实上，我又掉进汤里了。"

"很糟吗？"

"要命。"

"亲爱的伙计，这太不幸了。你打算怎么办啊？"

"我已经做了唯一可行的一件事：宣布了订婚。"

"这会令弗劳希很开心的。"

"哦，是的，她都乐疯了，那对可恶的小眼睛真是活见鬼。"

"老头儿怎么说？"

"他愣住了，那老小子。他这会儿正在琢磨这事。哎，但愿一切都没事。"

"我看不出有什么理由会有事。"

"哎，有原因的。我想我过去没有告诉过你，问题在于，我已经结过婚了。"

那天晚上保罗被博士叫去。他穿着一件双排扣晚装，保罗到来时，他不安地在胯部整理了一下，看上去忧虑而苍老。

"潘尼费热尔，"他说，"我今天早上被一件事深深地震惊了，两件事，应该说。第一件事很令人不快，可是尚不完全出乎意料。你的同事，格莱姆斯上尉，被指控一桩罪行，而且证据确凿，无可辩驳——我甚至可以称之为系列犯罪——对此我既不能理解，也无法原谅，这里我就不细说了。但是，这只是一个小问题，我在这个行业里的漫长经历中，时常也碰见过类似情形。真正搅扰我，令我伤心，而无法抑制的是，他与我的大女儿订婚的消息。这，潘尼费热尔，完全出乎我所料。这种羞辱，我想我是应该被豁免的。我对你说这些，潘尼费热尔，是因为在我们短暂的接触中，我已经习惯于信任并且尊重你。"

博士叹了口气，从口袋里掏出真丝手帕，重重地擤着鼻涕，仿佛把各种感情都透过鼻涕表达了出来，他接着继续说：

"他绝不是我想要选择的女婿。我可以原谅他的木腿，他的赤贫，他的道德败坏，以及他讨厌的个性；我甚至可以原谅他那些令人难以接受的词汇，但凡他真的是位绅士。我希望你不要将我看作一个势利眼。也许你从我身上看到了某种对下层人士所执的偏见，这的确是事实，在这个问题上，我确实有很深的感受。你看，我自己就与他们中的一个结了婚，可这与眼前的事情没有关系。我真正想对你说的是：我跟我女儿，一位很不开心的青年女子，聊过了，了解到她并没有对格莱姆斯有十分特别的倾向。这是肯定的，我不认为我女儿中的任何一个会堕落到那个程度。可是不知道因为什么原因，她急切地希望能与一个人结婚，而且要尽快。如今，我很乐意把赫兰勒巴的合伙身份赠予一位我认可的女婿。学校的收入，通常情况下每一年不会低于三千——这当然得益于亲爱的黛安娜的日常事务管理——我的合伙人一开始将会获得每年一千的收入，当然我去世时他还将接管我这一份大股份。这对很多年轻人米说，都是很有吸引力的一个前景。而我在想，潘尼费热尔，有没有可能，从事业的角度考虑，没有其他偏见，希望你理解，光明正大地，就眼前这一切的价值，面对现实，有没有可能你……我不知道我说明白了吗？"

"不，"保罗说，"不行，先生，恐怕这不可能。我希望我没有表现得很无礼，可是——不行，我真的恐怕……"

"没关系，亲爱的孩子。一个字也别说了！我很理解。我本来也担心你会这么回答。好了，那只能是格莱姆斯了。我不觉得再去问普伦德尔高斯特先生有什么意义。"

"先生，非常感谢您的好意。"

"不用，不用。婚礼将在一周内举行，如果你见到格莱姆斯请你转告他。除此之外，我不想与他再有更多瓜葛。不知道要不要举办一场小派对？"有那么一瞬间，费根博士的眼里迸出了一星火花，但随即就熄灭了，"不，不，不要派对。这事没什么好宣扬的。可怜的谭金特小勋爵还躺着呢，我听说。"

保罗带着从博士这里得到的消息回到了教师休息室。

"该死！"格莱姆斯说，"我本来还指望这次又能混过去。"

"你想要什么作为你的结婚礼物？"保罗问。

格莱姆斯脸色放晴。"你答应请我和普伦迪去吃一顿的，这怎么样？"

"好！"保罗说，"明天晚上就去。"

＊

肯普瑞迪格[①]的大都会酒店，在整个北威尔士地区绝对是最华丽的一个酒店了。它坐落在一个空气清新的山顶，俯瞰一条沿着一湾溪水而建的铁路，这一景观常被人拿来与那不勒斯湾相比。它建于战前的丰足岁月，当时花了大把的钱购置镜子和大理石。如今这一切都透出衰败，它从来就没有像先辈们希望的那样昌盛过。主露台的水泥地上有了裂缝，阳光房透风，你会看见一些令人难堪的废弃的淋浴椅摆放在原本有着异域风情的庭院里。此外，所有的喷泉都没有水，过去每晚在舞池边演奏的弦乐队，现如今已让位给一台昂贵的收音机，有一名侍者知道怎么操作，写字室里没有一张便笺，

---

① 肯普瑞迪格（Cympryddyg），虚构的威尔士地名。

房间里的床单很短，都盖不满一张床。当保罗与格莱姆斯以及普伦德尔高斯特先生坐在棕榈院里喝着晚餐前的鸡尾酒时，菲尔布雷克向他们指出了这里的这些缺陷。

"而且它还并不便宜。"他说。菲尔布雷克过去几天里变得特别友好热情。"不过，你在威尔士也不能有太高的期望，这已经很不错了。我不能长时间地得不到一点奢侈享受。我今晚就不待在这儿了，不然我会请你们几个跟我一起用餐的。"

"菲尔布雷克，伙计，"格莱姆斯说，"我和我这几个哥们儿一直想问你一句话。你编的关于你是个船主、小说家、劫匪那些离奇故事，究竟是怎么回事？"

"既然你提到了，"菲尔布雷克体面地说，"它们都是假的。有一天你会知道我的真实故事全貌的，它比任何小说都更加离奇。我必须回城堡了，晚安。"

"他在这儿似乎确实是个人物啊，"他们看着他在经理和领班的谦卑陪同下，消失在夜色中，格莱姆斯说，"我猜如果他真的肯说的话，确实有什么故事。"

"我相信那是他们的钥匙。"普伦德尔高斯特先生忽然说。这是他今晚第一次开口说话，有那么二十分钟的时间，他一直挺直地坐在鎏金椅子上，十分机敏，眼睛非同寻常地明亮，四处打量，显然充满了一种不愿意错过眼前这个快乐景象的任何细节的热情。

"什么他们的钥匙，普伦迪？"

"什么，就是他们在柜台上递交的那些东西，好一阵我以为是钱。"

"你一直就在操心那事吗？保佑你，我还以为你关心的是办公室里那位年轻女士。"

"哦，格莱姆斯！"普伦德尔高斯特先生说，他脸上微微泛起一丝红晕，轻轻地笑了一声。

保罗领着他的客人们走进餐厅。

"我这些年的法语没有白教，"格莱姆斯说，一边研究着菜单，"我就来一份美妙的生蚝做头盘吧。"

普伦德尔高斯特先生艰难地吃完一个葡萄柚。"多大的一个橙子啊！"他吃完的时候说，"这里所有东西都大一号。"

汤端上来的时候，是盛在很小的铝汤盘里的。"古董银器什么价钱？"那一群坐在他们旁边正在狂饮大吃的曼彻斯特商人开始疑惑地看着保罗这一桌。

"有人正要用好多泡泡来大大地款待自己呢。"一名侍者不堪重负地端着一个冰桶蹒跚走来，冰桶中显露出埋着一个耶罗波安①的大瓶香槟。

"好家伙！正冲我们来呢。"

"带着所罗门·菲尔布雷克爵士送给格莱姆斯上尉的致意，祝贺他即将到来的婚礼，先生。"

格莱姆斯拽着侍者的袖子。"等下，伙计，这位所罗门·菲尔布雷克爵士——你很了解？"

"他常常来这里，先生。"

"花很多钱，是吗？"

---

① 耶罗波安（Jeroboam），大酒瓶，相对标准酒瓶的 750 毫升，耶罗波安在法国不同地区有不同含义，有的地方指 3 升的酒瓶，有的地方指 4.5 升的酒瓶。

"他从不宴请，只是自己享用最好的东西，先生。"

"他付账单吗？"

"我真的不能说，我害怕，先生。您还有别的需要吗？"

"好吧，伙计！别这么装腔作势，他是我的哥们，知道吗？"

"好了，格莱姆斯，"普伦德尔高斯特先生说，"我恐怕你的问题让他很为难了，再说那边那个胖男人用一种再明显不过的眼光一直瞪着我们。"

"我有一段祝酒词要说，快把你的酒杯斟满，普伦迪。为特朗品敦干杯，不管他是谁，是他为这顿大餐出了钱！"

"现在为菲尔布雷克干杯，"保罗说，"不管他是谁！"

"现在为费根小姐干杯，"普伦德尔高斯特先生说，"带着我们最热切的希望，祝她以后生活幸福！"

"阿门。"格莱姆斯说。

汤后面，是最糟糕的一种龙利鱼。普伦德尔高斯特先生就着龙利鱼和灵魂①说了段笑话，很明显这顿晚宴聚会十分成功。

"你知道，"格莱姆斯说，"看你怎么看待了，婚姻是一个很恐怖的想法。"

"祷告书里给出的婚姻的三大理由，对我来说似乎从来不具备充足的说服力，"普伦德尔高斯特先生表示同意，"我好像从来没有觉得避免通奸是件难事，可另外两个优点对我来说，却更像是灾难。"

"我的第一段婚姻，"格莱姆斯说，"不输不赢。那是在爱尔兰，

① 龙利鱼和灵魂，英文中分别为 soles 和 souls，发音相似。

我当时跟婚礼上所有的人一样，都喝得醉醺醺的。上帝才知道格莱姆斯太太现在怎样了。可对我来说，与弗劳希举行这么一个庄重的仪式，并不是我自己想要选择的，根本不是。可无论怎样，按目前的情况，我觉得这算是最好的结果了。我以为我的教书生涯就要完结了，我不介意告诉你们，再找一份工作对我来说可能并不容易，有很多限制。现在我的生活算是安顿好了，也不用再为推荐信担心。这算是解决了个大问题。事实上，我能说的也就这些。可我老实说，在过去这二十四小时里，我也有好几次一想到我将要面临的，就浑身冰凉。"

"我不想说任何泄气话，"普伦德尔高斯特先生说，"可我认识弗劳希差不多十年了，而且——"

"弗劳希没有什么我不知道的事要由你来告诉我。我差点希望这要是打吉就好了。现在要换可能也来不及了。哦天哪！"格莱姆斯沮丧地说，盯着他的酒杯，"哦，上帝啊！哦，上帝啊！我真的不应该走到这一步！"

"打起精神吧，格莱姆斯。这么忧郁可一点也不像你。"保罗说。

"老伙计，"格莱姆斯说，他的声音充满了感情，"当你看见一个人，与他的最后审判面对面站立时，即便你不理解他，也会尊敬他。如果随着肉体而活，你们必定死[1]。我是一个浑身罪恶的人，已经度过了我的第一次青春。谁将会在我即将无可避免地踏入的黑暗下陷的倾斜道路上来施与我怜惜？我在青年时代自负而炫耀，高昂着骄

---

[1] 这一句出自《新约·罗马书》第 8 章第 13 节：Those that live by the flesh shall perish by the flesh。

傲的头，一路向前，从不顾及后果，可是在我身后，看不见的地方，永远站立着荒凉而严酷的公正，挺着他那一柄双刃剑。"

又端上来一些食物。普伦德尔高斯特先生带着十分的胃口，享受着。

"哦，为什么从来没人警告过我？"格莱姆斯痛苦地呻吟着说，"理应有人告诉我呀。他们有那么多可以对我说的，可以警告我关于弗劳希，而不是关于什么地狱之火。我已经冒过这种风险了，也不介意再来一次，可他们总该告诉我婚姻是怎么回事啊。应该告诉我，在欢快的旅途之后，在撒满鲜花的小径的尽头，是家的丑陋灯光和孩子的嘈杂声。应该有人警告我，留神那铺在我面前的有着熏衣草香的床，那爬满紫藤的窗，以及所有那些关于家庭生活的亲昵和不可动摇。可我敢说，我大概也不会听信的。我们的生活仅仅存在于两次家庭之间。我们短暂地在光亮下生存那么一会儿，随即大门便关上了。印花窗帘把阳光挡在外面，壁炉里跳动着家的火苗，而楼上，我们的头顶上，再一次地上演，从少年到成人这相同的恐怖故事。总是有家和家庭在那儿，等待着我们每一个人，我们逃不过，无论怎么挣扎。我们随身携带的，像我们的骨架一样永远携带的，是生命的种子，我们每一个人都不知不觉地孕育着令人向往的家园。逃不过。作为个体，我们根本是不存在的，我们全都只是潜在的家庭建设者，是辛勤的河狸和蚂蚁。我们是怎么来的？诞生又是什么？"

"我一直在想。"普伦德尔高斯特先生说。

"这是一种什么冲动，让两个人想要一起筑建一个可怕的家？是那个从未出生的你和我，在主宰我们的现在。我们什么也不是，仅仅只是对家庭生活冲动的表现形式。如果碰巧，我们自己有幸逃脱了这层瘙痒，自然会以另一种形式重新强加到我们头上。弗劳希就有足够的瘙痒供给两个人。我恰巧没有。我是生育这条大道上分岔出去的一个死胡同，可这一点关系都没有。自然总是会胜利。哦，主啊！哦，主啊！我怎么没有在第一个可怕的家里就死去？为什么我还一直希望我能够逃脱？"

格莱姆斯上尉继续了好一阵来自他心底的苦涩的哀歌。这会儿开始沉默，只是瞪着他的酒杯。

"我在想，"普伦德尔高斯特先生说，"我想我能不能再要一点点这个实在太美味的山鸡？"

"不管怎样，"格莱姆斯说，"都不应该再有任何孩子，我会确保这一点。"

"人们为什么要结婚，对我来说一直是个谜，"普伦德尔高斯特先生说，"我看不到一丁点，哪怕很小的一点理由。那些快乐的普通人，现在我从格莱姆斯这件事上明白了，他可以从这个安排中获得一切。可是弗劳希想要获得什么呢？而她看上去比格莱姆斯要热衷得多。这一直是我人生的悲剧，不管什么时候，我试着考虑这些简单的问题，毫不例外地会发现自己正在面对这一类彻头彻尾的矛盾。你们曾经想过婚姻——抽象地，我是说？"

"没想太多，我恐怕。"

"我不相信，"普伦德尔高斯特先生说，"人会在没有人告诉他们这样去考虑的前提下，陷入爱情，或者希望结婚。就好像外国：如果从来没有人告诉大家有外国的存在，没有人会想去。你们不同意吗？"

"我不觉得你这个说法有多正确，"保罗说，"你看，动物也会经常陷入爱情，难道不是吗？"

"它们有吗？"普伦德尔高斯特先生说，"我都不知道。这是多惊人的一件事啊！可我想起来了，我有个姨妈，她有只猫，那猫一打呵欠就把爪子放进嘴里。人可以训练动物做的事情，想想确实很精彩。马戏团里有一只海狮，我在报上读到的，它能抛接一把雨伞和两个橙子。"

"我知道怎么做了，"格莱姆斯说，"我要买一辆摩托车。"

这个念头好像让他开心了一些。他又倒了一杯酒，无精打采地笑了笑。"我恐怕没有跟上你们哥们聊的什么，我只是一直在想。我们说到哪儿了？"

"普伦迪正在跟我说，一个海狮抛接雨伞和两个橙子。"

"哎，那有什么。我可以抛接一个大瓶子和一大堆冰块和两把刀呢。看！"

"格莱姆斯，别！人人都在看着你。"

侍者领班过来提建议了。"请别忘了您在哪儿，先生。"他说。

"我很清楚我在哪儿，"格莱姆斯说，"我在这个我的哥们所罗门·菲尔布雷克爵士说过要买下来的酒店里。不过我跟你说，伙计，如果他真这么做了，第一个丢掉工作的人就是你。明白了？"

可他终于还是停住了杂耍，普伦德尔高斯特先生吃了两份蜜桃冰淇淋，中间没有间断。

"乌云过去了，"格莱姆斯说，"格莱姆斯现在要去享受他的夜晚了。"

第十三章　公学毕业生之逝

　　六天后，学校放了半天假，午餐后不久，那重婚的一对，埃德加·格莱姆斯上尉和弗洛伦丝·赛琳娜·费根小姐在赫兰勒巴教堂庆祝了他们的结合。手上受到的一点轻伤，让保罗躲过了弹奏管风琴这一关。他跟普伦德尔高斯特先生一起走路去了教堂。费根博士要求普伦德尔高斯特先生替他送交新娘，这让他惊恐不堪。

　　"我不打算出席，"博士说，"整个这件事对我来说，痛苦难当。"然而，除了谭金特小勋爵因为一只脚被锯掉而没去之外，其他所有人都去了。男孩们最高兴的，是在日常作息上出现的这一点令人愉快的变化，唯有克拉特巴克好像有点生闷气。

　　"我不会去猜想他们的孩子将特别漂亮。"比斯特－奇汀说。

　　结婚礼物很少，男孩们一人凑了一先令的份子，在赫兰勒巴的商店里买了一只银茶壶，依稀有点新艺术派的样子。博士送了一张二十五英镑的支票。普伦德尔高斯特先生送给格莱姆斯一根拐杖——"因为他总是借我的"——而玎吉，反倒比较大方，两个相框，一本日历，和一个印度瓦拉纳希①黄铜托盘。保罗是伴郎。

仪式顺利通过，没有磕绊，因为格莱姆斯的爱尔兰妻子并没有忽然现身来阻止。弗劳希穿了一件令人注目的天鹅绒裙，和一顶带有两支粉色羽毛的帽子相配。

"得知他并不希望我穿白色时，我特别开心，"她说，"尽管，当然事后可以再染。"

新娘和新郎在应答时，都十分响亮顺畅。随后牧师就家和夫妻间的爱，发表了一通十分感人的讲话。

"这太美了，"他说，"见证两位充满崭新希望的年轻人，带着教会的祝福，从此出发，共同面对生活；更美的是，我们将见证，他们即将携手到来的完整的夫道和妇道，并且一起说：'我们的生活经历告诉我们，一个人是不够的。'"

男孩们排成一队，从教堂正门一直排到院子的木门廊，级长说："为格莱姆斯上尉和格莱姆斯太太欢呼三声！"

然后他们便回到城堡，蜜月推迟到十天以后的这学期结束。他们婚姻生活最初几天的供给十分贫乏。"你只能尽力而为，"博士先就这么说过，"我猜你们俩会愿意共用一间卧室，搬进西塔里的大房间我没有意见。那儿有一点潮湿，不过我肯定黛安娜会安排给房间生火。晚上你们可以用那间晨厅，当然了，格莱姆斯上尉将在我的餐桌上用晚餐，不再跟男孩儿们一起。我不希望随时见到他在我的会客厅里待着，当然，也不希望在我的书房里看见他。他最好把他

---

① 瓦拉纳希（Benares，又写作 Varanasi），印度北部恒河流域的一个城市，印度教、耆那教、锡克教和佛教均盛行，热点旅游胜地，黄铜制品历来享有盛名。

的书籍和学袍仍旧放在教师休息室里。到下学期我再另做安排，也许可以给你们一栋小屋，或者在西塔里安置一间起居室什么的。我不打算在家里大动干戈。"

黛安娜，在这件事上的所作所为倒很值得称道。她在他们的卧室里放了一钵鲜花，生了一团熊熊的炉火，这用掉了她一张旧课桌，和两个男孩儿的玩具盒。

那天晚上，普伦德尔高斯特先生正在走廊的一头轮值自习。格莱姆斯去休息室找保罗，穿着晚装的他，看上去极不自在。

"啊，晚餐结束了，"他说，"老头儿把自己照顾得挺好。"

"你感觉怎样啊？"

"不太好，伙计。头几天总是这样压力重重，他们都说，哪怕最浪漫的婚姻也不例外。我岳父绝不是个好打交道的角色，这需要缓缓地去融化，你知道。我猜，作为一个结了婚的男人，我不该再去罗伯茨太太那儿了？"

"我觉得第一个晚上就去，可能确实有些不恰当，你说呢？"

"弗劳希在弹钢琴；玎吉在做账；老头退回了他的书房。你不觉得我们其实也有一点时间，可以去稍微待一会儿吗？"

挽着胳膊，沿着熟悉的路，他们走了去。

"今晚喝的算我的。"格莱姆斯说。

银管乐队还坐在那儿，凑在一起讨论挣来的那笔钱该怎么分。

"他们说，你今天下午结婚了？"站长说。

"是的。"格莱姆斯说。

"那我妻妹你就永远也不能见了。"他有些责怪地继续说。

"听着，伙计，"格莱姆斯说，"你赶紧闭嘴。你太不识相，知道吗？别出声，我给你们每个人来点好啤酒。"

罗伯茨太太那晚关门打烊了，保罗和格莱姆斯才回到山上，只见西塔里点着一盏灯。

"那儿，她在等我呢，"格莱姆斯说，"这情景，也许有的人看上去会觉得非常罗曼蒂克，窗内的一盏灯。我过去知道一首诗，就是说这个，不过现在已经忘了。我还是个孩子的时候，对诗歌怎么也读不够——爱啊那些。在那些诗里，城堡的塔楼常常出现。一个人对这些的热情渐渐就消失了，这事也很有意思。"

走进城堡，他在主走廊里转身走了。

"哎，再见，伙计！现在我走这边了，明早见。"包毡门在他身后关上，保罗回头上了床。

✳

接下来的几天，保罗很少见到格莱姆斯。他们在做祈祷时，或是在来往教室的途中会碰见；可那扇将博士一家与学校隔开的包毡门，将他们也隔开了。普伦德尔高斯特先生，现在没有人和他抢另一张椅子了，一天晚上正抽着烟在打发夜晚，忽然说道：

"你知道，我挺想念格莱姆斯的。我原来以为我不会，可我现在真想他了。尽管他有各种缺点，可他是个让人开心的人。我想我开始对他感觉好起来。"

"他现在看上去不像从前那样开心，"保罗说，"我不觉得'楼上'

的日子很适合他。"

说来也巧,格莱姆斯这天晚上就来看他们了。

"你们哥们儿介意我进来待会儿吗?"他用一种异于寻常的谨慎问道。他们都站起来欢迎他。"真不介意吗?我不会待太久。"

"亲爱的朋友,我们正在说有多想你呢。快进来坐下。"

"要不要抽点烟?"普伦德尔高斯特先生说。

"谢谢,普伦迪!我就只是真的需要来坐会儿,聊会儿。我最近真的对身边的事很厌烦。婚姻生活完全不是喜乐欢笑,我不怕这么说。要知道,不是弗劳希,她几乎一点麻烦都没有。某种程度上,我还挺喜欢她的。而且,不管怎么说,她喜欢我,这是最重要的。是博士令我头疼。他从不放过我,那家伙,简直让我神经紧张。总是用一种恶毒的姿态来嘲笑我,让我感到自己的貌小。你知道,就是瑟康弗伦斯伯爵夫人对克拉特巴克一家那种——就像那样。我跟你们说,我简直恐惧走进那间餐厅去用餐。他有一种神气,仿佛无论我要说什么,他都已经知道了似的,而且总比他预期的还要糟糕那么一些。弗劳希说他有时对她也那样。可他对我总是那样,真见鬼。"

"我想他一定不是故意的,"保罗说,"而且不管怎么说,别理会这些。"

"恰恰如此。我已经开始感觉,他其实是对的。我猜我就是一个粗鲁的汉子,对艺术一窍不通,也不认识什么大人物,也从不去好裁缝铺做衣服,等等这些。我就是他说的'不是顶层抽屉里的货'。我也从来没假装我是,可在此之前,这对我来说从来都不是个问题。

我不觉得我是个自负的人，但我跟别人一样也有良好的自我感觉，只要自己开心，我不介意别人怎么看。我确实享受过生活，而且，我是真的热爱生活。可现在，我跟那人在一起过了一个星期，感觉彻底不一样了。整天为自己感到羞愧，也渐渐意识到，他给我的那种傲慢的眼神，在其他人眼里也有。"

"啊，我对这感觉是多么熟悉啊！"普伦德尔高斯特先生说。

"我过去总认为我在男孩儿中很受欢迎，可你们知道，其实不是这样。在罗伯茨太太那儿也一样，他们假装喜欢我，只是希望我会给他们买酒喝，可他们从不回报我。我以为那只是因为他们是威尔士人，可我现在知道了，那是因为他们都看不起我。我不怪他们。上帝知道，我也看不起我自己。你知道，我过去爱用不少法语短句——比如我懂或者我不知道。没多想过，我总是理所当然地认为我没什么口音。可这怎么可能？除了战争期间，我从没去过法国。所以现在，我只要说出某一句，博士就会龇牙咧嘴，好像他不小心一口咬在了蛀牙上。现在我每次开口说话前，都会思前想后，想清楚里面有没有法语，或者有没有觉得不优雅的表达。于是我现在一说话，我的声音就变得很奇怪，于是我更加一塌糊涂，他就又龇牙咧嘴。我开始觉得自己低人一等，玎吉就是这样，她几乎从不说话。他也常常开一些小玩笑，比如取笑弗劳希的衣服，可我不认为那老姑娘明白这是怎么回事。等不到这学期结束，那人就会让我发疯的。"

"哎，就只有一周了。"这是保罗唯一能说来安慰他的。

*

第二天早上祈祷时，格莱姆斯交给保罗一封信。"真够讽刺。"
他说。

保罗打开来读到：

> 约翰·克拉特巴克和儿子们，
>
> 批发啤酒酿造商以及葡萄酒商
>
> 亲爱的格莱姆斯，
>
> 前几天在运动会上您问过，啤酒厂里有没有碰巧适合您的
> 职位，我不知道您是否真有此意，如果您是认真的，现在碰巧
> 有个我认为很适合您的空缺。我将非常乐意将这个职位交给任
> 何一位如此善待珀西的朋友。我们一直雇用一批职员，巡回走
> 访酒馆和旅店，抽样查验，看啤酒有没有被稀释或者任何形式
> 的掺假。我们过去的初级旅行职员，是我剑桥时的一个朋友，
> 最近出现了谵妄症状，因而不得不停职。薪酬是一年两百镑，
> 配车，报销所有旅行费用。这个条件能令您满意吗？如果是的
> 话，请在接下来的几天内尽早通知我。

> 您真诚的，
>
> 山姆·克拉特巴克

"你看看，"格莱姆斯说，"如此天赐的工作，由我来决定！这要是早十天到来，我的生活将会彻底两样。"

"你现在不考虑接受吗？"

"太晚了，哥们。太晚了，英语中最悲伤的一个词。"

到了课间，格莱姆斯对保罗说："听着，我决定接受山姆·克拉特巴克提供的工作，让费根们见鬼去吧！"他眼里闪耀着兴奋的火花。"我一个字也不会对他们说的，就这样走掉。他们想怎么样，随便。我不介意。"

"这太棒了！"保罗说，"这是你能做的最好的事。"

"我今天下午就走。"格莱姆斯说。

一个小时后，上午的课结束时，他们又碰面了。"我仔细将那封信想了想，"格莱姆斯说，"我现在算看明白了，那就是个玩笑。"

"胡说八道！"保罗说，"我敢肯定不是。你现在就去见克拉特巴克。"

"不，不，他们不是认真的。他们已经从珀西那儿听说我结婚了，他们就是逗我玩儿的。这也太好了，不可能是真的。他们凭什么要给我提供这样一份工作，甚至，这世上哪有这么好的工作存在？"

"我亲爱的格莱姆斯，我肯定这是个严肃的工作录用，无论怎么说，你去见见他们什么也不损失啊。"

"不，不，太晚了，伙计。这种事不会发生的。"然后他消失在包毡门的后面。

*

第二天，赫兰勒巴出了新麻烦。两个脚蹬厚靴子，戴着圆顶礼帽，身穿厚厚的灰色大衣的男子出现在城堡里，拿着菲尔布雷克的正式拘捕令。找了一圈之后，大伙忽然发现他已经一大早乘坐去霍利黑德的火车离开了。男孩儿们围在侦探身边，充满好奇，又颇为失望。他们，男孩儿们觉得，侦探们站在大厅里，一边拿手指弹着帽子，一边喝着威士忌，管玎吉叫"小姐"时的样子，并不是特别厉害。

"我们已经跟踪他有一段时间了，"第一个侦探说，"对吗，比尔？"

"将近六个月了。这太糟糕了，就这样让他跑掉。总部已经对我们的旅行经费很不满了。"

"是很严重的案子吗？"普伦德尔高斯特先生问道。这时，整个学校都在大厅里集中起来。"没有枪击这一类的吧？"

"没有，到目前为止没有流血事件，先生。我不该说的，真的，可是见你们都因此受到了牵连，我不妨告诉你，他可能会以精神失常为由获得豁免。发疯，你知道。"

"他都干什么了？"

"妄称，冒充，先生。全国各地共有五起针对他的指控，基本上都是酒店。他冒充富人出现，在酒店里像一个爵爷一样住一段时间，兑现一大张支票后就离开。管自己叫所罗门·菲尔布雷克爵士。这事情好玩之处在于，我认为他自己真相信了他编的这些故事。我遇到过好几起类似的案件。萨默塞特有个家伙，他觉得自己是巴斯和威尔士主教，给很多小孩施了坚信礼——相当虔诚地。"

"好吧，就这样，"玎吉说，"他没有在这里领工资就走了。"

"我一直觉得那个人有不可靠的地方。"普伦德尔高斯特先生说。

"这走运的坏蛋！"格莱姆斯沮丧地说。

*

"我很担心格莱姆斯。"普伦德尔高斯特先生那天晚上说。

"我从来没有见过一个人起过这样大的变化。他过去那么自信，张扬，可他刚才畏畏缩缩地到这里来，问我是否相信神圣的审判会在今世或来世发生。我便跟他谈起来，可我能看出来他并没有听。他叹息了一两次，然后我还在说呢，他又一言不发地走了。"

"比斯特-奇汀告诉我，他把整个三年级都留下了，因为今天上午他教室里的黑板掉了下来，他相信是有人故意搞破坏。"

"那倒也是，他们常常这么干的。"

"可这回不是。比斯特-奇汀说，他们都被他说话时的样子吓坏了。就像个演员，比斯特-奇汀说。"

"可怜的格莱姆斯！我觉得他神经极大地受了刺激，但愿假期会让他放松下来。"

可格莱姆斯上尉的假期比普伦德尔高斯特先生预期的，来得早了些，并且以一种大家都始料不及的方式降临。三天后的晨祷告，他没有出现；而弗劳希，红着眼睛，承认他头天晚上就没有从村里回来。车站站长戴维斯先生说，头天晚上比较早的时候见过他，看上去失魂落魄。午餐前城堡里来了一位年轻人，拿着一堆他在海边发现的衣服。那些衣服一望即知是格莱姆斯上尉的。上衣的胸袋内，有一个信封，注明了写给博士。信封内是一张小纸条，写着："如果随着肉体而活，你们必定死。①"

这个消息尽量避免了在男孩中间的传播。

弗劳希，尽管深深地被自己这一段婚姻生活的过早结束而震撼，却非常果断地决定不服丧。"我想我丈夫根本没有期望我会那样做。"她说。

在这痛苦的气氛中，男孩们开始打包离开，开始他们的复活节假期。

---

① 这一句在第十二章出现过。

第二部分

第一章　国王的星期四

玛戈①·比斯特－奇汀在英国有两栋房子——一栋在伦敦，一栋在汉普郡。伦敦这一栋，建于威廉和玛丽②统治时期，无论按什么标准，它都是邦德街和花园弄之间最美丽的建筑。但争议停留在对她的乡村庄园的看法上。那的确还很新，事实上保罗在复活节假期刚开始住进去时，几乎还没改建完成。比斯特－奇汀夫人向来充满故事，而且从各方面看都不是十分光彩的职业生涯中，也找不到一件事，比这栋建筑，或者应该说，对一栋引人关注的建筑的重建，引来了更多的恶评。

这座房产叫作国王的星期四，位于自血腥玛丽③时期起就一直属于帕斯马斯特伯爵的领地上。三个世纪来，由于这个贵族家庭的贫困衰败，疏于打理，屋子一直保留原样，而没有落入这期间出现的

---

① 玛戈（Margot），女名。这里是指比斯特－奇汀夫人。
② 威廉和玛丽，William and Mary，指英格兰、苏格兰、爱尔兰王国的一段联合执政时期的奥兰治的威廉三世与妻子女王玛丽二世夫妻二人。这一段联合执政始于1689年2月，由威廉三世于1688年11月胜利入侵英格兰（史称光荣革命），废黜岳父詹姆士二世后，召集议会，皇位得到议会承认。
③ 血腥玛丽，指英格兰和爱尔兰女王玛丽一世（Mary I，1516—1558），统治时期自1553年7月起直至她去世。她对新教徒的血腥镇压令她身后获得血腥玛丽（Bloody Mary）的称号。

任何一种建筑风格。没有加建，没有填过窗户，没有用柱廊、新的外立面、露台、橘园、塔楼或者城垛对它的木梁外观引发任何损毁。在对煤气和室内卫生设施的疯狂追求中，国王的星期四也一直保持了沉睡状态，没有受到管道工或者工程师的骚扰。庄园木匠这个职位也一直由最初为这栋大楼装饰了墙板、雕刻了楼梯的那一家世袭继承，不时地会来做些必要的修修补补，而且用的也是最初的工具和传统的工艺，因此每次用不了几年，他所做的这些维护就已经与他祖先所做的无从分辨。在帕斯马斯特伯爵的邻居们都亮堂堂地点上了电灯以后很多年，灯芯草蜡烛还在这座庄园的卧室里跳动。到了最近这五十年，汉普郡才渐渐地开始为国王的星期四感到自豪。从被视作本郡发展的一个污点，逐渐成为周末聚会的麦加。"我想我们也许可以去帕斯马斯特吃茶。"星期日午餐后，各家的女主人常常会这么提议，"你真的得去看看那房子，完全没有被破坏，亲爱的。弗兰克斯教授，上星期在这儿，他说这已经被视为全英国最精美的都铎样板。"

给帕斯马斯特家打电话是不太可能，但他们总在家，而且总是非常真诚地热情接待来访的邻居。用完茶点后会领着没有来过的客人参观，从大厅到卧室，并指给他们看牧师洞①，以及第三世伯爵用来囚禁他想要重建烟囱的夫人的暗室。"刮东风的时候，那烟囱还是漏烟，"他会说，"可我们还是没有重修过。"

随后他们才驾驶大轿车前往他们配置了现代设施的住宅，晚餐

---

① 牧师洞，在英国禁止天主教期间，一些天主教家庭的房屋内会专门修一个小房间供天主教牧师藏身之用。

前，泡在浴缸里已经彻底被打动的客人可能会感到，在刚才那一个半小时内，自己被赋予了从当代一脚踏入悠长、闲适的英国文艺复兴岁月的某种特权，在那里享用茶点的同时，与招待他们的主人那坐在同一把椅子上三百年前的祖先一起谈论狩猎，谈论祈祷文的改良，而那个时候，他们自己的祖先，也许还睡在茅草上，或者混迹于汉萨犹太人聚居区①的香料贩子中间吧。

可是国王的星期四不得不出售的这一天还是降临了。它建于用二十个仆人算不上过度铺张的年代，如果少了几个，日子当真还不好过。可仆人们，比斯特－奇汀一家发现，对于都铎式朴素家居的热情远不如主人们那么高；最初，他们的卧室被安置在迷宫一般的用以支撑不规则的石头屋顶的木椽之间，可如今，这已很难适应摩登生活的需求；也只有最不爱卫生，或者平日里醉醺醺的厨子，才可能被说服而乐于在石板铺地的巨大厨房里工作，或者肯在开放的火苗上去翻转正在往外溅油星子的锅。女佣的数量日渐减少，她们不再能忍受早饭前那一段悲惨的时光，在狭窄的用人楼梯上跑上跑下，在绵延不绝的过道里穿梭，两旁摆满了装着热水的罐子，用以主人们清晨的沐浴。这时，现代民主已经召唤出了电梯和节省劳力的设备，例如热水龙头和冷水龙头以及（最可怕的发明）饮水龙头，召唤出了汽炉和电烤箱。

帕斯马斯特伯爵没有像公众预期的那样犹豫不决，他十分爽快地就决定了卖掉这座房子；实话说，他自己本身其实从来就没有弄明

---

① 汉萨联盟（Hanseatic League），中世纪晚期德国北部150个城镇的贸易协会。

白那些排场的意义；他想大概因为很有历史吧，这一类的。可他本身的趣味，则更倾向于法国蔚蓝海岸那些装着绿色百叶窗以及满是亚热带植物的别墅。通过这件事，他的批评者们渐渐意识到，他这么做，远比挣扎在国王的星期四更圆满地体现他家族的传统特色。然而当地郡县却迟迟看不透这一点，更多的是惊愕，这种感觉不光在大宅间传递，甚至蔓延到方圆好多英里之外的一些平房和别墅当中；而附近教区那些研究文物和考古的牧师们更是发明出灾难性的传说，说是当比斯特－奇汀搬离之后，国王的星期四将被野生植物和动物占据。杰克·斯派尔①先生在《伦敦海克利斯》②上撰写雄文发起"拯救国王的星期四基金"，力主为了国家民族，它应该受到保护，可收到的捐款甚微，距离帕斯马斯特伯爵明智地要求的大笔数目相差甚远。于是它将被连根拔起，运到辛辛那提，在那里重新拔地而起的理论被广泛接受。

　　然后当消息传来，帕斯马斯特伯爵有钱的弟妹买下了这座家族宅邸的消息传来时，她未来的邻居们，杰克·斯派尔先生，以及伦敦所有注意到了这桩交易的新闻机构，都给予了最大的热情来欢呼这件事。大宅正厅壁炉上拉丁文刻就的家传座右铭"珍重比斯特－奇汀"被各大版面纷纷引用，更因为汉普郡对玛戈·比斯特－奇汀所知甚少，因而那些画报刊物便一有机会就用她的近照来装点版面；只是她对记者说的话，"我实在想不出还有什么比木梁构造的都铎建

---

① 杰克·斯派尔（Jack spire），原型为文学记者、散文家、诗人约翰·柯林斯·斯扩尔（John Collings Squire, 1884—1958），他创立了刊物《伦敦墨丘里》（*London Mercury*, 1919—1939），于 1933 年被授予骑士头衔。
② 《伦敦海克利斯》（*London Hercules*），虚构的刊物名，原型为上一条注释里的《伦敦墨丘里》。

筑更中产阶级更难看的了"，一直没人弄明白她是什么意思，也更没有被放进画报的文章当中去。

玛戈·比斯特－奇汀买下时，国王的星期四已经空置两年了。之前她去过一次，那还是她订婚的时候。

"比我想象的更差，差远了。"她的车开过村里的主道时，她这么说。路旁热情的村民们竖起了曾偶尔成为过盟国的国旗①，以向她致意。"利博蒂②的新建筑都不能跟它相比。"她说，一边很不耐烦地打着方向盘，她回忆起很多年前，那个罗曼蒂克的年轻女继承人穿过修剪整齐的黄杨树篱，在忍冬花的香味中，被冷静地求婚时的情景。

当玛戈·比斯特－奇汀要重建国王的星期四这一决定被传开时，杰克·斯派尔先生正忙着在拯救蛋街的圣墓教堂（据说约翰逊博士曾在这里参与过一次晨祷）。他说，十分严肃地："不过，我们尽力了。"便再也没有过问过这件事。

邻居们可不是这个态度。随着现代化机器所辅助的拆除工作的推进，他们一天比一天更愤怒。在他们渴望为本郡保留一点这座建筑的痕迹的愿望驱使下，他们不惜采用带有掠夺性质的进攻，每一次出征归来时，都为自家的石头花园里带回一些雕花的石块，直到修建商不得不在夜间增设一名看守人。木墙板去了南肯辛顿，在那里受到了大量印度学生的膜拜。比斯特－奇汀夫人接手九个月之后，

---

① 一战最初的盟国由英国、法国和俄国组成，很快盟国得到了来自包括意大利和日本的其他十八个国家的支持。
② 利博蒂（Liberty），盛行于19世纪90年代至20世纪10年代的建筑及装饰风格，通称为新艺术派（Art Nouveau）。而由于具有代表性的伦敦利博蒂百货公司的缘故，新艺术派有时又被称作利博蒂风格。

新建筑师开始着手规划。

这是奥托·弗里德里希·塞勒诺斯的第一项重要的受托项目。"干净整洁。"这就是比斯特－奇汀夫人的要求，随即她便不见了，消失在她那些神秘的世界之旅中，临走时留下一句话："希望春天以前可以完工。"

塞勒诺斯教授——这位非凡的年轻人为自己挑选了这么个称呼——是比斯特－奇汀夫人自己的"发现"。他尚未在任何地方出名，尽管所有见过他的人，都为他的天才留下了深刻而不一样的印象。他最初引起比斯特－奇汀夫人的注意，是一项被拒的口香糖工厂设计，发表在新派杂志《匈牙利人季刊》上。他仅有的另一项完成了的工作，是为一个剧情复杂，并且很长的影片所做的场景设计——影片的复杂难懂，因被制片人严厉地去掉了所有人类角色而进一步加剧，也正因如此，它获得了巨大的商业成功。他正一筹莫展地待在布鲁姆斯伯里的一间卧室兼起居室的斗室中，有上顿没下顿，不顾他父母正不屈不挠地一直在找他这一事实——他们在汉堡非常富有——这时他得到了重建国王的星期四这份工作。"干净整洁"——他如饥似渴地琢磨了三天这一句要求所带来的美学暗示，开始了他的设计工作。

"我所能看见的建筑问题，"他对一位前来报道这一钢筋混凝土加铝结构新作品进展的记者说，"其实是所有的艺术都面临的问题——在形式考虑上消除一切人的因素。唯一完美的建筑，只可能是工厂，因为它为机器而建，不是为人。我不认为家居建筑存在美的可能，可我会尽力而为。所有的问题都因人而起，"他忧郁地说，

"请把这句话告诉您的读者吧。人从来就不美丽，也从来就不快乐，除非当他成为传播机械力量的渠道时。"

记者看上去大惑不解。"那么，教授，"他说，"请您告诉我，听说您做这项工作拒绝收费，这是事实吗？如果您不介意我这么问的话？"

"不是。"塞勒诺斯教授说。

"贵族的弟妹，未来派的大厦修建者，"记者快乐地构思着，"以后将会是机器住在房子里吗？建筑教授的伟大预言。"

塞勒诺斯教授看着记者消失在车道上，从兜里掏出一块饼干，开始嚼起来。

"我想应该有个楼梯，"他忧郁地说，"为什么这些生物就不能在一个地方待着？上上下下，进进出出，来来回回！为什么他们就不能安静下来，踏实地工作呢？发电机需要楼梯吗？猴子需要房子吗？多么不成熟，又自我毁灭而陈腐顽劣的人类啊！在他们进化的这个小舞台上腾挪跳跃，叽叽喳喳，这是多令人不解而恶心的事啊！以及那些作为生物副产品的念头和自我证明，又是多么令人厌恶而难以言表的乏味！还有那半成形的、病态的躯体！那不稳定的、经常失调的灵魂机制：它的一面是动物的和谐本能，以及平衡反应，而另一面，则是僵化的机械功能，在这之间，人，同为自然存在的异物和机器年代的行为，便是邪恶的产物！"

两个小时后，负责水泥搅拌机的工头前来向他就某事请示时，教授尚未从与记者分手时的地方挪过一步，他浅褐色的眼睛死死地定住，毫无表情，刚才握着饼干的手还举着，在嘴边上上下下，机

械地重复着一个动作，下巴有节奏地咀嚼着。除此之外，他几乎是
绝对静止的。

我不认为家居建筑存在美的可能，可我会尽力而为

第二章　在贝尔格莱维亚的停留

亚瑟·帕兹知道关于国王的星期四以及塞勒诺斯教授的所有事。

保罗到伦敦那天，他给老朋友打了个电话，约他在斯隆广场的女王餐厅一起吃饭。这似乎是一件很自然的事，他们重新坐在过去经常在一起讨论各种重要公共议题、预算、避孕、拜占庭马赛克等话题的同一张桌上。这是自那个扰乱了一切的布灵吉尔晚宴之夜后，保罗第一次感到由衷地放松。赫兰勒巴城堡，它装腔作势的城堡外形以及其中那些荒谬古怪的人物，此刻都被沉入了深深的遗忘之河，哪怕最煎熬的噩梦也尽皆湮没。眼前是甜玉米和小灯笼辣椒，还有勃艮第白葡萄酒，以及亚瑟·帕兹那双严肃的眼睛，还有头顶的挂钩上一顶下午刚在圣·詹姆士①买的黑帽子。这个夜晚，我们整个讲述当中以保罗·潘尼费热尔这个名字所指代的仓皇掠过的影子，终于物化成一个实实在在的形象，一个有才智、受过良好教育、品行端庄的年轻人，完全可以信赖他在大选中的投票是自己的主见，并

---

① 圣·詹姆士，St James's，是伦敦市中心一个精致时髦的地区，包括了几处皇室住宅，以及众多高级商业场所：拍卖行，画廊，酒廊，以及密集的绅士俱乐部。

且不偏不倚的，他对于一出芭蕾舞剧的观点或者他的一篇批判论文，应该好过绝大多数人，他可以从容地在晚餐时点菜，用一种受人尊敬的法语口音，在海外的火车站，你可以信任地将行李请他看管，在文明生活中可能出现的任何紧急状态下，完全可以预见，他会让自己表现得决断而从容。这就是保罗·潘尼费热尔，在本故事发生之前的那些平静岁月中成长起来的青年。事实上，这整部书其实就是关于保罗·潘尼费热尔的神秘消失，所以读者们，如果您认为这个用了保罗·潘尼费热尔名字的影子，没能充分实现他所扮演的英雄角色的重要性的话，您也不必抱怨。

"我在慕尼黑见过奥托·塞勒诺斯的一些作品，"帕兹说，"我觉得他是个值得关注的人。他在莫斯科待了一段时间，后来又在德绍①的包豪斯②。他现在应该还不到二十五岁。前几天报上有几张国王的星期四的照片，看上去非常有意思，被称为唯一的一幢自法国大革命以来真正有想象力的建筑。无论怎么说，他现在走了与柯布西耶③不同方向的路。"

"不知人们是否意识得到，"保罗说，"柯布西耶其实是非常纯粹的十九世纪曼彻斯特学派功利主义者，这正是他们喜欢他的原因。"

然后保罗跟帕兹谈到格莱姆斯的死，以及普伦德尔高斯特先生的疑问；而帕兹却跟保罗讲起他在国联下面得到的一份有趣的工作，

---

① 德绍（Dessau），德国城市，位于穆尔德河与易北河交界处。
② 包豪斯(Bauhaus)，全称为公立包豪斯学校(Staatliches Bauhaus)，是德国一家著名的艺术学校，将工艺和美术结合在一起，以其发表和教授的设计理念著称于世。学校仅仅存在于1919年至1933年间，先后位于魏玛、德绍和柏林。包豪斯在德语中，直译过来就是"盖房子"。
③ 柯布西耶(Corbusier，原名Charles-Édouard Jeanneret,1887—1965)，选择柯布西耶做笔名，是因他的脸与乌鸦（法语为corbeau）相似而双关。柯布西耶是瑞士—法国建筑师、设计师、画家、城市规划师、作家，是当代建筑先驱之一，20世纪20年代至20世纪60年代城市建筑的主导人物。

以及他如何因此而决定不再继续上课，还有他父亲得知此事后所持有的愚顽偏见态度。

就这一个夜晚，保罗又变回一个真正的人，可第二天醒来，他又魂肉分离，将自己遗失在了斯隆广场和昂斯洛广场之间的某个地方。他得去与比斯特－奇汀碰面，然后赶早班火车去国王的星期四，到那里，他的奇妙探险将再一次启程。从这个角度来看，保罗的第二次消失是很必要的，因为，也许读者已经察觉到，保罗将永远不会成为故事中的英雄，他身上唯一有趣的地方往往都来自一连串他的影子所见证的奇异遭遇。

第三章　永远注视维纳斯①

　　"我很盼望见到我们的新房子，"在从火车站回家的车上比斯特 - 奇汀说，"妈妈说，我很可能会吃一惊。"

　　那些附属建筑和外面的大门都没动，看门人的妻子，诺亚太太一般系着白围裙②，在车一拐进大道开始，就跟在车后面小跑着。四月温和的阳光，透过正在发芽的栗子树，照到从树杈间可以瞥见的绿地上，以及远远的湖光水色。"英国的春天，"保罗想，"英国乡村古老而梦境一般的美丽。"当然了，他想，这些清晨的阳光下高大的栗子树，代表了一些持久而宁静的东西，可它们在另一个世界里，已经丧失了意义，它们会一直这样矗立下去，直到混乱和困惑也被遗忘吗？这当然也是威廉·莫里斯③的灵魂，正在对坐在玛戈·比斯

---

① 《维纳斯的维吉尔》(*Pervigilium Veneris*)，是一组拉丁文诗歌，年代不可考。有时被认为是诗人提贝里亚努斯所作，因为与其诗作有极强的相似度。但这个假设没有得到公认。诗歌写于早春，维纳斯节的前夜，地点可能是西西里。诗歌描绘了动植物世界一年一度的苏醒，与诗人 / 讲述者这个沉默孤独的"我"产生强烈对比。
② 《圣经》典籍里找不到任何诺亚的妻子有系着白围裙的参照。此处大概是根据沃曾经提及自己儿童时期的一套玩具中的形象：诺亚、妻子、方舟以及动物。
③ 威廉·莫里斯 (William Morris, 1834—1896)，工艺美术运动 (Arts and Crafts movement) 发起人之一，英国著名的作家、诗人以及设计师（尤以布艺花纹设计闻名）。

特－奇汀的轿车里的他耳语，关于播种和收获，关于美妙的四季更替，关于富人和穷人间和谐的相辅相依，关于尊严，纯真，还有传统？①然而马路上的一个拐弯，将他的思绪陡然打断。他们眼前已经出现了那座房子。

"天哪！"比斯特－奇汀说。"妈妈这次真的可以为自己自豪啊。"

车停了。保罗和比斯特－奇汀走下来，伸展了一下躯体，被领着穿过酒瓶色玻璃铺就的地面，向餐厅走去。比斯特－奇汀夫人坐在硬橡胶材料的餐桌前，已经开始了午餐。

"宝贝儿们，"她喊了一声，对他们一人伸出一只手，"见到你们真是太好了！我一直在等着见到你们再去睡觉呢。"

她比保罗所有的狂热记忆都要美丽一千倍。他看着她，内心狂喜。

"亲爱的孩子，你怎么样？"她说。"你知道你现在看上去有种放荡不羁的漂亮吗？你不觉得吗，奥托？"

除了比斯特－奇汀夫人以外，保罗完全没有注意到这间屋子里的其他任何东西；他这时才发现，她身边坐了一位年轻人，很浅色的头发，戴一副很大的眼镜，眼镜后面的目光，就像水族馆里那些纤细的鱼正从睡眠中醒来，在光线下闪耀着，投向小比斯特－奇汀。

"他的头太大，手又太小，"塞勒诺斯教授说，"不过皮肤很漂亮。"

"我给潘尼费热尔先生兑一杯鸡尾酒怎么样？"比斯特－奇汀问道。

---

① 这一段是贯穿莫里斯这个社会主义者思想和写作的灵魂（他对保罗的耳语）。

"好的，彼得，宝贝，做吧。他兑得还挺好的。你都不能想象我这星期怎么过的，搬进来，带邻居参观，接待媒体摄影师。奥托的房子似乎不太对本地人的胃口，对吗，奥托？范布勒勋爵夫人怎么说的？"

"你说那个像拿破仑大帝一样的女人吗？"

"是的，亲爱的。"

"她说她能看出来下水道做得非常成功，可那，当然，是在地下。我问她是否想要用上一用那成功的部分，还说我正好想要用，便借机走开了。不过，说实话，她说的一点没错。那确实是这房子里唯一可以忍受的部分。等马赛克做完我就可以走了，这太让人开心了！"

"你不喜欢吗？"彼得·比斯特－奇汀从鸡尾酒调酒器上探头问，"我觉得很好，从前更像是裘克伊的品位。"

"我讨厌并且憎恶它的每一点，"塞勒诺斯教授很严肃地说，"我过去做过的任何一个作品都没有让我像这样讨厌过。"他长长地叹了一口气，从桌边站起身，在屋里走动起来，他刚才用来吃饭的叉子还握在手里。

"奥托有真正的才华，"比斯特－奇汀夫人说，"你一定得对他好些，彼得。明天会有很多人要来过周末，而且，亲爱的，那位玛尔塔沃斯①又将不请自来，你不会喜欢他来做你的继父吧，会吗宝贝？"

"不，"彼得说，"如果你非要再结婚，选个年轻而安静的吧。"

① 玛尔塔沃斯（Maltravers），姓氏。此处作者生造了好几个姓氏，都以 Mal（恶的，坏的）开头，加上他们的职业。例如这位玛尔塔沃斯，是交通大臣，姓氏暗讽其对交通有害。

"彼得，你真是个天使，我会的。但现在我得上床去了，我刚才只是等着想要见你们。你带潘尼费热尔先生参观一下吧，宝贝。"

铝制电梯此时唰地冲了上来，保罗才一下落回地面上。

"这个要求可有点古怪，这房子对我也是完全陌生的啊，"彼得·比斯特－奇汀说，"不管，我们先吃点午饭吧。"

保罗下一次见到比斯特－奇汀夫人，已经是三天之后了。

*

"你不认为她是全世界最出色的女人吗？"保罗说。

"出色？哪方面？"

他和塞勒诺斯教授晚饭后坐在露台上。他们脚下是完成了一半的马赛克，盖着木方和口袋；长长的柱廊上，黑色玻璃的立柱在月光下泛着光；铝制的露台栏杆另一侧，花园在无声无息中延伸至无边无际。

"最美丽，也最自由，她几乎就像另一个物种的生物。你不觉得吗？"

"不，"教授想了片刻以后这么说，"我不能说我也这样认为。如果你将她与其他同龄妇女相比，你会看出来，她与别人的那一丁点区别，比起她跟她们之间的相似性而言，是无穷小的。也许这里几毫米，那里几毫米，这一类的多样性在人类的再生系统中是根本不能避免的；可是在她所有的基础功能中——比如说，她的消化能力——她与同类是完全一致的。"

"你可以像这样说任何人。"

"是的，是这样。可恰恰是玛戈的不一样，让我特别不喜欢。它们虽小，却十分刺眼，就像锯齿一样。要不然我就跟她结婚了。"

"你为什么就认为她会想要同你结婚呢？"

"因为，正如我说的，她所有的基础功能都是普通而正常的。不管怎样，她问过我两次。第一次我说我要好好考虑，第二次我就拒绝了。我敢肯定我这么做是对的，她会把我打扰得一塌糊涂，另外，她也开始老了，十年以后差不多就完了。"

塞勒诺斯教授看了看他的手表——一块铂金表盘的卡地亚，比斯特－奇汀夫人的礼物。"差一刻十点，"他说，"我得上床去了。"他将剩下的那一小截雪茄以一道闪亮的抛物线扔到露台外面。"你靠什么入睡？"

"我很容易入睡，"保罗说，"除了在火车上。"

"你很走运。玛戈吃佛罗拿①，我已经有一年多没真正睡过觉了，所以我得早早上床。一个人要是睡不着觉，就得靠更多的休息来弥补。"

那天晚上，保罗在《金枝》②里夹好书签，拧灭台灯，翻身睡了过去，他想了想几间卧室之外的那个年轻人，双手放在身体两侧，双腿伸开，闭着眼睛，而脑子里却一整晚都在翻转，获得越来越多的力量，就像储存在错综复杂的蜂巢里的蜂蜜，直到周围的空气变得疲惫不堪，只有大脑，依然在黑暗里旋转。

---

① 佛罗拿（veronal），一种巴比妥（Barbital）类药物，商品名为佛罗拿。
② 《金枝》（*The Golden Bough*），英国著名人类学家詹姆斯·乔治·弗雷泽爵士（Sir James GeorgeFrazer，1854—1941）的十二卷巨作，也是其代表作。

所以玛戈·比斯特－奇汀想要嫁给奥托·塞勒诺斯，而在这间华美无双的大宅的另一个角落，她在吃完催眠药以后呆呆地躺着，她迷人的躯体冰凉芬芳，几乎不会惊动身下的床单；屋外的花园里，成千的生灵正在睡觉，那之外，再远一些，是亚瑟·帕兹，还有普伦德尔高斯特先生，以及赫兰勒巴火车站的站长。不一会儿保罗就睡着了。楼下彼得·比斯特－奇汀又给自己兑了一杯白兰地加苏打，翻了一页哈维洛克·艾利斯①，这是仅次于《柳林风声》②的另一本他最爱的书。

*

铝制卷帘唰一声卷了上去，阳光透过紫外线玻璃倾泻进来，房间里顿时充满了温煦的阳光。在国王的星期四的又一天开始了。

保罗从他的浴室窗户向下面露台看去，地上铺着的遮挡物已经去掉了，露出完成了一半的银色和猩红色的地面。塞勒诺斯教授已经在那儿开始工作了，拿着一张表正指挥着工人。

来过周末的人群，在这一天中三三两两地到来，然而比斯特－奇汀夫人一直待在她房间里，只由彼得十分得体地在迎客。保罗到最后也没记住他们所有人的名字，也不清楚究竟来了多少人。他估计有八个或者九个，但是由于他们都穿着各种不同颜色，却几乎同

---

① 亨利·哈维洛克·艾利斯（Henry Havelock Ellis，1859—1939），英国医生、性心理学家和研究人类性行为的社会改革者。
② 《柳林风声》（*The Wind in the Willows*），英国小说家肯尼思·格拉姆（Kenneth Grahame，1859—1932）的代表作，经典的儿童文学作品，出版于1908年。

一种类一模一样的衣服，用同样的声音讲话，在任何不规则的时间点用餐，也有可能比他以为的多几个或者少几个。

最先来到的是迈尔斯·玛尔普兰柯蒂斯①阁下，摄影师大卫·伦诺克斯②，他们从一辆爱德华风格的电动博荣姆③轿车里出现，那车停下时轻轻地尖叫了一声，下车后径直走向最近的一面镜子。

不到一分钟，电唱机响了起来，大卫和迈尔斯开始跳舞，彼得在一旁兑鸡尾酒。派对开始了。整个下午都有新客人一直在到来，人们飘进飘出，有时伴随着欢迎的叫喊声，每个人都选择着自己觉得最适合的方式来表达自己。

帕梅拉·波帕姆，方下巴，神态坚决犹如女猎人，她透过眼镜对房间审视了一番，喝了三杯鸡尾酒，说了两次"我的上帝啊"，从舞池中跳舞的朋友中径直穿过两三次，大步向她的床走去。

"一会儿奥利维亚来时，告诉她我已经到了。"她对彼得说。饭后他们去打了一圈惠斯特牌，又在村公所大厅里跳了舞。到两点半时，房子里彻底安静下来；三点半时帕尔吉特勋爵到了，微醺，并且还穿着晚装，"不到一秒钟之前才逃离"阿拉斯代尔·特朗品敦的二十一岁伦敦生日聚会。

"路上有一段阿拉斯代尔跟我在一起的，"他说，"不过我想他可能掉下去了。"

---

① 迈尔斯·玛尔普兰柯蒂斯(Miles Malpractice)，男子名姓。这个姓氏也是Mal加职业(practice)的格式，暗讽这是位很糟糕的大律师。
② 大卫·伦诺克斯(David Lennox)，男子名姓。这个角色的的原型是塞西尔·比顿爵士（Sir Cecil Beaton, 1904—1980），以20世纪20年代英国上流社会的肖像摄影闻名，后来扩展到那个年代的其他名人。
③ 博荣姆(brougham)，一种基于早期的博荣姆马车的轿车车身风格。

这群人，或者说他们中的有一些，穿着睡衣上前来欢迎他的到来。帕尔吉特像一只鸟一样，欢快地走来走去，挺着细而白的鼻子，轮番拿每个人开着粗鲁的玩笑，声音刺耳、尖细。四点钟时，这所房子又安静了下来。

＊

只有一个客人显得十分忐忑：汉弗莱·玛尔塔沃斯爵士，交通大臣。他那天乘坐一辆很大的轿车，带着两个很小的行李箱早早就到了，一注意到女主人不在场，他立刻很明显地成为这个欢快不羁的派对中的不和谐因素。

"玛戈？没，我根本没见到她。我猜她可能不太舒服，"他们中的一个说，"要不然她可能是在这房子里哪个地方走丢了吧。彼得大概知道。"

保罗见他午餐后独自坐在花园里，抽着一支很大的雪茄，一双又红又大的手叠放在面前，一顶软软的大帽子斜斜地挡着眼睛，大大的红脸膛上既流露着藐视，又显得忧郁。他与那些晚报上登的关于他的漫画，有一种神秘而超自然的相像，保罗想。

"你好，小伙子！"他说，"人都到哪儿去了？"

"我想彼得正带他们参观房子吧，它比外观上看去要精密讲究得多。您不想加入他们吗？"

"不了，谢谢，我不感兴趣。我在这儿安静一会儿，那些年轻人简直让我累垮了。一周来关于这房子的事也听厌了。"保罗礼貌地笑了笑。"这是本季的魔鬼。你对政治有丝毫兴趣吗？"

"基本上没有。"保罗说。

"明智的家伙！我不能理解我为什么还待在里边。这简直是狗过的日子，又没有钱。我如果还留在律师行业，现在肯定已经是个富人了。

"休息，休息以及财富，"他说，"总是要等到四十岁以后，一个人才开始看得见这一类事情的价值。而且一个人一半的生活，也都是在四十岁以后度过的。我是认真的。记住，年轻人，它会将你从最可怕的错误中拯救出来。如果一个人在二十岁时就意识到，他生命的一半将是在四十岁以后……

"比斯特－奇汀夫人的烹饪以及比斯特－奇汀夫人的花园，"汉弗莱·玛尔塔沃斯爵士沉思地说，"可是还有什么能比我们美丽的女主人本身更令人向往的呢？你认识她很久了吗？"

"几个星期。"保罗说。

"没有人像她。"汉弗莱爵士说。他深深地吸了一口烟。可以依稀听见来自黄杨树篱另一边，留声机里放的音乐。"她为什么要建这所房子呢？"他问道。"都因为她交的这一群朋友，这对她什么好处也没有。这真是个该死的状况——一个有钱的女人没有丈夫！注定会让她自己被人议论。玛戈应该做的是嫁人——一个能使她状态稳定的，这么一个人，"汉弗莱爵士说，"在公共事务中有一席之地。"

然后，没有任何明显的逻辑联系，他开始谈论他自己。"'看得更高'一直是我的座右铭，"汉弗莱爵士说，"在我整个一生中都是。你也许得不到你真正想要的，但你一定会有所收获；而向低看，你就什么也得不到。这就像对一只猫扔石头。我小的时候，那是我在院子里最爱玩的游戏，我猜你在那个年纪一定在扔板球，道理是一样的。如果你对准了扔过去，到不了；如果你扔得高一些，走运的话就会得分。每个小孩都知道。让我跟你讲讲我这一辈子的故事吧。"

这是为什么，保罗寻思着，他遇见的所有人好像都擅长于这种形式的自传？他猜自己身上可能有一种富有同情心的气质。汉弗莱爵士是这样讲述他的早年生活的：一家九口挤在两个房间里，整日饮酒的父亲和有癫痫症的母亲，还有一个出去站街拉客的姐姐，一个兄弟进了班房，另一个弟弟天生聋哑。他又谈到奖学金和理工学院，他所遭遇的回绝和鼓励，以及在大学里出色的学业和闻所未闻的穷困。

"我那时常常替霍利威尔新闻①做校对，"他说，"于是我学会了速记，并借此把大学里的布道记录下来，给本地的报纸用。"

他这么说着，让人仿佛觉得眼前修剪整齐的黄杨树篱被贫民窟的煤烟熏得灰扑扑的，而远处电唱机里欢快的音乐变成了廉价公寓楼梯上常常听见的手摇风琴声。

"我们那批斯贡的朋友当时看上去都很有前途，"他说，随便一提就是几个如今政府里如雷贯耳的名字，"可他们没有一个走过我那样的艰难道路。"

保罗耐着性子听着，这是他的习惯。汉弗莱爵士说得十分流利，事实上，他头一晚排练了好几篇文章，准备用于发表在周日报

① 霍利威尔新闻（Holywell Press Ltd），基于牛津的一个家族印刷和出版公司。始建于1890年，主要客户是牛津大学，包括出版著名的学生刊物《伊斯河》（Isis）多年，也是早期莫里斯轿车的广告制造者。

纸上的。他跟保罗讲了他最初接的几个案子，以及他的第一次大选，1906 年那次历史性的自由党竞选，以及两党联盟成立前那些紧张的日子。

"我无愧于一切，"汉弗莱爵士说，"我已经比大部分人都走得更远了。我想，如果我继续走下去，也许有一天我会成为党内的领袖。可这一整个冬天，我始终有个感觉，我已经走到了我应该到达的尽头，是时候进入另一间屋子了①。终止工作，也许可以养一两匹赛马，"他的眼睛此刻充满了一种当红女明星描绘梦想中的乡村庄园时的远望神情，"以及一艘游艇和一幢蒙特②的别墅。别人可以选择在任何时候做这些他们想做的事，他们知道。可不到我这个年纪，你不会真正意识到出身贫穷所带来的不利。"

星期天晚上，汉弗莱爵士建议打一手牌，这主意没有得到热烈响应。

"那难道不会让时间过得太快吗？"迈尔斯说，"今天是周日，纸牌当然完全是天意，尤其是那些国王，多么俏皮的脸啊！可我一旦开始玩钱，我便总是发脾气，还会哭。问帕梅拉吧，她又勇敢又果断。"

"我们玩台球吧，让今晚成为一个真正的庄园式聚会③吧。"大卫说，"要不然我们玩乡村庄园恶作剧吧？"

① 大厦（House），此处双关。英国的议会叫 house，而居家房屋也叫 house。
② 蒙特（Monte），此处应该是指蒙特卡洛（Monte-Carlo），摩纳哥大公国的一座城市。
③ 原文 Real House Party，首字母大写，是特指 20 世纪早期，盛行于英国文化精英圈的疯狂而奢侈的庄园大宅派对。这里的大卫·伦诺克斯的原型，著名摄影师塞西尔·比顿爵士对这一类聚会有过详细记载。派对活动包括对传统价值形成极大挑战的跳床（bed-hoping），换妆，群交，恐怖，对物产的破坏等。参加这一类派对的著名文化人物包括达利，米特福德姐妹，斯坦因，斯特拉文斯基，马格·方登，夏帕瑞丽，以及伊夫林·沃。

"哦，我觉得今天有运气。"迈尔斯终于被说服了要玩时这么说道。汉弗莱爵士赢了，帕尔吉特输了三十镑，打开钱夹，用十镑一张的钞票付了他。

"他太会诈了！"奥利维亚去睡觉的路上说。

"他有吗，宝贝？哦，那我们最好不掏钱给他。"迈尔斯说。

"这事就从来不会在我身上发生。为什么，我根本就可能玩不起。"

彼得赌了汉弗莱爵士一个加倍或勾销①，赢了。

"我毕竟是主人。"他解释说。

"我在你这个年纪，"汉弗莱爵士对迈尔斯说，"我们有时坐着打一通宵的牌，赌资也很高。"

"哦，你这邪恶的老东西！"迈尔斯说。

周一一大早，交通大臣的戴姆勒②汽车消失在马路上。"我觉得他本来希望见到妈妈，"彼得说，"我跟他说了她的情况。"

"你不该那样。"保罗说。

"对，是不应该，当时情况确实不那么妙。他说他不知道事情发展成了这样，又说，即便在贫民窟，我这个年龄的孩子也不会参与讨论这种事。他吃得可真多！我也尽力让他能够感到随意舒心了，比如跟他聊火车。"

"我觉得他是个很明智的老人，"塞勒诺斯教授说，"他是唯一一个没有觉得自己非要有礼貌地评论两句这个房子的人。另外，他还

① 一种赌钱游戏，赢了旧债一笔勾销，否则欠债要翻一倍。
② 戴姆勒（Daimler），1910年前戴姆勒汽车有限公司是一家独立的英国汽车制造商，于1896年由H.J.劳森（H. J. Lawson）创立，基于考文垂。

·161·

跟我谈起一种新的水泥建筑的方法，正试着用于修建政府养老屋。"

彼得和保罗回到他们圆柱形的书房，开始了另一堂拼写课。

*

当最后一拨客人离开时，比斯特－奇汀夫人从她的安眠药中醒来，重新现身，新鲜姣好一如一首十七世纪的抒情诗。她从电梯走向鸡尾酒吧台，所到之处，每踩过一步，那绿色玻璃铸就的草甸便在她脚下绽放出一朵鲜花。

"你们两个可怜的小天使！"她说，"这么长时间应付玛尔塔沃斯还有所有那些人，一定难受坏了吧？我简直忘了都有谁说要来过周末的，我早就不再邀请谁了，"她说，转向保罗，"可一点区别也没有。"她瞪着手上那杯半透明的苦艾酒芙莱蓓①。"我越来越感到自己需要一个丈夫，可彼得又这么挑剔。"

"可是，你那些男人实在都太糟糕了呀。"彼得说。

"我有时想，要不嫁给老玛尔塔沃斯吧，"比斯特－奇汀夫人说，"就当是报复，可'玛戈·玛尔塔沃斯'听起来又真有点受不了，你不觉得吗？要是他们给他封授贵族爵位，他准保会选一个特别可怕的名字……"

在保罗一生中，从来没有被人像玛戈·比斯特－奇汀在接下来的几天里这样温柔地对待过。在那闪亮的电梯里上上下下，房间里

---

① 苦艾酒芙莱蓓（absinthe frappé），一种苦艾酒加茴香酒和苏打水为主要成分的鸡尾酒，19世纪晚期非常流行的上午饮品。

进进出出，在大宅里错综复杂的回廊中穿梭，他整个地沐浴在一层金色的迷雾中。每天早晨醒来穿衣时，胸口就像有一只小鸟在歌唱，而到了晚上躺下时，他总会将一只手枕在头边，因为那里还残留着玛戈·比斯特－奇汀那不可触摸的淡雅芬芳。

"保罗，亲爱的，"一天她牵着他的手这么说，那会儿他们刚刚经历了一场有点可怕的与天鹅的相遇，来到湖心的小房子里，"我不能忍受去想象你再回到那糟糕的学校，请你给费根博士写封信，说你不回去了吧。"

这湖心屋是一座十八世纪的凉亭，修建在水上的一座小土丘上。他们在有些破损的台阶上站了整整一分钟，一直手牵着手。

"我不太知道其他我还能做什么。"保罗说。

"宝贝，我可以给你找到工作。"

"什么样的工作呢，玛戈？"保罗的眼睛追随着那只天鹅优雅地划过湖面，他不敢直视她。

"嗯，保罗，你也许可以待下来，保护我不受天鹅的攻击，这可以吗？"玛戈停顿了片刻，然后，她松开手，从口袋里掏出烟盒，保罗划燃了一根火柴。"亲爱的，你的手这么不稳！我担心你喝了太多彼得的鸡尾酒吧。怎么用伏特加，那孩子还有好多要学的呢。可是说真的，我肯定我能帮你找到一份更好的工作。再让你回到威尔士去实在太离奇了。我还管理着我父亲的一大部分生意，你知道。也许你不知道，基本上都在南美洲——娱乐场所、夜总会、酒店和戏院，这一类的。如果你觉得会喜欢，我肯定可以找到事来让你帮忙做的。"

保罗很严肃地想了想。"难道我不用会西班牙语吗？"他说。这听起来是个很有道理的问题，可玛戈扔掉手里的香烟，轻轻一笑说："该回去换衣服了。你今晚很不配合啊，是吗？"

保罗躺在孔雀石的浴缸里，回味着这场谈话，在穿衣、系领带这一整段的时间里，他从头到脚都有些颤抖，就像街边小贩挂在线上的玩偶。

晚餐时，玛戈只谈论些日常琐事，关于她送去重新修饰的珠宝，可一送回来却完全不对；伦敦的房子正在全面检修电路，以防火灾；那个替她打理戛纳别墅的人在赌场里发了财，通告了她，她恐怕自己不得不去一趟做些安排；古建筑保护协会来信要求她保证不会拆除她的爱尔兰城堡；她的厨师今天心不在焉，这顿饭实在平淡无味；鲍比·帕斯马斯特又想向她借钱，事实上她在买房时已经故意误导过他，要不然他如果知道她会把房子拆了的话，会要的更多。"鲍比的想法实在不合逻辑，"她说，"我越不看重这房子的价值，我就应该付越少的钱，这是肯定的吧？不过，我还是最好给他一些，否则他会去找人结婚，而我还想让彼得长大了继承那头衔呢。"

过了一会儿，等他们单独在一起时，她说："人们总是对富人的生活胡说八道一大通。当然某个角度来说，那是件令人头疼的事，也意味着无休止的工作，可我还是不愿意穷，甚至不愿意仅仅是普通的富裕，哪怕为了世间一切的轻松。如果你很有钱你会开心吗，你觉得？"

"嗯，取决于那些钱怎么得来的吧。"保罗说。

"我不明白这从何说起。"

"不，我不完全是这个意思。我是说，我认为只有一件事能真正让我开心，如果我能实现那件事，又同时会变得有钱，可是有没有钱并不重要，你看，因为，不管我多有钱，如果我得不到让我开心的那件事，我也不会开心，你明白了吗？"

"我亲爱的，这说得很复杂，"玛戈说，"可我想，那是在说一件什么很甜蜜的事吧。"他抬头看着她，她的眼睛坚定地与他对视。"如果是的话，我很高兴。"她加了一句。

"玛戈，亲爱的，我爱的，求你，嫁给我好吗？"保罗这时跪在她的椅子旁边，握着她的手。

"哎，这其实正是我今天一天想要跟你讨论的呢。"可是毫无疑问的，她嗓音有些颤抖。

"这就是说，你可能会愿意，玛戈？我有机会能听到你说同意？"

"我不明白为什么不呢。当然我们得去问问彼得，而且还有些其他事我们要先讨论清楚，"可是接着，忽然间，"保罗，亲爱的，我亲爱的小东西，快坐过来。"

*

只见彼得在餐厅的边柜旁边，正在吃一只桃子。

"嗨，你们俩！"他说。

"彼得，我们有些事要告诉你，"玛戈说，"保罗说，他希望我嫁给他。"

"这太好了！"彼得说，"我真高兴，你们刚才在书房就是干这事吗？"

"这么说你不反对？"保罗说。

"反对？我这一个星期都在努力促成这事。事实上，这根本就是我把你带回来的原因。这整件事我感觉都很让人高兴。"他说，又拿了一只桃。

"你可是第一个让他这么说的人，保罗。我觉得这算是个好征兆。"

"哦，玛戈，让我们立刻结婚吧。"

"我亲爱的，我还没说我答应了呢。明天早上告诉你。"

"不，现在就告诉我，玛戈。你是有一点点喜欢我的，不是吗？请尽快嫁给我吧。"

"明天早上告诉你。有几件事我必须先想想，我们回书房去吧。"

*

那天晚上，保罗非同寻常地失眠了。在他合上书，拧灭了灯很久以后，还醒着躺在那儿，睁着眼睛，思绪脱缰奔腾。他来访的第一个晚上，也毫无倦意，完全被这所房子的奇妙所吸引。他和玛戈和彼得和汉弗莱爵士，都只是这所房子里微不足道的生命：这个新生的怪物，它的降生凝聚了永恒而被遗忘的文化。大约有半个小时，他躺在那里，凝视着眼前的黑暗，直到渐渐地，他的思绪开始从他身上分离，他知道自己快要睡着了。忽然间他被轻柔的开门声惊醒，什么也看不见，只能听见丝绸的窸窣声，是有人走进了房间。随即门又被轻轻关上。

"保罗，你睡了吗？"

"玛戈！"

"嘘，亲爱的！别开灯。你在哪儿？"丝绸声音又响起来，好像掉在了地上。"最好确认一下，对吗，宝贝，在我们做出任何决定之前？也许那只是你的一个念头，觉得你爱上了我。而且，你看，保罗，我这么喜欢你，如果犯下什么差错那多遗憾啊，不是吗？"

然而非常幸福地，一点错都没有，第二天保罗和玛戈宣布订婚。

第四章　重生

几天后的一个下午，保罗穿过大厅，碰见一个蓄着红色长须的矮个子男人跟在脚夫后面，步伐沉重地向玛戈的书房走去。

"我的上帝！"他说。

"一个字也别说，伙计！"那个留胡须的人经过他身边时说。

几分钟后，彼得见到了保罗。"我说，保罗，"他说，"你觉得是谁在和妈妈说话？"

"我知道，"保罗说，"这事太蹊跷了。"

"我不知为什么，从来没觉得他死了，"彼得说，"我跟克拉特巴克说了，想让他高兴起来。"

"有用吗？"

"没多少用，"彼得承认说，"我的推测是，如果他真的去了海里，他会把木腿同他的衣服一起留下来，可克拉特巴克说，他对他的腿很敏感。我很好奇他来见妈妈是为什么？"

不多会儿，他们在车道上突然袭击拦住了格莱姆斯，格莱姆斯把一切都告诉了他们。"原谅我留着胡子，"他说，"可眼下这很重要。"

"又掉进汤里了？"保罗说。

"哎，那倒不是，只是最近情况不太好。警察在找我，那自杀没有进展得很顺利，我当时就担心。他们开始起疑，因为没有发现尸体，还有关于我的假腿的疑问。接着我的另一个妻子又冒了出来，这下他们便真的开始想了。所以我蓄了这丛茅草，你俩真聪明认出了我。"

他们领着他回到屋里，彼得用苦艾酒和伏特加做主要原料，给他调了一杯很烈的鸡尾酒。

"还是老故事，"格莱姆斯说，"格莱姆斯这么一滚，又站起来了。另外，伙计，我得恭喜你，对吗？你自己也安排得很不错呢。"他的眼光赞赏地在屋子里扫视，从玻璃地板，到硬橡胶家具，陶瓷天花，以及真皮墙面。"虽然这不一定合每个人的口味，"他说，"但我觉得你会很舒服。好玩的是，我来的时候压根没想到会在这儿见到你。"

"我们想知道的是，"彼得说，"究竟什么事把你引来见妈妈的。"

"只是走运了，"格莱姆斯说，"是这样的。我离开赫兰勒巴以后，一时间闲着。菲尔布雷克离开之前，我在他那儿借了五英镑，用这笔钱我到了伦敦。大概一周的时间，我几乎身无分文。一天我坐在沙福兹贝里大道的一个小酒馆里，知道我就只剩下五个巴布在这个世界上，我忽然有种火烧眉毛的感觉。这时我注意到吧台的另一角有个家伙使劲盯着我。过了一会儿他走过来对我说："格莱姆斯上尉吧，我想？"这一下子让我警惕起来。"不，不，伙计，"我说，"你认错了，完全搞错了。可怜的老格莱姆斯死了，淹死了，葬身海底，伙计！"于是我作势要走。当然我不该说那一通话，因为，如果我不是格莱姆斯，只有一百对一的可能性我知道格莱姆斯的死，你明白我意思吧。'遗憾，'他说，'因为我本来听说格莱姆斯不走运，恰好有份工作适合他。先别管这个了，喝一杯吧。'这下我想起来他是谁了。他是个特别皮实的家伙，叫比尔，过去在爱尔兰时跟我在一起扎营。'比尔，'我说，'我以为你是警察。''没事，伙计。'比尔说。于是，这位比尔看样子战后是去了阿根廷，做上了一个经理……"格莱姆斯好像忽然意识到了什么，停顿了一下，"在一个娱乐场所，类似于夜总会那种，你知道。而且，他做得还不错，让他负责整个海岸线上的所有连锁店。老板是英国的一个团伙。他这次回来是想找几个伙计跟他一起去帮忙。'迭戈 ①们在这种事上不好用，'他说，'不够冷静。'在主要是女人的场合，一定得要能控制得住自己的伙计。这是为什么他想到了我。但我们的见面，完全是上帝的安排。

"嗯，很显然那个团伙最初是由小比斯特－奇汀的祖父创立的，而比斯特－奇汀夫人仍然在照管，我于是被送来这里面试，看她是否同意录用我。我完全没有想到，她是在普伦迪喝得烂醉那天，前来参加运动会的同一位比斯特－奇汀夫人。这只说明这世界有多小，不是吗？"

"妈妈同意给你那份工作了吗？"彼得说。

"她同意了，还预支了五十镑薪水，以及一些很好的建议。这是格莱姆斯很幸运的一天。另外，最近有那老头的消息吗？"

---

① 迭戈（The Dagos），英国人对南欧佬的蔑称，取自最常见的西班牙名 Diego。

"是的，"保罗说，"我今早上收到一封信。"接着他把信拿出来给格莱姆斯看。

赫兰勒巴城堡，

北威尔士

亲爱的潘尼费热尔，

谢谢你的来信，以及随信所附的支票！不用说，得知你下学期不再回到我们这里来，让我有多么失望，我一直期待着我们之间长期而互惠的联系。然而，我的女儿们以及我，共同祝福你婚姻美满。我希望你能利用你的新影响力让彼得留在这所学校。他是我寄予了厚望的一个男孩，我一直打算将他培养成级长。

假期到目前为止还没有允许我喘息一口气。女儿们和我一直被一位坚称自己是可怜的格莱姆斯上尉遗孀的爱尔兰妇女骚扰，她有着一副很令人不悦的外表。手里有些文件，看上去能够证实她的声明。另外，警察也一直在很不礼貌地询问一些我那可怜的女婿曾经有多少套衣服之类的问题。

除此，我还收到一封普伦德尔高斯特先生的来信，说他也希望辞去自己的职位。显然他因为读了一位很受欢迎的主教写的系列文章，了解到现在有一种人被称作"现代教会人员"，他们领取牧师的全额薪水，却不用将自己献身于宗教信仰。这似乎很适合他，只是很显然，进一步加重了我的不便。

真的，我很难想象自己还有心思维持赫兰勒巴。我收到来自一个影院公司的收购提议，最古怪的是，这家公司的经理居然叫作所罗门·菲尔布雷克爵士，他希望买下城堡。他们说，这座城堡结合了中世纪和佐治亚两种建筑风格，这赋予了它非凡的特质。我女儿黛安娜急于想要创办一家养老院或者酒店。近况如此，万事皆不易。

你真诚的，

奥古斯都·费根

那天还有另一桩意外在等着保罗。格莱姆斯还没离开，门口又来了一位高个的年轻人，戴着黑帽子，一双沉思的眼睛，他说要找潘尼费热尔先生。是帕兹。

"我亲爱的朋友，"保罗说，"见到你真是太高兴了。"

"我在《泰晤士报》上看到你订婚的消息，"帕兹说，"碰巧我正好在这一带，就想着你或许可以让我参观下这房子。"

保罗和彼得领着他整个看了一遍，并讲解了各种细节。他对比斯特－奇汀夫人书房里闪亮的天花板显得十分欣赏，还有那间凹进去的暖室里的印度橡胶菌，以及小会客厅里由按钮控制可以动的电动万花筒图案的地板。他们又带他乘电梯上到屋顶的金字塔尖，从这里可以看见玻璃和铝制的房顶和圆拱，在下午的阳光下，像香奈儿钻石一样熠熠闪耀。可这些都不是他想要看的。刚一等到只剩下他和保罗二人单独在一起时，他立即看似随意地问起："我来的时候在车道上碰见的那个小个子男人是谁？"

"我猜是跟古建筑保护协会相关的什么人，"保罗说，"怎么？"

"你肯定？"帕兹带着很明显的失望问道，"这太让人抓狂了！我又抓错了线索。"

"你是在做离婚裁决庭的跟踪吗，帕兹？"

"不，不，全是跟国际联盟相关的。"帕兹含糊地说，他这时把注意力又投向了那个章鱼鱼缸，这是他们所处这个房间里一个非常显眼的特色。

玛戈邀请帕兹留下用晚餐，他很努力地想要给塞勒诺斯教授留下好印象，可并不成功。事实上，正是帕兹的造访，最终将教授从这栋房子里赶走。总之，他第二天一早匆忙离开，没有顾得上打包，更没有顾得上带走任何行李。两天以后，当他们都外出时，他开着一辆车来驱走了他的数学仪器，又过了一段时间，他再次出现，这次拿走了两条干净的手帕和一套换洗内衣。那便是人们最后一次在国王的星期四见到他。当玛戈和保罗去伦敦时，他们把他的行李装好，并留在了楼下，以便他如果再次出现。可那些行李就一直待在了那里，没有一个男用人觉得里边有什么东西他们想要穿用的。很久以后，玛戈看见园丁领班的儿子去教堂时系了一条塞勒诺斯教授时代的蜡染领带。那是伟大天才留下的最后痕迹，那之前，国王的星期四已经又重建过了。

第五章　拉丁美洲娱乐有限公司

费根博士宣布城堡的销售没有生效。因此到了四月底，彼得便又回到了赫兰勒巴；玛戈和保罗一起去伦敦筹备婚礼。这个婚礼与各种合情合理的预期都相反，玛戈决定要在教堂举行，那些不开化的野蛮活动，比如伴娘，门德尔松[1]，以及玛姆香槟[2]，一样都不少。可婚礼前她有很多南美洲的事务需要处理。

"我的第一次蜜月十分乏味，"她说，"所以这一次我绝不会有丝毫含糊。我得在我们走之前把所有事情都安排好，这样我们可以尽情享受一生中最美好的三个月时光。"

工作似乎主要是由面试那些招募来准备送去夜总会做舞伴的青年妇女组成。玛戈犹豫了一下，还是让保罗参与了某天上午的一批面试。她在运动房开展这项工作，这个房间是她不在时，由上流社交圈的摄影师小大卫·伦诺克斯为她装饰的。草绿色带白边的地毯，墙面被悬挂着的一张大网覆盖，玻璃足球形状的灯，家具全是别出

---

① 门德尔松（Mendelssohn），浪漫主义早期德国作曲家、钢琴家、管风琴家以及指挥。这里用他的名字应该是指代他的作品《婚礼进行曲》（Wedding March）。
② 玛姆（Mumm），法国主要的香槟制造商。

心裁的球拍、马球杆和高尔夫球杆。上世纪九十年代[①]初期的运动员，以及一幅公羊奖杯的绘画挂在墙上。

"十分平民化，"玛戈说，"可它还挺能打动那些年轻的女士，这是好事。如果不把她们放到适当的环境和气氛当中，有些人可能会表现得过分彬彬有礼。"

保罗坐在一角——一把做成香奈儿充气游泳圈形状的椅子上——陶醉地欣赏着她的商业才能。她身上所有的那些模糊恍惚都离她而去，笔直地坐在桌前，桌面覆盖着巴尔莫勒尔[②]粗花呢，笔悬在墨水瓶上，这墨水瓶安置在一个松鸡造型中，这是女权运动的化身。那些女孩子一个一个地轮流进来。

"名字？"玛戈说。

"蓬皮莉娅·德·拉·康拉丁。"

玛戈记下来。

"真名？"

"贝西·布朗。"

"年龄？"

"二十二。"

"真实年龄？"

"二十二。"

"经历？"

"曾经在杰明街罗森鲍姆太太那里做过两年，夫人。"

---

① 故事发生的年代是20世纪初期，所以这里的上世纪，指19世纪。
② 巴尔莫勒尔（Balmoral），苏格兰地名。

"好，贝西，让我看看我能帮你做点什么。你为什么离开罗森鲍姆太太？"

"她说先生们想换换口味。"

"我问问她。"玛戈拿起电话，电话握在一只拳击手套里。"是罗森鲍姆太太吗？这里是拉丁美洲娱乐有限公司，请问您能告诉我一些蓬皮莉娅·德·拉·康拉丁小姐的情况吗？……哦，这是她离开您那里的原因？非常感谢！我也大概猜到是这样。"她挂掉电话。"抱歉，贝西，现在没有合适的工作给你。"

她按了按那放在一只三文鱼眼睛里的铃，另一名年轻女人走了进来。

"名字？"

"简·格莱姆斯。"

"谁介绍你来的？"

"一位卡迪夫的先生。他让我把这个交给您。"她拿出一个皱巴巴的信封，隔着桌子递了过去。玛戈读了里边的信笺。"好的，我知道了。所以你没有做过这行对吗，简？"

"就像一个未出生的婴儿，夫人。"

"可是你已婚？"

"是的，夫人，但那是战争期间，而且他喝多了。"

"你丈夫在哪里？"

"死了，他们说。"

"太棒了，简。你正是我们想要找的那一类。你多久可以启程？"

"您希望我多久可以呢？"

"嗯，到这个周末里约还有一个空缺，我正要派两名很好的姑娘去，你愿意跟她们一起吗？"

"愿意，夫人，非常高兴，我肯定。"

"你需要提前领一些钱吗？"

"哦，要是您可以的话，我希望能有一点可以给我爸爸寄去。"

玛戈从抽屉里拿出一些钞票，数了数，写了张收条。

"签个字好吗？我已经有你的地址了，一两天内我就把船票给你寄去。你有衣服吗？"

"哦，我有一身很好的真丝裙，可是跟其他东西一起留在了卡迪夫。那位先生说我也许会领到一些新衣服。"

"是的，他说的很对。我把这也记下来。我们通常的安排是，由我们的代理替你挑选衣服，再分期从你工资里扣钱米支付。"

格莱姆斯太太出去了，又换了一位女孩儿。

到午餐时间，玛戈·比斯特 – 奇汀感到有些累了。"感谢上帝，这是最后一批了，"她说，"你闷坏了吧，我的天使？"

"玛戈，你真是太棒了。你过去一定是位女皇。"

"可别告诉我你过去是个白奴啊，亲爱的。"

"这倒从来没想过。"保罗说。

"街那头有个年轻人，就像你的朋友帕兹，"玛戈站在窗户跟前说，"亲爱的，他把最后那个可怜的女孩儿带走了，那个想要带上她孩子和弟弟的。"

"那就一定不会是帕兹，"保罗懒懒地说，"我说，玛戈，有一件事我不太明白，为什么你看上去更想要那些没有经验的女孩儿呢？

你给那些从没有做过这项工作的女孩儿开出更高的工资。"

"我有吗，宝贝？我猜大概因为那样做，能让我感到一种奇怪的快乐。"

在当时，这个解释听起来很说得过去，可是仔细把这件事想想，保罗不得不对自己承认，玛戈在处理她的生意时，却并没有一件事是随意而漫不经心的。

"今天我们出去吃午餐吧，"玛戈说，"我厌烦这房子了。"

他们在阳光下，一起走路穿过伯克利广场。一个穿着制服的门房站在其中一所住宅门前的台阶上；一个制帽商的小货车上醒目地展示着皇室标记，在秣丘上从他们身边开过，车厢两旁一边站着一个戴着蝴蝶结帽子的人。一位模样尊贵的女士，高高地坐在一辆老式的半敞篷汽车内，她向玛戈致意，身体倾斜的角度很明显是从前朝亲王的宫廷中学来的。整个梅费尔地区仿佛都随着阿冷先生①的心脏在跳动。

在巴斯克房②里，菲尔布雷克坐在旁边的一桌，正在吃一种又小又涩的野草莓，这东西在普罗旺斯极其便宜，而在丹佛街却贵得吓人。

"记得抽时间来看我，"他说，"我就在前面那条街的巴茨③住。"

"我听说你在买赫兰勒巴。"保罗说。

"哦，我想过，"菲尔布雷克说，"可恐怕它还是太远了。"

---

① 阿冷先生（Michael Arlen），出生于保加利亚鲁塞的亚美尼亚裔散文家、小说家、剧作家。此处阿冷先生及其作品中所表达的气氛，显然是被伊夫林·沃作为了讽刺对象。
② 巴斯克房（Maison Basque），巴斯克人会所。
③ 巴茨（Batts），伦敦当时著名的酒店。

"你走后警察来找过你。"保罗说。

"他们总有一天会找到我的,"菲尔布雷克说,"不过还是感谢你的提醒!顺便,你也许应该警告下你的未婚妻,他们很快要开始找她了,如果她再不当心的话。国际联盟最近终于开始着手忙这事了。"

"我完全不明白你什么意思。"保罗说,然后回到自己桌边。

"很显然那可怜的人脑子出问题了。"当他把那段对话转告她以后,玛戈说。

第六章　婚礼筹备中的挫折

伦敦城一半的商店都参与到了这场婚礼的筹备当中。保罗请帕兹做伴郎，然而一封来自日内瓦的信让帕兹婉拒了这个邀请。要是换作从前，这可能会让保罗觉得尴尬，可是在过去的这两个星期，他收到了如此多的信件和邀请，有些给他写信的人他甚至不记得自己是否见过，因此更让他担心的是冒犯了这些热情的新朋友。最终他选择了阿拉斯代尔·狄格比－韦恩－特朗品敦爵士，因为他觉得，无论多么间接，他为自己眼下的好运欠下了他一大笔人情。阿拉斯代尔爵士爽快地就答应了，与此同时，向他借了笔钱买一顶高礼帽，因为他唯一的一顶前几个晚上不见了。

昂斯洛广场也有一封来信，这封信保罗放到一旁没有回复。信里直接表达了，如果保罗监护人的女儿不被选作伴娘的话，他们将视之为对他们的轻侮，而且将给她的社交前景带来重创。

因为这样或那样的原因，保罗的婚姻在公众眼里造成了极其浪漫的影响。也许他们敬仰玛戈的生活热情和勇气，经过了十年的寡居生活之后，主动将自己再次曝光在时尚婚礼所需重复的一百零一种恐怖当中；再或者，保罗从一个学校老师到百万富豪的突然跃升，触动了每个人心中那一根尚在颤动的乐观之弦，于是他们在账簿和打字机中间对自己说："也许下一次就是我。"无论原因是什么，这个婚姻在下层社会看来，是一次无可比拟的成功。在畅销媒体的激发下，大群的人在仪式前夜，聚集在圣·玛格丽特教堂①的外面，带着折叠椅，三明治，以及酒精炉，到了两点半，尽管下着大雨，可人群数量已经达到不得不出动警力的地步，警察开始用警棍维持秩序。一些客人在去往教堂大门的途中险些被挤死，而玛戈要经过的路线两旁更好似挤满了参加葬礼的人群，女人们有的在呜咽，有的在歇斯底里。

上流社会的态度却有些摇摆，瑟康弗伦斯伯爵夫人便是一个，她叹息道，要是在九十年代，当威尔士亲王爱德华还是上流社会领袖时，可能直接就对这场无比炫耀的二婚给出权威性的谴责了。

"谭金特在这个时候死去，真是让人抓狂，"她说，"人们也许会认为那是我拒绝的理由。我实在不能想象会有任何人去参加。"

"我听说你侄儿阿拉斯代尔·特朗品敦是伴郎。"范布勒勋爵夫人说。

"你好像比我的修脚师更消息灵通啊。"瑟康弗伦斯伯爵夫人很得体地说，这种得体十分地不同寻常。随即她的离开令得整个朗兹广场都颤抖起来。

---

① 威斯敏斯特圣·玛格丽特教堂（St Margaret's Church, Westminster Abbey），是一座英国圣公会教堂，位于国会广场西敏寺的场地，是英国下议院的本堂区教堂。温斯顿·丘吉尔在这座教堂举行婚礼。西敏宫、西敏寺和圣·玛格丽特教堂一同被列为世界遗产。国会议员和上下议院工作人员可以在这座教堂结婚。

在梅费尔那些还没改建的马棚①，以及牧羊人市场②和奥德利北大街那些店铺楼上的房间里，时髦的单身汉们每天晚上孤独而忧郁的藏身之所中，人们毫不掩饰地哀恸哭泣，猎物从他们那一双双优雅地戴着手套的指间溜走，而与此同时，不止一位最受欢迎的舞男在银行柜台前查询，他每个月的汇款是否如期进账。然而玛戈当然忠诚地履行了自己的义务，那些吹嘘自己若没有一顿免费盛宴绝不出门的年轻人，全都收到了出席她婚礼的邀请，比如小大卫·伦诺克斯。人所共知他三年来从没有免费给任何人拍摄过，一共为她拍摄了两张传神达意的后脑勺，和一张墨水瓶中倒映出来的她的手。

婚礼前十天，保罗搬进了丽兹的一个套房，而玛戈全身心地投入到购物当中。一天中会有五到六次，信使出现在他门口，带来她购物活动中的副产品——一会儿一个铂金的香烟盒，一会儿一件浴袍，下次又是一枚领带夹，再不就是一对袖扣——而保罗，尚未习惯挥霍，只买了两条新领带，三双鞋，一把伞，以及一套普鲁斯特。玛戈给他制定了一年两千的年津贴。

遥远的亚得里亚③海边，比斯特－奇汀夫人科孚的别墅里，亢奋的准备工作正在开展当中，他们将要在这里度过蜜月的第一个星期。那张曾经属于拿破仑三世的雕刻着菠萝的大床，被收拾出来迎接她，铺上了带香味的床品和举世无双的柔软枕头。新闻报纸对这一切的

---

① 马棚房（mewses），是发源于伦敦的一个词。最早是指一个围合的院子里，或者大厦的背街上成排的建筑，用于存放马匹和马车。在历次都市规划发展运动中，因马车和马匹在城市生活中的退出，这些建筑被改建为都市经济紧凑型住宅，因其特殊的形态和通常所处的中心而有历史氛围的地段，在时髦的年轻人中尤其受到欢迎。

② 牧羊人市场（Shepherd's Market），伦敦的一个小巧广场街区，如今充满了各种特色小商店、餐馆和维多利亚时代的酒吧。

③ 亚得里亚（Adriatic），将意大利半岛与巴尔干半岛，以及将亚平宁山脉与狄那里克阿尔卑斯山脉隔开的一片水域。

报道进入了完全失控的热情，一些年轻记者因为使用了各种华丽的形容词而广受赞扬。

可是，挫折出现了。

定好的婚礼日期的头三天，保罗坐在丽兹的房间里，正打开晨报，玛戈来电话了。

"宝贝，出了一点烦人的事，"她说，"你记得我们前几天送去里约的那些女孩儿吧？哎，她们被困在马赛了，因为这样那样的原因吧，我也想不出是为什么，猜可能跟她们的护照有关。刚才又收到那边代理的一份很奇怪的电报，他要辞职。真讨厌这些事偏偏都在这个时候发生。我真的很想在周四前把所有的麻烦都解决掉，不知你能不能做个天使替我去一趟，把事情解决了啊？应该就是给什么人几百法郎的事，如果你飞去，会有足够的时间赶回来。我很想自己去，可是你知道，对吧，宝贝，我根本一分钟都挪不出来。"

保罗并不用独自旅行。帕兹也在克罗伊登，裹在一件阿尔斯特大衣中，拎着一个小巧的使节随从公事箱。

"国际联盟的公务。"他说，飞行途中出现两次晕机。

到了巴黎，保罗可以乘坐包租的专机，帕兹送他离开。

"你为什么去马赛？"他问，"我以为你要结婚了呢。"

"我就去一两个小时，去见几个生意上的人。"保罗说。

这太像帕兹了，他想，会以为这么一个小旅行就要影响到婚礼。保罗渐渐地生起十分国际化的感觉来，今天在丽兹，明天在马赛，下一天又到科孚，再往后，整个世界都像一个大酒店，对他敞开大门。他的眼前出现一条为他铺设好的道路，道上都是蝴蝶结和兰花。

可怜而狭隘的帕兹多可悲啊，他想，还口口声声谈论国际主义呢。

保罗到达马赛时，已经是深夜了，他在巴索[①]的一个带顶篷的露台上用餐，莫尔索[②]就海鲜汤，从他坐的地方望出去，可以看见静静的水面上映射出的万家灯火。当他付账单并且计算着恰当的小费金额，以及随后坐在敞篷的出租车里向老城区去的路上时，保罗深深地感受到了自己身上国际化人物的气息。

"他们可能在爱丽丝[③]，瑞纳大街上，"玛戈跟他说过，"不管怎样，要找到他们不会有什么困难的，说我的名字就行。"

在旺图玛基大街转角处，车停了下来，街道太窄进不去。保罗给车夫付了钱。"谢谢，先生！看好您的帽子。"车夫开走时对他说。他想，这个说法是什么意思呢，保罗迈开不是那么坚定的步伐，沿着这石子路面的街道走下去。房屋从街道两侧很危险地悬挂在空中，灯光闪耀，从地窖到阁楼，一派欢快；房子与房子之间挂着灯笼；道路中间有一条浅浅的排水渠。好莱坞若是要展现恐怖统治[④]时期的纵欲景象，也不可能比自己眼前所见的能更加充满罪恶感了。这种街道要是在英国，保罗想，应该早被斯派尔先生通过一个公共基金会所拯救，卖拌菜的黄铜叉子、明信片，以及德文郡茶叶什么的了。而这里的生意是另外一种，这并不需要多少人情世故的经验来告诉

---

① 巴索（Basso's），马赛一个著名的老餐馆。
② 莫尔索（Meursault），法国勃艮第地区著名的酒区，此处应指莫尔索产的酒。
③ 爱丽丝（Alice's），此处应该是一个夜总会的名称。
④ 恐怖统治（Reign of Terror），又称雅各宾（Jacobins）专政，法国大革命时 1793 年 9 月—1794 年 7 月间由罗伯斯庇尔（Robespierre）领导的雅各宾派统治法国的时期的称呼。雅各宾派（激进共和主义派）（Radicals）在 1793 年的起义中战胜温和共和主义派（Conservatives），夺取了政权。该派执政期间实行恐怖政策，将嫌疑的反革命者送上断头台，严格限制物价。该时期有数千人被残忍杀害。但是，雅各宾派执政也为法国历史做出了一些贡献，比如推广教育、提倡宗教自由，废除法国殖民地的奴隶制等。1794 年，热月政变爆发，罗伯斯庇尔被斩首，雅各宾专政结束。

保罗，他所处的这个地段是怎么回事，何况他还手握一本旅游指南，游历过庞贝古城那些废弃的街道。

难怪，保罗此刻回想起来，玛戈会那么紧张，急着要将她的雇员从这种诱惑和危险的地方营救出来。

一个黑人水手，醉得一塌糊涂，用一种无人能懂的语言对着保罗开始讲演，还邀请他一起喝酒。他匆忙走过。这是多么典型的玛戈啊，沉浸在她所有的奢侈旋涡当中，也没有忘记抽出时间来关怀那些被她无意地暴露在如此危险境地中的可怜的姑娘们。

对来自四面八方，操着各种语言的邀请充耳不闻，保罗只顾低头走路。一名年轻女子从他头顶一把抢过帽子；他一眼瞄到她光溜溜的腿，站在一个亮着灯的门廊上；然后她又出现在一个窗户边，引诱他进去把帽子要回来。

整个这条街都好像在嘲笑他。他犹豫了一下，然后，在一瞬间的惊惶之后，他放弃了那顶黑帽子和他的镇定，转身逃往宽敞的大街和有街车的地方，那儿，他知道，才是他的精神家园。

整个这条街都好像在嘲笑他

✳

天光下，老城的一切恐怖便都消失殆尽。两栋房子之间的空隙挂着洗过的衣裳，水渠里流淌着干净的水，街上挤满了老妇人，挎着的篮子里装的是鱼。爱丽丝小屋此刻一片死寂，保罗只得一遍又一遍地按铃，直到一个蓬头垢面的老门房出现。

"您有留下比斯特－奇汀夫人的那些年轻姑娘吗？"保罗问道，自己也强烈地意识到这个问题的荒诞。

"当然，跟我来，先生，"那门房说，"她给我们发了电报，说您会来。"

格莱姆斯太太和她的两个同伴还没穿好衣服，可她们对保罗的到来显得特别热情，身上穿的睡衣应该非常符合费根大小姐的品位。她们解释了护照的难处，让保罗认为，那纯粹是因为办事机关对她们在里约的工作理解错了所致。这些女孩儿一点法语也不会，她们当然解释不清。

他这个上午辗转使馆和警局，过得十分不易。事情远比他以为的要麻烦得多，而那些接待他的官员，要么带着明显的冷淡，要么一副莫名其妙的挤眉弄眼，说话间含沙射影。

他们说，六个月之前要容易些，可现在，有国际联盟在——他们无可奈何地耸了耸肩。也许可以再一次协调，不过比斯特－奇汀夫人必须得明白了，有一些规则是需要遵守的。最终这些青年女子被作为女乘务员获签了文件。

"如果她们过了里约不再继续跟着我，"船长说，"哎，我已经有足够的工作人员了。你说在当地有职位等着她们是吗？那毫无疑问她们的雇主应该能跟当地的办事机关协调好的。"

可这花了保罗好几千法郎，才把一切料理停当。"这国籍联盟看来是个多么荒谬的存在啊！"保罗说，"他们似乎让迁徙和旅行变得更困难，而不是更容易。"而这句话，出乎他的意料，却被官员们当作了一句关于资金的玩笑话。

保罗送那些年轻姑娘上了轮船，她们三个都向他亲吻告别。他顺着码头往回走时，碰见了帕兹。

"乘早班火车刚到。"他说。保罗有一种十分强烈的愿望，想要告诉他自己关于国联的看法，可他回想起帕兹争论时的喋喋不休，加之他急需赶路，于是决定把他的批评留到下一次。他在马赛继续停留的一段时间，刚刚够给玛戈发一份电报："一切安排妥当。今天下午返回。献上我所有的爱。"随后向巴黎飞去，感到自己终于帮上了一点忙。

*

在他婚礼当日上午十点钟，保罗回到了丽兹。天下着大雨，他也感到十分疲乏，不修边幅且愁眉苦脸。有几个报纸的记者在他套房门口等候，可他告诉他们，现在谁也不想见。一走进房间发现彼得·比斯特－奇汀在，穿着他平生的第一套晨礼服，说不出来的时髦体面。

"他们准许我离开赫兰勒巴一天，"他说，"跟你说实话，我对自己穿上这身衣服还挺满意的。我给你买了个纽孔，怕你万一忘了备。我说保罗，你看上去很疲倦。"

"我确实是，有点。帮我把浴缸打开吧，做个天使。"

洗完澡，刮过脸之后，他感觉好些了。彼得已经要了一瓶香槟，这时已经有些晕乎。他绕房间踱着步，手里端着酒杯，欢快地说着话，不时在镜子前停下打量下自己。"很时髦，"他说，"尤其是这领带。你不觉得吗，保罗？我想我应该就这样回学校去。这会让他们知道，我是个多出众的人。我希望你注意到了我买给你的漂亮纽孔？我没法告诉你这学期赫兰勒巴变成了什么样，保罗。请你试着说服妈妈让我离开那儿吧。克拉特巴克离开了，谭金特又死了，那三个新老师简直糟透了。有一个很像你的朋友帕兹，但是他结巴，布劳利说他有一只玻璃眼。他叫梅克皮斯。然后另一位红头发的，就一直不停地打每个人。再一位还算和气，可他有癫痫，真的。我不觉得博士有多喜欢他们中的任何一个。弗劳希总是看上去没精打采。不知道妈妈能不能在南美洲也给她一份工作？我真喜欢你这样穿着马甲的样子，我差点也这样了，可又想我可能还是太小了点。你认为呢？前几天有个记者到学校来，想要了解你。布劳利讲了一段很精彩的故事，他说你总是晚上出去游泳，在黑暗中游几个小时，一边游一边创作吟诵哀歌，可他接着又说你长着蹼脚，还有可以夹得住东西的尾巴，这一下便把整个故事都给弄砸了，因为那小伙子觉得自己被耍了。我说，我在这儿妨碍你吗？"

穿好衣服，保罗良好的自我感觉又渐渐地回来了。他不禁感到，自己看上去也很时髦。这时阿拉斯代尔·特朗品敦走了进来，喝了点香槟。

"我们就要举行的这个婚礼，将是这一代人中宣传得最好的一个，"他说，"你知道吗，《星期日邮报》付给我五十镑，在一篇描述我作为伴郎感受的文章上署我的名字。不过我恐怕每个人都会看出来，那不是我写的，因为写得太好了。我还收到一封极好的来自格蕾塔姨妈的信。你看过礼物了吗？阿根廷临时大使送给你一套朗费罗作品集，绿色真皮包装，斯贡学院的院长把他过去陈列在大厅里的锡盘给送来了。"

保罗将栀子花在纽孔里插牢，然后他们下楼去用午餐。餐厅里有好几位明显穿着参加婚礼的服装，这让保罗得到了一些满足感，毕竟他才是整个房间里所有人关心的事件的中心。酒店的大堂经理引他们落座时，也十分得体地向他表示了最美好的祝愿。彼得当天早上已经预定了午餐。

"我怀疑我们有没有足够的时间吃完，"他说，"可幸运的是，最好的总是最先来。"

当他正在剥第二只海鸥蛋时，保罗被叫到了电话边。

"亲爱的，"传来玛戈的声音，"你好吗？你离开的这些时间我一直坐立不安，甚至有过一种可怕的感觉，会发生什么事让你不能赶回来。你都好吗，我最亲爱的？是的，我都好。我这会儿在卧室里用午餐，感到一种，啊亲爱的，我无法告诉你我感觉有如少女般的纯净，像一名真正的，完完全全的初出社交界的闺秀。我希望你会喜欢我的婚裙。是布朗热①，亲爱的，你不介意吧？再见，甜心。别让彼得喝得太醉，好吗？”

保罗回到餐厅。

“我把你的蛋吃了，”彼得说，“我就是忍不住。”

两点钟之前，他们吃完了午餐。比斯特－奇汀夫人所拥有的汽车里居于第二位的那辆希斯巴诺·苏莎已经在阿灵顿大街等候。

“我们走之前，你一定得再和我喝一杯，”伴郎说，“有的是时间。”

“我想，要是我再喝的话，可能将是个错误。”彼得说。

保罗和他的伴郎又给各自的杯子斟满了白兰地。

“真好笑，”阿拉斯代尔·狄格比－韦恩－特朗品敦说，“当我招呼那些布灵吉尔家伙们在我房间里烂醉时，谁能想到会是这个结局呢。”

保罗将杯子里的酒转了转，吸了一口醇厚的酒香，然后在自己眼前端起来。

“为命运，”他说，“那位歹毒的妇人干杯！”

*

“请问你们哪一位是保罗·潘尼费热尔先生？”

保罗放下酒杯，一转身看见一位上了岁数的男子，以一种军人

---

① 布朗热（Boulanger），路易斯·布朗热（Louise Boulanger），20 世纪 20 年代末至三十年代巴黎著名的高级时装品牌。

的姿势站在他身边。

"我是，"他说，"不过我恐怕，如果您是来自媒体的，我确实没有时间了……"

"我是伦敦警视厅的布鲁斯检察官，"这位陌生人说，"能请您去外面跟我谈一分钟吗？"

"是真的，警官，"保罗说，"我真的有急事。我猜是关于那些看管礼品的人吧，您该早一点来的。"

"不是关于礼品，我也不可能早来一些。您的逮捕令刚刚下达。"

"哎，"阿拉斯代尔·狄格比-韦恩-特朗品敦说，"别傻了。你找错了人，警视厅里的人会笑死的。这是今天结婚的潘尼费热尔先生。"

"我对这个一无所知，"布鲁斯探长说，"我只知道，有一份针对他的逮捕令，而且他现在所说的每一句话都将作为对他不利的出庭证据。而你呢，年轻人，我要是你的话，肯定不会试着阻碍一个法律公务员执行任务。"

"这完全是可怕的错误，"保罗说，"我想我肯

这个婚姻在下层社会看来，
是一次无可比拟的成功

定得跟这个人去。请与玛戈联系上，解释给她听。"

阿拉斯代尔爵士那亲切的粉脸，被眼前的事情惊得目瞪口呆。

"仁慈的上帝啊，"他说，"这太他妈滑稽了！至少可以发生在其他任何时间啊。"然而彼得，死一般地惨白，已经离开了餐馆。

第三部分

第一章 石墙筑不起监狱①

保罗的庭审，几个星期后在老贝利街②进行，公众、新闻编辑、陪审团以及顾问所分别关注的问题，结果都是苦涩的失望。在丽兹的被捕，玛戈的科孚之旅，不许保释，那些从波利斯汀③送去给保罗的装在带盖的盘子里的食物，每天占据报纸的头条。可是最终，保罗的定罪和判决却不具备多少说服力。一开始他不顾律师的恳求，承认了所有的指控，可最后在审判长的警告下，说法律允许针对他那些指控，向他施以九尾鞭刑，他才被迫表演似的应付了一下，象征性地为自己做了些辩解，也十分平淡无奇。帕兹作为控方主证人，态度十分坚定，后来因此收到法庭的热情称赞；而辩方，除了被告从前的优良品行外，没有提供其他任何证据；玛戈·比斯特－奇汀的

① 此句出自英国诗人理查德·拉夫罗斯（Richard Lovelace, 1618—1658）的著名诗作《在监狱致阿尔泰亚》。他当时是一个髦而浪漫的名人，查尔斯一世宫廷里的骑士派诗人之一。1642年，在英国"大叛乱"时期，他曾因保皇主张被短期逮捕入狱，在狱中写下这首诗，其中有这样的诗句："监狱不是石墙砌成的，笼子也不是铁栅制成的。"
② 老贝利街（Old Bailey），中央刑事法院（Central Criminal Court）是位于英国伦敦的法院，通常以所在街道称为老贝利，负责处理英格兰和威尔士的重大刑事案件。
③ 波利斯汀（Boulestin's），这是指法国厨师、作家泽维尔·马塞尔·波利斯汀在伦敦开的著名餐馆，它同时在社交名流以及文艺名流中拥有很高的声望。

名字未被提及，只是法官在宣判时说道："没人会忽略这样一个残忍无情的事实，那就是，在因为这桩臭名昭著的罪行被捕的前夜，被告正在筹备将自己的名字与一个在他祖国的历史上充满荣耀的名字相连，试图将一位拥有美丽、社会地位以及无瑕声誉的女士拉着一起堕入他可悲的深渊。来自社会的正义谴责，"法官说，"指向那些没有节操，荒淫放纵的人，他们将自己的享乐筑建于邪恶的人口贩卖交易之上，这至今依然还在玷污着我们的文明；对于贩卖者自己，这些人类的吸血鬼，他们靠侮辱同类来猎食。社会保留了对他们进行无情镇压的权利。"就这样保罗被送进了监狱，报纸为这件事所保留的栏目位置，也只得草草用无关紧要的段落填满"前上流社会新郎入狱，判定为人类吸血鬼"，公众对这件事的兴趣，到此为止。

然而，在这之前的一段对话，却值得所有那些对于保罗如何成为这一连串令人困惑事件的一部分感兴趣的人的关注。一天，还在等候开庭期间，彼得·比斯特－奇汀到牢房来看他。

"嗨！"他说。

"嗨，保罗！"彼得说，"妈妈让我来看你。她想知道你有没有收到所有那些她给你订的餐食。我希望你会喜欢，因为大部分都是我亲自挑选的，我想你不会想要任何重口味的东西。"

"那些都很好，"保罗说，"玛戈怎么样？"

"哦，保罗，这正是我来要告诉你的事。玛戈已经离开了。"

"去哪里了？"

"她一个人去了科孚。我让她去的，她本来想留下来看你开庭。你可以想象我们这一段时间怎样被记者和人群包围的吧，你不会把她想得太坏吧，会吗？听着，还有一件事，警察会听见我们吗？是这样的，你记得那个糟老头玛尔塔沃斯吧，也许你已经知道了，他现在是内政大臣，最近时常出现在我们面前，以一种最不可思议的奥本海姆①的姿态，说如果她嫁给他，他可以帮忙把你弄出去。当然，他显然一直在读小说，可妈妈却觉得有可能是真的。她想知道你怎么想，她觉得整个这件事是她的错，真的，她自己免了进监狱，愿意想一切办法来帮助你。你也不能想象妈妈进监狱吧，是吗？那么，你是宁愿现在出去，而让她嫁给玛尔塔沃斯呢，还是宁愿等你出狱，让她嫁给你？她对这事很明确。"

保罗想起了塞勒诺斯教授的"十年以后她差不多就完了"，可他说："我宁愿她等我，如果你觉得她有可能做到的话。"

"我就知道你会这么说，保罗。我很高兴。妈妈说：'我不会说我不知道应该怎样去补偿他所遭受的这些，因为我想他知道我能。'这些是她说的话。我猜你不会得到超过一年的判决吧，会吗？"

"仁慈的主，但愿不会。"保罗说。

判决下来，七年的劳役刑是一个打击。"十年以后她差不多就完了。"在去往黑石监狱的路上，保罗坐在囚车里想。

*

保罗在那儿的第一天见到好几个人，其中有他过去认识的。第

---

① 奥本海姆（Oppenheim），英国小说家，全名爱德华·菲利普斯·奥本海姆（Edward Phillips Oppenheim），一生中最大的成就是惊险悬疑小说，内容大量涵盖国际犯罪。书籍销量达百万册，是当时文化地图的重要组成部分。

一位是个狱卒，眉毛低垂，带着很明显的威胁态度。他在"接收人员名册"上记下了保罗的名字，写得有些费劲，随后便把他送到了囚室。他肯定是读过报纸了。

"这儿跟丽兹酒店不大一样吧，哈？"他说，"我们这儿也不喜欢你这种人，知道吗？而且我们知道怎么对付他们。你别想在这儿能有什么跟丽兹类似的东西，你这龌龊的白奴贩子。"

可他在这点上错了，因为紧跟着，保罗遇到的人是菲尔布雷克，尽管囚服不合身，下巴上胡子拉碴，可他依旧带着那股难以解释的高傲姿态。

"我就知道很快会见到你的，"他说，"他们派我给新来的人清理澡盆，我是老手了。我一直留了这套能找到的最好的囚衣给你。一个虱子也没有，几乎。"他在长凳上扔了一堆衣服，上面印着宽箭头。

狱卒回来了，这次带来了另一个人，显然是他的顶头上司。他俩一起仔细盘点了保罗的随身物品。

"鞋，棕色，一双；袜子，高级，一双；吊带，黑色真丝，一对，"狱卒用一种唱歌的调子大声读道，"从没见哪个家伙有这么多衣服。"

中途好几次他遇到拼写困难需要查证，所以完成这个清单很花了些时间。

"香烟盒，白色金属，内有香烟两支；手表，白色金属；领带夹，高级。"——玛戈花在这几样东西上的钱，比狱卒一年挣的还多，只是他并不知道——"领扣，骨质，一对；袖扣，高级，一对。"两位官员狐疑地看了看保罗的金质雪茄钻孔器，这是伴郎送给他的礼物。

"这是什么？"

"是用在雪茄上的。"保罗说。

"闭嘴！"狱卒说，用他手里正巧握着的一双鞋敲了敲保罗的头。"就写上'仪器'。就这些了，"他说，"除非你还有假牙，你可以留着，只是我们得记录下来。"

"没有。"保罗说。

"疝带或者其他手术器具？"

"没有。"保罗说。

"好了！你可以去洗澡了。"

保罗在规定的九英寸水中，坐了规定的十分钟——那水有着消毒剂的味道，闻着让人感到一阵宽慰——然后穿上囚服。失去随身物品给了他一丝奇怪的愉快感觉，好像一瞬间卸掉了责任。

"你看上去很不错。"菲尔布雷克说。

接下来他去见医官，医官坐在一张摆满了官样表格的桌边。

"姓氏？"医官说。

"潘尼费热尔。"

"过去是否曾经被精神病院或类似机构留院治疗过？若是，请说明。"

"我曾经在牛津的斯贡学院，两年。"保罗说。

医官第一次抬起头来看了看。"你敢在这儿开玩笑，你，"他说，"试试看我会不会立即给你穿上束缚衣。"

"对不起。"保罗说。

"除非回答被要求的问题，否则不要对医官讲话。"狱卒在他肘边说道。

"对不起。"保罗说，无意识地，这时头上又挨了一记。

"有无痨病或其他传染病？"医官问。

"就我所知，没有。"保罗说。

"就这些，"医官说，"我已经认证你有能力经受如下常规惩罚，即，手铐，脚镣，铁十字，身体锁链，帆布衣，关禁闭，1 号饮食，2 号饮食，桦木鞭，以及九尾鞭。有无异议？"

"可我必须要一次性接受所有这些吗？"保罗问道，已经感到惊恐。

"如果你敢问不礼貌的问题，你就会的。看着这个人，狱官；很显然他是个麻烦角色。"

"你过来。"狱卒说。他们走过一个过道，又下了两段铁台阶。两侧都延伸出满是铁栏杆的长巷道，通往不计其数的小门。每个平台间布着铁丝网。"所以别耍花招，自杀在这个监狱里是禁止的，知道吗？"狱卒说，"你的牢房在这儿，保持干净，不然你会知道厉害的，这是你的号码。"他在保罗的外套上别了一个黄色的徽章。

"就像卖旗募捐日。"保罗说。

"闭嘴，你——"狱卒说，然后锁上了门。

"我猜我应该尽快学会尊重这些人，"保罗想，"他们似乎都远远不如我过去遇见过的任何人更让人值得尊敬。"

下一个来访的，是监狱里的老师。门打开，进来一个邋遢的年轻人，穿着粗呢西装。

"你能读书写字吗？ D.4.12？"来人问道。

"能。"保罗说。

"公学还是基础教育？"

"公学。"保罗说。他的学校在这件事上一直是个有些敏感的话题。

"你离开学校的时候，是什么水平标准？"

"啊，我不是很清楚。我不觉得我们有什么标准。"

老师在一张表上将他标注为"记忆缺陷"，然后走了出去。一会儿又拿着一本书回来。

"接下来的几个星期你得尽力读这本书，"他说，"我会试着让你加入到某一组晨课中去，你不会觉得太困难的，如果你能够比较轻松地阅读的话。你看，从这儿开始。"他很乐于助人地说，把第一页指给保罗看。

这是一本出版于1872年的英语语法书。

"一个音节，是指一个单独发出的简单声音。"保罗读道。

"谢谢，"他说，"我肯定我会发现它将对我很有用的。"

"四个星期以后你还可以换，如果到时候你发现你不想继续，"那老师说，"可我认为，如果你能做到的话，还是坚持吧。"

然后那门又一次被锁上。

下一个进来的是牧师。"这儿是你的《圣经》和一本祷告文。《圣经》需要一直留在牢房里，祷告文如果你愿意的话可以每周换一次。你是英国国教会的吗？参加礼拜是自愿的——也就是说，你要么全部参加，要么一次也别来。"这牧师说话的口气紧张而仓促。他刚做上这份工作，而且那天已经见过了五十个犯人，其中一个拖了他很长时间，对他描述他头一晚所见的幻象。

"嗨！普伦迪！"保罗说。

普伦德尔高斯特先生紧张地看着他。"我没认出你来，"他说，"人们穿上这衣服看上去都太像了。潘尼费热尔，这太让人震惊了。我一看到你将被判有罪的消息，就担心他们可能会把你送到这儿来。哦天哪！哦天哪！这又让所有的事情都加倍艰难起来！"

"怎么了，普伦迪？又是你的怀疑吗？"

"不是，不是，纪律，我的老问题。我刚做上这个工作一星期，得到这份工作对我来说，是很幸运的事。我的主教说，他认为对于一个现代教会人员来说，这种工作会比教区工作更有意义。监狱长也是一个很有现代意识的人。可我发现，犯人们就跟学校里的男孩一样糟糕。他们假装忏悔，然后告诉我一些最可怕的事，只想看看我会怎么说，而且在教堂里，他们一直大笑不止，狱卒们把所有的时间都花在了制止他们这件事上，这使得每次的礼拜都变得十分地不恭。今天早上，他们中又有好几个，因为唱圣歌时唱错了词，被处以1号饮食，而这当然就让我变得更加不讨人喜欢。请你，潘尼费热尔，如果你不介意的话，别叫我普伦迪；另外，如果有人经过你的牢房，请你站起来和我说话，因为那是你本来应该有的表现。你看，狱卒长跟我说了一些关于维护纪律的特别严厉的话。"

就在这时，狱卒的脸出现在门上的窥视孔中。

"我相信你能意识到自己的罪大恶极，以及你所收到的惩罚之公正？"普伦德尔高斯特先生大声说，"祈祷忏悔吧。"

一名狱卒走了进来。

"先生，很抱歉打扰您，可我得带这人去见狱长。那边有个

D.4.18请求见您好多天了，我说我会告诉您的。不过，如果您肯原谅我的话，我想提醒您，别对他心软，先生。我们都知道他，那是个狡猾的老恶魔，请原谅我这么说，先生，他只有在认为有利益的情况下，才会变得貌似虔诚。"

"我想这应该由我来判断，长官，"普伦德尔高斯特先生颇有些威严地说，"你现在可以带D.4.12去见狱长了。"

维尔弗莱德·卢卡斯－多克瑞爵士既不是先天的，更不是经过专业训练出来的狱长，他的任命是现任工党内政大臣的主意。大臣被一部刑法理论的附录中，他的一篇针对"拒服兵役者"①治疗方案所折服。在那之前，维尔弗莱德爵士一直是一所米德兰兹大学里的社会学教授；只有他最亲密的朋友和几个他特别喜欢的学生知道，在他温和而专业的外表下，隐藏着服务于他这一代公众事务的极大热情。他参加过两次议员竞选，但是过于羞怯，以至于选举结束了他的候选人身份都没有人注意到。他的前任，麦卡德上校，一名在阿富汗边境上经历了无数次无名战役的老兵，在交接时对他说过这样的话："祝你好运，维尔弗莱德爵士！如果你愿意听我一句劝告的话，只有这个，不要管那些低级狱卒和囚犯，就折磨你的直接部下。如果你把监狱弄得够糟，人们就会小心翼翼地不想再进来。这就是我一直以来贯彻的原则，我对此十分骄傲。"（这一原则不久便在切尔滕纳姆温泉的社交圈中变得十分有名。）

可维尔弗莱德爵士有自己的主张。"你一定要明白，"他对保罗

---

① 拒服兵役者（Conscientious Objectors），出于宗教或者良心认知的原因，抗拒战争（不愿杀戮），拒服兵役的人。

说，"与我管理下的每一个人建立起个人关系是我的目标。我希望你能对你服刑的监狱，以及你在此期间的工作感到自豪。在可能的情况下，我希望囚犯们能继续他们从前的职业。这个人过去从事什么职业，狱官？"

"白奴贩子，先生。"

"啊，是的。不过，恐怕在这儿不太有机会从事这件事。你还做过别的什么吗？"

"我差点成为一个牧师。"保罗说。

"这是真的？哦，我希望能尽快，如果能找到一定数量有相同倾向的人，组建一个神学班。你一定已经见过监狱牧师了吧，那是一位宽宏大量的人。眼下我们才刚开始，靠政府的规定并不乐观。头四个星期，你将不得不体验一下法律所规定的单独关押。那以后我们会给你找一些更具创造性的事情来做。我们不希望你感到，你的个性被践踏。你有任何皮革艺术工作的经验吗？"

"没有，先生。"

"好吧，我可能会把你放到工艺作坊去。我很多年以前，开始总结出一个结论，几乎所有的犯罪都是由于美学表达的欲望被压抑，现在我们终于有机会来进行实验了。你是内向还是外向型的个性？"

"恐怕我不是很肯定，先生。"

"没有几个人对此很肯定。我正尝试着劝说内政部配备一套正式的心理分析系统。你读《新国民》①吗，我很好奇？上面有一篇给予我们监狱以谬赞的文章，叫作《卢卡斯－多克瑞实验》。我希望囚犯们能知道这些事，这能带给他们集体荣誉感。我也许可以给你举一个小例子，来说明我们现在正在做的工作是怎样影响到你的案子的。到目前为止，所有与卖淫相关的犯罪都被放到了性这个类别下。而现在我认为，你这一类犯罪，本质上是贪婪，所以应该据此重新归类。当然，这并不影响到你的服刑条例——劳役的常规是由标准所定义的——可是你能在年度统计上看出区别来。"

"人性的触摸，"保罗被带离房间后，维尔弗莱德爵士说，"我十分肯定这将带来巨大的变化，你可以从刚才那位不幸的人身上看出来，让他这样去想能给他带来多大的不同，从仅仅是一个无名的奴隶，他现在变成了一个伟大的统计革命的一部分。"

"是的，先生，"狱卒头领说，"顺便，今天又报上来两起自杀企图。您一定得对他们更严格些了，先生。那些您发放给工艺学校的尖利工具，完全是放在他们眼前的诱惑啊。"

*

保罗被再一次关了起来，他还是第一次有机会审视一番自己的监房。没有什么能引起他兴趣的。《圣经》旁边，是他的祷告文——各种场合：病患、不确定、失去时的祷告文；作者：塞普蒂默斯·彼

---

① 《新国民》(New Nation)，杂志名。原型可能是创刊于 1913 年的 New Statesman，一份关于政治、艺术，充满同情气氛的社会主义者周刊。

得牧师，艺术硕士，爱丁堡，1863 年——以及他的英文语法书。还有一个一品脱的釉彩小罐子，一把刀和一个勺，一块石板和一支石板笔，一个盐罐，一个金属水罐，两个土陶容器，一些清洁用具，一张木板床倚墙而立，一卷被褥床品，一条凳子，和一张桌子。一张印刷告示上说，他不能向窗外看。墙上的三张印刷卡片罗列出可能会受到惩罚的行为，看上去好像包含了人类的所有活动，还有一些英国国教会的祈祷文，以及一份关于"分阶段进步系统"的解释。另外还有一份打字机打印出来的"当日思想"，这是维尔弗莱德·卢卡斯－多克瑞爵士的小发明之一。对保罗监禁第一天的信息是："罪恶的感觉就是浪费的感觉，《星期日快报》编辑。"保罗带着兴趣研究了那个分阶段进步系统。四个星期以后，他读道，他将会被允许参加合作劳动，星期天的半小时运动，手臂上佩戴一个横条，不识字的可以进学校接受指导，每周从图书馆借一本故事书，以及，如果向监狱长特别申请，可以展示四幅他的家人或者经批准的朋友的相片；八个星期以后，若他的行为完全达到要求，可以获得二十分钟的探访，以及写一封信和收一封信。那之后六个星期，他可以再接受另一次探访，以及收发另一封信，还可以每周在图书馆另外借一本书。

不知道大卫·伦诺克斯拍的玛戈后脑勺的照片可不可以被允许用作朋友的相片，他想。

过了一会儿，他的门锁又一次被打开，门开了几英寸，一只手将一个罐子推进来，一个声音说道："品脱罐，快！"保罗的马克杯里盛上了可可，门又锁上了。罐子里有面包，培根，和豆角。那是前十四个小时里他最后一次被打扰。保罗陷入遐思中。这是他有生以来第一次将在几个月里真正地独处。他感到，这是多么新鲜啊。

*

接下来四个星期的单独关押是他人生中最幸福的时光之一。身体上的舒适度当然是欠缺的，可是在丽兹的那段时间让保罗学会了珍惜纯粹物质享受的不足。他发现，再也不用为任何事做出任何决定，彻底不用考虑时间，每一餐饭，或者衣服，更不用为自己给别人留下什么印象而焦虑，换句话说，他获得了自由，这是一件最令人兴奋不过的事。在微凉的清晨，铃声响起来，狱卒说："倒尿壶了！"他于是起床，卷好被子，穿上衣服；不需要剃须，也不用犹豫系哪条领带，那些让身处文明中的男子在醒来时分头疼的麻烦，领扣、领子、袖扣，通通不用考虑。他觉得就像剃须皂广告里那幸福的人一样，好像清晨时分那遥远而令人向往的宁静如此毫不费力地就实现了。然后他缝一个小时的邮包，直到牢门又一次被打开，仅容一只手递进来一块面包和一大勺粥。早餐后，他草草地擦一遍房里的家具和陶器，然后再做一会儿针线，直到去教堂的铃声响起。有大约一刻钟或者二十分钟的时间，他得聆听普伦德尔高斯特先生亵渎十六世纪的美好措辞。这当然是很让人厌烦的，接下来的一个小时也一样，他得在监狱广场上绕圈列队走。在一圈一圈破旧的同心沥青步道之间，有些模样可悲的大白菜露出了菜心，于是有些人便会在这期间假装系鞋带而走出队列，偷偷摸摸咬上几口那些菜叶子。一旦被抓住，会受到很严厉的惩罚。保罗从来没有感觉到过这件事的诱惑。那之后，一整天便不再有任何干扰，除了午餐、晚餐以及监狱长的巡视外。将那一堆小山一样的口袋变成邮包，是他每天九个小时的工作。他牢房两侧的囚犯神志不清，狱卒对保罗说，他们在熄灯前完成任务有些困难。而保罗毫不费力地在晚餐前就能全部做完，于是一整晚都用于沉思，以及在石板上写下当天的一些想法。

第二章 卢卡斯－多克瑞实验

维尔弗莱德·卢卡斯－多克瑞爵士，正如前面已经介绍过的，身上结合了抱负、学者气息，以及真诚的乐观，这种乐观的程度在他的办公室里很难找到痕迹。他一直盼望着卢卡斯－多克瑞实验能够有一天作为刑法新纪元的开端得到认可，有时他会在脑子里构思将来的社会学史中会有这样的结论："在这一届工党任期内，仅有的几个重要事件之一，是任命维尔弗莱德·卢卡斯－多克瑞爵士作为黑石监狱的长官。这一勇敢而具有前瞻性的管理当之无愧地被视作现有刑事处理系统的基石。事实上，可以大胆地说，没有任何一个人曾在这个世纪的社会变革上达到如此的高度，等等。"然而，他的这些杰出品质并未能使他免于听到来自狱卒头的诸多严重的不同观点。一天他正坐在书房里致力于书写一份给监狱委员会的备忘录——一系列被忽视的备忘录中的一份，维尔弗莱德爵士退休以后该备忘录的出版为他获得了在监狱中使用人造阳光的先驱地位——这时狱卒头打断了他。

"书籍装订作坊传来很糟糕的报告，先生。指导员说那些人吃发给他们用来工作的糨糊，而且越来越严重。他们说那比粥好。我们要么需要再分配一个狱卒去监督书籍装订，要么得在糨糊中加点什么东西，让它变得不再可口。"

"那糨糊具有任何营养价值吗？"维尔弗莱德爵士问道。

"这我可说不清楚，先生。"

"给书籍装订的人都量一下体重，将任何体重增加的情况汇报给我。我需要告诉你多少次，无论发生什么，都先把所有情况查明了再来汇报？"

"好的，先生！还有一个来自 D.4.12 的请求，他已经完成了四个星期的隔离，他想知道能否再持续四个星期。"

"我很不赞成单监劳改，这让人变得内向。谁是 D.4.12？"

"长期服刑的，先生，正等着被转送到埃格顿。"

"那我自己见见 D.4.12 吧。"

"好的，先生！"

保罗被带了进来。

"我听说你希望继续目前的单监劳改，而放弃与组织协同工作的机会。为什么呢？"

"我发现这更有意思，先生。"保罗说。

"这是极其反常的一个说法，"狱卒头说，"协同工作的机会，只能因为违反纪律，并且在有两名长官亲眼所见加以证实的情况下被取消。现行命令在这一点上是非常明确的。"

"我很好奇你是否有自恋倾向。"监狱长说，"内政部尚未就我关于心理分析的申请达成任何决定。"

"把他放进观察牢，"狱卒头说，"那能让任何疯病都展示出来。我知道好几个案子，那些人你根本无法断定是不是疯了——只是古怪，你知道——可一把他们放进观察牢里，几天之后他们就开始精神错乱，胡言乱语。麦卡德上校是观察牢的坚定信仰者。"

"你被定罪前一直过着很孤独的生活吗？也许你是个牧羊人或者看守灯塔的人，或者这一类的？"

"不是，先生。"

"这真是太有意思了。好，我会考虑你的情况，稍后答复你。"

保罗被送回监房，第二天又被叫到狱长面前。

"我考虑了你的申请，"维尔弗莱德爵士说，"考虑了所有的细节。于是，我决定将它包括到我即将开展的犯罪思维研究中去。也许你想听听我是怎么论述你的情况的？"

案例 R.，他读到：

一个来自体面家庭，受过一定教育的年轻人。没有犯罪前科。因运送贩卖妓女被判七年劳役。在完成最初的四个星期后，R. 申请延长单监劳改。按照常规法令的建议：（a）或者送入医官观察牢拘押，以决定罪犯的精神状况，或者（b）强制参与同其他囚犯协作的劳动，除非因不正当行为而被取消。

维尔弗莱德·卢卡斯 - 多克瑞爵士的处理建议——我认为，R. 有厌世倾向，由面对他人时的自卑感造成。R. 的犯罪是尝试用社会的代价来换取个人的主张的结果。（可与案例 D.、G.，以及 I. 比较。）鉴于此，我将尝试通过一系列的步骤来打破他的社交局限。第一个阶段，他将在另一名囚犯的陪同下，每天进行半个小时的体育运动，在此期间，可以在准许的话题、历史、哲学、公共事务等方面进行交流，陪同囚犯的选择范围，将局限于他们本身的犯罪行为不会对R. 的犯罪造成恶化，或对其鼓励中进行。

"我还没有想出你治疗方案的下一步来，"维尔弗莱德爵士说，"可你能看出，这投入了对你个体的关注来帮助你重塑。由于我的报告，你不久会发现，自己将成为世界范围内的科研案例，这也许会激发一些你的自豪感。维尔弗莱德·卢卡斯－多克瑞爵士对R. 案例的处理方案将成为一个尚未开启年代的发源。这能将你从摧毁灵魂的乏味日常中拯救出来吧，难道不是吗？"

保罗被带离。

"厨房里的人提出，他们不能再和 C.2.9 一起工作，"狱卒头说，"他们说他满手都是皮肤传染病。"

"我不会去为这一类事情操心的，"监狱长烦躁地说，"我正努力在决定 R. 案例——我是说 D.4.12——的第三阶段重塑。"

*

卢卡斯－多克瑞实验的 R. 案例那个下午开始了一个新的阶段。

"出来，"狱卒说，打开牢门，"带上你的帽子。"

操场上此刻没有一圈一圈行走的队列，空荡荡的，显得格外凄清。

"站在那儿别动，等我回来。"狱卒说。

一会儿他回来时，带着一个穿着囚服的瘦骨嶙峋的小个子。

"这是你的伴儿,"他说,"这是你们步行的路线。你们俩谁也不许触摸彼此,包括衣服上的任何部位。也不许彼此传递东西,什么都不行。两人之间相隔一码,谈论历史、哲学,或者这些东西。我一响铃,你们就停止交谈,懂了吗?你们的步调既不能比平时快,也不能比平时慢。这些是监狱长的要求,如果做错什么的话,只有老天才救得了你们。现在开始走。"

"这是个傻点子,"那小个子说,"我进过六个监狱,从来没见过这种事。太离奇了。这几天都不知道自己在哪儿,这该死的监狱要疯了。你瞧那牧师,还戴个假发!"

"你在这儿很久了吗?"保罗彬彬有礼地问道。

"这次时间不长。他们找不到一个合适的罪名安给我。'徘徊观望,伺机作案,六个月。'他们盯了我好几个星期,可我这次没给他们机会抓住我。六个月其实是个很不错的小刑期,如果你懂我的意思的话。你可以跟老朋友聚一聚,然后等你再出去时,你会更喜欢外面的一切。我一向不介意六个月的。再说,这儿人人都认识我,所以我总能得到'楼梯平台清扫员'的工作。我猜你肯定见过我的手,给你递吃的进来。狱卒们都认识我,看,所以他们听说我要回来,总是把这些活留给我。如果你头两三次对他们好些,以后他们也许也会这么对你。"

"那是个很好的工作吗?"

"哦,倒也不是,可是个好开端。最好的工作是接待清理。没有好些年你得不到那工作的,除非你有特别推荐。你看,做那个工作,你能见到每一个刚刚从外面进来的人,听到所有的新闻,有时还能得到卷烟，以及赌马的消息。你进来时见到那个清理员了吧？知道他是谁吗？"

"是的，"保罗说，"老实说，我正好知道他是谁，他叫菲尔布雷克。"

"不，不，伙计，你搞错人了。我是说一个高大的人，总是爱说些酒店、餐馆什么的。"

"是的，就是我说的那个人。"

"什么，你不知道那是谁吗？他是监狱长的弟弟：所罗门·卢卡斯－多克瑞爵士。他亲口对我说的。纵火罪进来的，烧了威尔士一座城堡。你能看出来，他是个上层纨绔子弟。"

第三章　现代牧师之逝

　　几天之后，保罗进入他的重塑过程的下一个阶段。当他来到监狱广场上，准备开始下午锻炼时，发现他的伴儿换成了一个坚实魁梧的汉子。那人红发红须红眼圈，一双巨大的红手在他身体两侧发疯地晃动。他将一双公牛般的眼睛盯向保罗，轻轻一龇牙，算是打了招呼。

　　"你的新伴儿，"狱卒说，"好好相处。"

　　"你好吗？"保罗彬彬有礼地说，"你在这儿很久了吗？"

　　"一辈子，"那人说，"可这没关系。我每天都盼着第二次降临①。"

　　他们默不作声地开始齐步走。

　　"你觉得监狱长的这个计划很好吗？"保罗问。

　　"是的。"他的伙伴说。他们又默不作声继续走，一圈，两圈，三圈。

　　"说话，你们俩，"狱卒吼道，"这是给你们的要求。说话。"

————————

①　第二次降临（Second Coming），基督教概念，指耶稣的第二次降临。

"它带来改变。"那大个子说。

"你为什么在这儿？"保罗问，"你不介意我问吧，对吗？"

"都在《圣经》里，"大个子说，"你应该在那里读到。这是比喻，你知道，"他加了一句，"这对你来说也许不那么直接好懂，我想应该是，不会像对我一样。"

"不是一本好懂的书，是吗？"

"你需要的不是懂，是幻象。你曾经有过幻象吗？"

"没有，我恐怕我没有。"

"牧师也没有。他不是真的基督徒。是一个幻象将我带到这里来，一个浑身火焰的天使，头顶火焰冠，高喊'都杀了，一个也别剩，天国就在眼前'。①你想知道我的事吗？我告诉你吧。我的职业是个木匠，至少我过去是，这你明白。"他说着一种奇怪的语言，混合着考克尼②和《圣经》英语。"不是细木工，是真的木匠，打柜子的。好吧，一天我正在清扫店里的地，准备关门，主的一个天使进来了。一开始我不知道是谁。'来得正好，'我说，'我能为您做点什么？'这时我注意他周身都是火焰，头上还顶着一圈圆形的火苗，就是我刚才告诉过你的。于是他告诉我，主怎样选出了他要拯救的人，受难日就在眼前。'都杀了，一个也别剩。'他说。那之前我已经很久没有好好睡过觉了，一直担心着我的灵魂，以及我是否可以得救。哎，那一整晚我都在想天使对我说的话。我不能明白他的意思，一开始不能，就像你不能一样。忽然灵光一闪，我全明白了。我不配，

---

① 这一句是这疯人将《旧约》中几个故事的综合。
② 考克尼（cockney），伦敦工人阶级，尤其指伦敦东区人使用的方言。

我只是主的仆人，"木匠说，"我是以色列之剑，我是上帝军中的一头雄狮。"

"你杀过人吗？"保罗问。

"我不配，我重重地打击腓力斯丁人①，以主的名义，敲掉他的头，为了以色列的启示。现在我被囚禁了起来，欢笑变成了哭泣，但是主会在他的时间将我送进天堂的。那一天灾祸将降临到腓力斯丁人头上！灾祸将降临未受割礼的人头上！最好在他脖子上悬一块石头，将他沉入海底。"

狱卒摇响了铃。"进去，你们俩！"他吼道。

"有异议吗？"监狱长在巡视时问道。

"是的，先生。"保罗说。

监狱长专注地看着他。"你是那个被我放到特殊方案中的人吗？"

"是的，先生。"

"那你还抱怨是很荒谬的啊，什么事？"

"我有理由相信，那个我必须跟他一起锻炼的人是一个危险的疯子。"

"一个囚犯抱怨另一个囚犯，只有当一名狱卒或者另两名囚犯作证时，才会予以考虑。"狱卒头说。

"是的，"监狱长说，"我从来没听过更荒谬的抱怨。所有的犯罪都是疯狂的一种形式。这个与你一起锻炼的囚犯是我亲自挑选的，

---

① 腓力斯丁人，英语中的 Philistine 源自法语中的 Philistin，古典拉丁文的 Philistinus，以及近代拉丁文的 Philistinoi，希伯来文的 Plistim，简单来说，是指居住在巴勒斯坦的人。如今已不能按字面意思去理解它，它通常用来形容好斗、充满敌意、对文化艺术毫无兴趣的粗鄙之人。

选他是基于特别的匹配。别再让我听见关于此事的讨论了，谢谢。"

那天下午保罗又在广场上度过了不安的另外半小时。

"我又有过另一个幻象，"这神秘杀人犯说，"可我暂时还不知道这预示着什么。无疑我会被告知的。"

"是一个很美丽的幻象吗？"保罗问道。

"没有语言可以描述它的辉煌。一片赤红，潮湿，就像血。我看见整个监狱，仿佛是由红宝石雕刻而成，坚硬而闪着亮光，所有的狱卒和犯人爬进爬出就像一只只红色的瓢虫。然后我眼看着这红宝石变软变湿，变成一大块浸在葡萄酒里的海绵，它融化着，流淌进一汪猩红的湖水里。这时我醒了过来，我现在还不知道这意味着什么，可我感觉到，神的手正在这座监狱的上方。你有过这种感觉吗，好像它是修建在一个野兽的下巴上？我有时梦见一个巨大的红色隧道，像野兽的咽喉，人们从中间跑过去，有时一个接一个，有时成群，跑过这野兽的咽喉，野兽胸腔的呼吸就像锅炉的冲击波。你有过这种感觉吗？"

"我恐怕没有，"保罗说，"他们从图书馆里拿过什么有趣的书给你吗？"

"《奥敏娜夫人的秘密》①，"上帝军中的这头雄狮说，"很软的玩意，也过时了。可我一直读《圣经》。里边有很多杀戮。"

"乖乖，你好像有很多关于杀戮的思考啊。"

"是的。这是我的使命，你看。"大汉简单地说。

---

① 《奥敏娜夫人的秘密》(Lady Almina's Secret)，虚构的书名。从1862年玛丽·布莱登的小说《奥德利夫人的秘密》(Lady Audley's Secret) 变化而来。

✳

维尔弗莱德·卢卡斯－多克瑞爵士每天上午十点都由衷地感到自己很像所罗门，只有星期天除外。那时他坐在那里，审视着那些送来给他过目的犯人违纪行为。就在他坐的这把椅子上，麦卡德上校始终如一地遵照女王陛下政府的现行条例给予处罚决定，像一台老虎机一样发放自动化的公正：送进去的是罪行，返回来的是惩罚。维尔弗莱德·卢卡斯－多克瑞爵士不这样。在他这小小的裁决所内，他感到，自己的思维从没有比这时更机敏，更多谋，或者他那巨量的知识储备更加容易获取。"没人知道下一刻会发生什么。"狱卒和犯人的抱怨是一样的。

"我眼里的公正，"维尔弗莱德爵士说，"是将每一个个案当作一个全新问题来对待的能力。"在他管理之下几个月以后，维尔弗莱德爵士能够骄傲地指出带给他裁决的案子在数量上的减少。

一天上午，就在保罗开始他的特殊重塑程序后不久，他的伴被带到了监狱长那里。

"上帝保佑我的灵魂！"维尔弗莱德爵士说，"这是我放在特殊治疗方案中的人，他在这里做什么？"

"昨晚我值夜班，晚上 8 点到早上 4 点，"狱卒用一种唱歌的腔调陈述说，"来自这名囚犯牢房的骚动声引起了我的注意。凑近观察孔一看，发现这名囚犯在牢房里来回走，极度兴奋。一只手握着《圣经》，另一只手上是一根他从凳子上折断的木头。双眼直视，呼吸沉重，不时地念叨《圣经》里的句子。这名囚犯用不服的语言来反抗我对他的纪律约束，被我制止了。"

"他说什么了？"狱卒头问。

"他叫我摩押人①，恶心的摩押人，洗手盆，脏东西，未受割礼的摩押人，崇拜偶像的人，巴比伦的婊子，先生。"

"是这样。你什么意见，狱官？"

"这无疑是违反命令，先生，"狱卒头说，"可以尝试一下 1 号饮食。"

可当他询问狱卒头的意见时，维尔弗莱德爵士并不是真的在寻求建议。他喜欢在自己的头脑中强调，他的想法与其他官方人员，也许还有囚犯，之间想法的差别。

"你会说最显著的证据是什么？"他问。

狱卒头想了想。"我想，巴比伦的婊子，总的来说，先生。"

维尔弗莱德爵士笑了笑，就像魔术师变出了正确的那张牌时一样。

"现在，我，"他说，"有不同的意见。这也许会令你吃惊，不过我得说，这个案例的重要特点在于，这个囚犯手里拿着凳子的一部分。"

"破坏监狱财产，"狱卒头说，"是的，这很恶劣。"

"现在，你告诉我定罪前你的职业。"监狱长问道，他转向那囚犯。

"木匠，先生。"

---

① 摩押人（Moabite），古摩押地区的人。摩押位于今天的死海以东，约旦一带。

"我就知道，"监狱长很受鼓舞地说，"我们现在又有了一个创造欲遭遇挫折的案例。听着，你，顶撞狱官是非常错误的行为，无疑他不是你所说的那些中的任何一项。他代表着社会公正体系对犯罪的不容，像所有的狱官一样，他是英国国教会的一员。可我懂得你的困境。你已经习惯于充满创造性的技艺，不是吗，于是你感到监狱生活剥夺了自我表达的方式，这时你的经历就只能从这些愚蠢的突然爆发中得以发泄？我会批一个木匠工作台和一套木匠工具给你。你需要做的第一件事，是把你恶意破坏的家具修好。然后，我们会给你安排一些你过去职业上的工作。你可以走了。要找问题的根源，"当囚犯被带走时，维尔弗莱德爵士加上一句，"你们的常规条例也许可以压住症状，但不能探究潜在的原因。"

*

两天后，监狱突然进入强烈的兴奋状态。有什么事情发生了。保罗在正常时间的铃声中醒来，可过了将近半个小时，才有人来开门。他听见狱卒的"倒尿壶了"的声音越来越近，偶尔夹杂着面对囚犯问题时的回答，"别问问题"，"管好你自己的事"，或者一句恶狠狠的"你也快知道了"。他们也感觉到了有什么不对。也许是爆发了什么疾病——斑疹热，保罗想，要不就是外面的世界发生了什么全国性的灾难——一场战争或者一场革命。在他们被迫的沉默中，是每个人绷得紧紧的神经，迫切地想要知道真相。保罗在狱卒的脸上看出了大屠杀的惨景。

"出什么事了吗？"他问。

"我得说，真他妈的是出事了，"狱卒说，"下一个再问我的家伙，我让他立刻吃不了兜着走。"

保罗开始擦洗他的牢房。没有得到满足的好奇心，被另一个想法补偿，那就是一想到常规被打破时的那种恼怒和混乱。两名狱卒从他牢前一边交谈，一边走过。

"我对那只可怜鸟没什么遗憾，唯一想说的是，监狱长该吸取教训了。"

"有可能是我们中的一个呢。"另一名狱卒压低嗓音说。

早饭来了。那手在他门口出现时，保罗悄声说："出什么事了？"

"怎么，你没听说吗？杀人了，吓人的暴力。"

"那儿赶紧。"管理这个过道的狱卒咆哮着。

所以是监狱长被杀了，保罗想，他确实挺讨厌的。不过不管怎样，这总归是个很大的干扰，这一凶杀消息，对于那个有街车，有地铁，有拳击赛的欢乐世界来说，是不存在的，至少没有任何人会留意到，在这里这群沉默人的世界里，引起了电击一般的恐怖。早餐和祷告之间的间隔，似乎没有尽头。终于铃响了。牢房门再次被打开。他们悄无声息地列队向教堂走去。碰巧菲尔布雷克坐在保罗旁边，狱卒们坐在被抬高了的座位上，这样可以监视并制止任何交谈。开始唱圣歌，是大家默认可以交换小道消息的时间，保罗已经等得有些不耐烦。很显然刚才被杀的不是监狱长，他正站在祭坛的台阶上，手里拿着祷告文。到处都不见普伦德尔高斯特先生。监狱长主持了仪式，医官诵读了功课，遇到长一点的词就结结巴巴。普伦德尔高斯特先生在哪儿?

终于唱歌时间到了。管风琴响起来,一个囚犯充满感情地在弹奏,他被定罪入狱前一直是威尔士大教堂的助理管风琴师。整个教堂里,所有的人,胸口都充满了快要爆炸的交流欲望。

"真神是人千古保障。"[①]保罗唱道。

"普伦德尔高斯特先生今天在哪儿?"

"什么,你没听说?他被做掉了。"

"是人永远家乡。"

"老普伦迪去见一个家伙

那人说他刚才见到了鬼;

他是个傻子,而且他有

一把木槌和一把锯子。"

"谁让那疯子得到这些东西的?"

"监狱长,还有谁?

他说想做个木匠,

就把普伦迪的头锯了。

"我的一个伙计住隔壁,

---

① 《生命圣诗》之49《千古保障》片段。

他听见出事了；

狱卒一定也听见了，

没有干预。"

"时间正似大江流水，

浪淘万象众生。"

"可怜的普伦迪"惨叫声足以再杀死一个人

叫了将近半个小时。

"真他妈走运，是普伦德尔高斯特，

不然可能是我或者你！

那狱卒说——我也同意——

现在监狱长自食其果。"

"阿门。"

所有人都觉得走运，疯汉选择了攻击普伦德尔高斯特先生。有人甚至猜测，这个选择是负责人定的。因犯的死，或狱卒的死，都会引起内政部的调查，那样会极大挫伤卢卡斯－多克瑞的改革，以及败坏狱卒头的管理声誉。而普伦德尔高斯特先生的死，就这样过去了，几乎没有引起任何注意。刺杀者被送到了布罗德穆尔①，而这

---

① 布罗德穆尔（Broadmoor），威尔士的一个城市，那里有一座精神病院。

座监狱没有受到任何影响。可人们发现，狱卒头似乎在他上司面前比从前更抬得起头一些了。维尔弗莱德爵士如今将所有的精力都集中在他的统计数据上，监狱的日常生活在常规条例下公正地进展着。在狱卒们眼里，这里就像从前老麦卡德在的时候一样了。但是保罗没有享受到这一快乐的传统回归所带来的好处，因为没过几天，他就随同一队犯人一起被送到了埃格顿荒野①的发配点。

---

① 埃格顿荒野（Egdon Heath），托马斯·哈代（Thomas Hardy）笔下位于威塞克斯（Wessex）的虚构地名。人烟稀少，景物荒凉。

第四章　铁栅围不成囚笼[①]

在没有雾的时候，埃格顿荒原囚犯流放点的花岗岩高墙从大路上就可以看见，过往的汽车前往停留片刻，而流放点里的居民站起来，快乐地盯着来访者看，这样的景象并不罕见。他们是来看犯人的，走运的话可以看见一群穿着囚服，被铁链锁成一串的犯人，在荒原上从他们眼前穿过，一名骑马带枪的狱卒在一旁看管。他们看似在工作，可真要仔细追究，便全不是那么回事。在埃格顿，一天中的大部分时间，被用于整队前往采石场，或者整队从采石场返回，分发或者清点工具，看管犯人，给他们上链或解链，被这些事务所占据，根本做不了什么工。可通常站在大路上，还是有东西可看的，至少，看见那建筑的外墙已经足够将游客满足地送走，带着一丝适度的不安，回忆起自己曾经在火车上有过的轻度不诚实行径，不够准确的个人收入税申报，以及那一百零一个在文明社会中不可避免的擦边违法行为。

---

① 　见第三部分第一章标题注解，出自同一首诗。

保罗离开黑石，在深秋的一天傍晚到达，同来的有两名狱卒和另外六个也判了长刑期的犯人。他们是乘坐普通列车的三等车厢来的，车上两名狱卒一人拿一根廉价的木烟斗吸着黑烟叶，同时显得很乐于交谈。

"你会发现比你上次去的时候有了很多改进，"其中一个说，"教堂窗户装了两扇彩色玻璃，上一任监狱长的遗孀捐赠的。很漂亮，上面是圣·彼得和圣·保罗，被天使从监狱里解救出来①。不过一些低派教会②的犯人不太喜欢。

"上星期还举行了一场讲座，但不是很受欢迎——'国际联盟的工作'，主讲人是个叫帕兹的小伙子。可不管怎么说，总是有了变化。我听说你们黑石也发生了很多变化。"

"我得承认恐怕是的。"一个犯人说，接下来略有些夸张地讲了讲普伦德尔高斯特先生的死。

这时狱卒中的一位，注意到保罗似乎羞于加入他们的交谈，便递给他一张日报。"看看这个吧，小子。"他说，"这将是你很长一段时间里的最后一次呢。"

报上没有太多可以引起保罗兴趣的东西，他过去六个星期里关于外面世界的信息全部来自维尔弗莱德·卢卡斯-多克瑞爵士的每周简报（他被关押后的最初几个发现之一是，对"新闻"的兴趣，其实并非源自真正的好奇，而是一种完整性的需要。在他漫长的自由岁月中，没有一天他会让自己不翻遍起码两份报纸，并且总是跟

---

① 出自《圣经》故事。
② 英国国教会（Church of England）的一个分支，推崇服饰、建筑和仪式的简单。

踪那些从来没有结果的系列事件。一旦这个秩序被打破，他也没有多强的兴趣将它恢复），可他被中间版面的一幅虽模糊但尚可辨认的玛戈和彼得的相片所吸引。"尊敬的比斯特－奇汀夫人，"报上说，"及其刚刚继承了叔父爵位的公子彼得，如今的帕斯马斯特伯爵。"下面一栏是老帕斯马斯特伯爵的死讯，以及他平淡简短的生平。文章末尾说："据悉，比斯特－奇汀夫人以及年轻的伯爵，在他们的科孚别墅度过了过去的几个月之后，将于几天之后返回英国。比斯特－奇汀夫人多年来一直是时尚世界里一名耀眼的女主人，并被公认为社交界最美丽的女人之一。她儿子此次的袭位，令人回想起今年五月，由她宣布与保罗·潘尼费热尔先生的订婚，以及就在婚礼前几个小时发生在西区一家顶级酒店里的新郎被捕所引起的轰动。新晋帕斯马斯特伯爵目前十六岁，迄今为止一直接受私家独立教育。"

保罗身体向后仰着，坐在车厢里，长时间地注视着那幅相片，他的同伴们完全无视标准条例，已经玩了好几手扑克。在那六个星期的独立关押和严肃思考后，他仍然没有想清楚，该怎么看待玛戈·比斯特－奇汀；他的思考一直被两个思路所撕裂，相互干扰。一方面是多少代以来，从老师和神那里所继承来的固定的沉重的准则。按照这一套原则，问题虽然困难，但尚不算无解。他做了"正确的事"，那就是掩护自己的女人：这里大部分是清楚的，可玛戈并没有做好自己那一份，因为在这件事上，她是应该受到极大谴责的，而他却还在维护她，并不是帮她免受不幸或者不公，而是帮她逃脱自己所犯罪行的后果；当童子军的荣誉对他耳语，玛戈给他惹了麻烦，她应该自己走上前去承担时，他感到自己的膝盖一阵绯红。当他坐在那一堆邮包上时，也在这个问题上挣扎纠结，没有得到什么结果，除了一种越来越强的感觉，这里有什么跟他作为一个英国人自小所受训练所指出的唾手可得的荣誉并不相干的东西。另一方面，是彼得·比斯特－奇汀说的那句无可争辩的"你不能想象妈妈在监狱里吧，能吗"。保罗考虑这一点越多，他就越把这看作是自然法则的声明。他很感激彼得用假设帮他得到的这一理解。当他此刻看着玛戈的相片，不知不觉地，他坚定了一种信念，事实上，应该有一套给她的法律，和另一套给他自己的法律，而十九世纪那个小小的激进改良只是一个微不足道的出发点，并走错了方向。这并不仅仅因为玛戈很富裕，或者他曾经与她相爱。完全是因为他就无法想象玛戈在监狱里会怎样；由词汇产生的赤裸裸的联系十分骇人。玛戈穿着囚服，在过道上被女狱卒推搡着走过——就像年轻一点的那位费根小姐那样的女人——或者接受慈善老妇人的探望，带给她祈祷小传单，被安排到洗衣房去洗其他囚犯的衣服——这些事怎么可能，如果那荒谬的法律程序真给她定了罪，那么那个被他们抓住的妇女一定不是玛戈，而是别的什么不相关的人，同名，或者外表有某种相似。关押事实上犯了罪的玛戈，这是不可能的。如果一定需要有人承受后果，那么这个文明社会能够提供给可怜的格莱姆斯太太的唯一就业机会可能因此就被葬送了，那么还是让保罗，而不是其他与玛戈同名的妇女来吧。毕竟任何一个上过英国公学的人，在监狱里都会比别人感到更适应。是那些在贫民窟的亲昵欢快气氛中长大的人，保罗发现，才更能感受到监狱的摧毁力量。

玛戈是多么美好啊，保罗想着，即便在这张模糊的相片上，这一团囫囵的灰黑色墨迹！连那最怙恶不悛的犯人——这是第三次因为诈骗被判刑——也放下手里的牌，评论说，这节车厢仿佛一下子充满了香榭丽舍六月初的迷人气息。"好玩，"他说，"我觉得我闻到了香味。"这激发了他们，开始谈论女人。

＊

保罗在埃格顿荒原监狱里见到了另一位老朋友：在去教堂的路上，一个矮壮、欢快的身影脚步沉重地在他前面走着，一条义肢弄出很大声响。"又见面了伙计！"他一面跟别人打招呼一面说，"我当然又到汤里了。"

"你不喜欢那工作吗？"保罗问道。

"一流，"格莱姆斯说，"可他妈出了件事，我回头告诉你。"

那个早上，带着锄头，野外电话，两名骑在马上的带枪狱卒，将保罗和一队狱友带到了采石场。格莱姆斯也在其中。

"我来俩星期了，"刚有个机会，格莱姆斯便过来说，"感觉已经太久。我向来是个爱社交的人，不喜欢这种生活。三年太长了，伙计。等我出去时，上帝也会欢庆的。我日夜都在想这件事。"

"我猜是重婚的事？"保罗说。

"是。我该待在海外的，回来一着陆就被捕了。你看，格莱姆斯太太出现了，格莱姆斯不见了。地狱有多种，可那年轻妇人能痛击一个她自己的活生生的人。"

一个狱卒从他们身边经过，他们立即分开，勤勉地砸着眼前的砂岩。

"但我也不敢说这事一点价值都没有，"格莱姆斯说，"能眼见弗劳希以及我那一度的岳父被困在盒子里。听说老头要把学校关了。格莱姆斯给那学校带去了坏名声。知道一点老普伦迪的消息吗？"

"他前几天被人杀死了。"

"可怜的老普伦迪！他也并不是从幸福生活中被切断了，不是吗？你知道吗，我想我出去了也不会再当老师了。它不能把你带去任何目的地。"

"似乎把我俩带到同一个地方了。"

"哦，是的，这更像个巧合吧，是吗？该死的，那警察又过来了。"

很快他们就又集合向监狱走回去。除了在采石场做工这一点外，埃格顿的生活几乎跟黑石一样。

"倒尿壶了！"教堂，隐私。

不过，一周以后保罗开始察觉到一丝奇异的影响力在他四周生效。他对此的第一次感觉，来自牧师。

"你的图书馆书。"牧师说，有一天他兴高采烈地来到保罗的监房，递给他两本小说，还没拆封，里边有皮卡迪利①书店的标签。"如果你不喜欢这两本，我还给你准备了其他几本可以选。"他有些腼腆地把腋下夹着的一堆包装花哨的书给保罗看，"我想你可能会喜欢这

---

① 皮卡迪利（Piccadilly），伦敦的一条主要街道，西到海德公园角，东到皮卡迪利圆环属于西敏市。

本新出的弗吉尼亚·伍尔芙，刚出来两天。"

"谢谢您，先生。"保罗彬彬有礼地说。很显然这个新监狱的图书馆与黑石的相比，运作得更上心也更奢侈些。

"要不然这儿还有一本关于戏院设计的，"牧师说，拿出一本很大的带插图的书，少了三个基尼①绝对买不下来，"也许我们可以扩展一点，不用光看'教育书'。"

"谢谢您，先生。"保罗说。

"你想要换本书时就告诉我，"牧师说，"对了，顺便说一下，现在你被获准写信了，你知道。如果，碰巧，你给比斯特－奇汀夫人写信的话，请告诉她你喜欢这里的图书馆。她正给我们教堂捐献一个云石雕花的布道坛。"他不相关地补充道，便走了，给格莱姆斯带去的是一本史迈尔斯②的励志书，那本书的最后一百零八页已经被历来的一些反感此书的读者撕掉了。

"别人也许更喜欢反复读他们最爱的书，"保罗想，"可对我，翻开一本崭新的书时，那种兴奋真是无可比拟的。为什么这牧师希望我向玛戈提及图书馆呢？"他琢磨着。

那天晚饭时，保罗注意到他的油汤里有几粒煤渣，他倒一点也不吃惊：这不时会发生一两次；可这次当他试图把这些煤渣刮掉的时候，却发现很软，这才让他不安起来。监狱食品通常有些古怪，而且还不好抱怨；可这……他仔细查看了他的油汤。略带点本不该有的

---

① 基尼，英国老式货币，是 1633 年首款机器铸造的金币，最初等值 1 英镑，随着金价攀升，其价值远超币面价值，19 世纪停止发行，但此后很长一段时间内仍然在某些领域流通。
② 史迈尔斯（Samuel Smiles），塞缪尔·史迈尔斯是 19 世纪后期苏格兰作家以及政府改革者，他认为改变人的精神面貌比改造法律更有益于促进社会进步。写了很多励志书籍。

粉色，而且刀切下去时，很反常地坚固而黏稠。他狐疑地尝了一点。是鹅肝酱。

那天往后，很少有哪一天，没有这样的小陨石自外面的世界神秘地从天而降。一天，他从荒原回来，灯总是得等到太阳落山以后很久才会亮，窗户又很小，擦黑中，他闻到自己的监房里有一股浓郁的香味。他的桌上放着一大捆冬天的玫瑰，这在当天早上邦德街的花市上值三个先令一枝。（埃格顿的犯人可以在监牢里放一些花，而他们也常常会冒着挨训的风险，在上下工的路上，弯腰去采海绿花和长春花回来。）

又一次，监狱里的医官急匆匆地行进在他每日的巡视中。这次他在保罗的监房里停了一会儿，检查了他门后挂的卡片上的名字，细细地打量了他半天以后说："你需要补充营养液。"然后他继续巡查，没有再生枝节。可第二天，一个巨大的药瓶子被放到了保罗的监房里。"每餐饭喝两杯，"狱卒说，"希望你喜欢。"保罗不能确定狱卒的语气是友好还是什么，但他很喜欢那药，因为那是棕色的雪利酒。

再有一次，隔壁监房爆发了一次动静很大的抗议，那间牢里关着一个上了岁数的小偷，这天保罗的鱼子酱被一不小心错发给了他。当然他迅速得到了抚慰，用一块异常大的冷培根取代了发错的食物，可这也吓坏了值班的狱卒，一想到他极有可能去向监狱长汇报。

"我不是爱生事的人，真的，"那老小偷说，"可我必须得到公正对待。你说是不是，光看一眼他们给我的那东西都够了，更别提吃了。何况还是在培根夜！你听我的没错。"一天他们发现采石场就只有他们俩时，他对保罗说："睁大眼睛。你是新来的，他们很容易试着给你那些东西，别吃，那是迫害你。留着给监狱长看。他们没有权力做这种事的，他们知道。"

这时收到一封玛戈的信，并不长。

亲爱的保罗，信上说，

给你写信是件困难的事，因为，你知道，我从来就不会写信，加之给你写还尤其困难，因为那些警察会读，如果他们不喜欢会都画掉，而我根本想不出会有什么事能让他们喜欢。彼得和我回到了国王的星期四。在科孚的日子像神赐一般的美好，除了有个英国医生很烦人，老是来。你知道吗，我现在不是那么喜欢这所房子，我会把它重新再修一遍。你介意吗？彼得现在已经是伯爵了——你听说了吗？——他对此感到很满意，也开始觉醒了，这可能不在你意料之中吧，真的，会吗，就你对彼得的了解？我什么时候想来看你——可以吗？——当我能脱身时，可鲍比·P.的死凭空生出很多事来。我真心希望你得到了足够的食物、书等等这些，他们会把那些也扣下吗？爱你的，玛戈。我受到瑟康弗伦斯伯爵夫人的一次排挤，亲爱的，那是在纽马克特①，直截了当的川拜村式的孤立②。可怜的玛尔塔沃斯说，如果我不留神，可能会被上流社会排斥。你不觉得

① 纽马克特（Newmarket），英国萨福克郡的一个市镇，伦敦以北大约 65 英里，被普遍认为是纯种赛马的发源地以及赛马国际中心。

② 川拜村（Tranby Croft），一座著名的英国乡村庄园。这里所指的典故是，一次在川拜村有威尔士亲王（后来的爱德华七世）参与的纸牌游戏中，有人因作弊被发现，其后被上流社会疏远、孤立。

那样其实很好吗？也许我想错了，可你知道吗，我真觉得可怜的小阿拉斯代尔·特朗品敦正在爱上我呢，我该怎么办呢？

*

终于玛戈来了。

这是自六月的那天早上，她送他去解救那些正在马赛经历危难的员工以后的第一次见面。会见被安排在一间专门留出来的小房间里。玛戈坐在桌子的一头，保罗坐在另一头，中间是一名狱卒。

"我必须请你们俩把手放到桌上，你们面前。"狱卒说。

"就像玩詹金斯游戏①。"玛戈喃喃地说，将她精心护理过的手放在桌上，手套放在包的一边。保罗第一次注意到自己的手已经变得多么粗糙而缺乏护理。有那么片刻，谁也没有说话。

"我看上去很糟糕吧？"保罗终于开口了，"我很久没有照过镜子了。"

"哎，大概就像病后没有恢复吧，亲爱的。他们在这儿完全不让你刮胡子吗？"

"不能讨论监狱管理。囚犯可以简要陈述他们的健康状况，但是严禁抱怨或者评论总体条件。"

"哦天！"玛戈说，"这可麻烦了。那我们对彼此说些什么呢？我简直都后悔我来了。我来你还是很高兴吧，是吗？"

---

① 詹金斯游戏（Up Jenkins），一种集体游戏。一个小物品在游戏者手中传递，其中一队按要求把手放在桌上，另一队来猜谁的手里握着那个小物品。

"如果你们想说体己话，夫人，别管我，"狱卒很和蔼地说，"我在这儿的目的只是防止阴谋。其他任何我听见的话都会到我这儿就止住了，这我可以保证。通常的会面，进展得都很可怕，有些女的，总是又哭，又晕倒，又歇斯底里。而且，还有一个，"他说得饶有兴致，"不久前还发作一次癫痫。"

"我觉得我很可能也会发癫痫，"玛戈说，"我这辈子从来没有像现在这样害羞过。保罗，请说点什么吧，求你。"

"阿拉斯代尔好吗？"保罗说。

"很乖，真的。他现在总是在国王的星期四，我喜欢他。"

又是一段停顿。

"你知道吗，"玛戈说，"很奇怪，可我真的相信，在所有这一切之后，我开始被人认为不再是一名值得尊敬的女子了。我在信中告诉你了，是吗，瑟康弗伦斯伯爵夫人前些天排挤我的事？当然她只是一个完全没有风度的老女人，可最近有很多这一类的事情发生。你不觉得这挺糟吗？"

"你不会有多介意吧，会吗？"保罗说，"他们本来就是些老讨厌鬼。"

"是的，可我不喜欢被他们扔掉。当然我并不介意，真的，只是我觉得很遗憾，主要是为彼得。还不光是瑟康弗伦斯伯爵夫人，还有范布勒夫人和梵妮·森珀福斯以及思黛乐斯等所有这些人。不管怎么说，这很遗憾，碰巧发生在彼得开始有阶层意识的时候。这会给他一些错误的认识，你认为呢？"

"生意怎么样？"保罗突如其来地问了一句。

"保罗，你可不能向我发难，"玛戈低声说，"你要是知道我的感受，我相信你不会说这件事的。"

"很抱歉，玛戈。但事实是，我碰巧想要知道。"

"我打算出售。一个瑞士公司正在从中作梗。可我不觉得那生意与这个有什么关系——这个排斥，用玛尔塔沃斯的话说。我想都是因为我开始变老了。"

"我从来没有听过比这更荒谬的事。你看，所有的人都活到八十岁，而且，无论怎么说，你根本没有。"

"我很担心你不会理解。"玛戈说，这时又沉默了一会儿。

"还有十分钟。"狱卒说。

"一切跟我们预期的都不一样，是吗？"玛戈说。

他们又谈了谈玛戈去了的一些派对，以及保罗正在读的书。终于，玛戈说："保罗，我走了。我实在不能再忍受片刻。"

"你来看我真是太好了。"保罗说。

"我决定了一件挺重要的事，"玛戈说，"就在这一分钟。我会很快嫁给玛尔塔沃斯。很抱歉，可是我想好了。"

"我猜是因为我看上去这么糟糕？"保罗说。

"不，只是因为所有这一切。也是因为那个原因，某种程度上吧，但不是你以为的那样，保罗。仅仅就是将要发生的事而已。你究竟能明白吗，亲爱的？这也会从某个角度帮到你，可我也不希望你认为就是因为这个原因。就是这么简单，事情就将要这样发生。哦亲爱的！怎么说都不容易。"

"如果你们想要吻别，"狱卒说，"又不是夫妻，这虽然不正常。

可我还是不介意宽容一次⋯⋯"

"哦，上帝啊！"玛戈说，头也不回地离开了这个房间。

保罗回到他的监房。晚餐已经送来了，是一个小小的派，有两只鸽子腿从派中伸出来；餐具周围甚至还缠了一张餐巾。可保罗没什么胃口，他被自己今天下午面对这件事时，并没有怎么被刺痛而深深地刺痛了。

第五章　公学毕业生之逝

一两天之后，保罗在采石场发现身边站着格莱姆斯。当狱卒走远，听不见他们说话时，格莱姆斯说："伙计，我不能再忍受下去了，这日子就是不够好。"

"可我看不见有任何出得去的路啊，"保罗说，"不管怎么说，我觉得还过得去，比起赫兰勒巴，我宁可在这儿。"

"对格莱姆斯来说，可不是这样，"格莱姆斯说，"囚禁就是受苦，就像笼中的百灵鸟。对你来说，也许不错——你喜欢读书、思考等等这些。可我不一样，你知道。我喜欢喝酒，找乐子，跟伙计们时不时聊聊。我是个需要社交的人。这里真把我变成了机器，这里的日子，还有那可怕的牧师，更是挥之不去的烦人，老是假装轻快地来指指点点，问我是否'与主和睦'，我当然不是了，所以我就这么告诉他。哥们儿，我能忍受各种各样的不幸，唯独不能忍受压制。那也正是让我最后在赫兰勒巴崩溃的原因，现在在这儿，如果我不自己注意的话，又将会再一次让我崩溃。看起来是时候格莱姆斯飞走，飞到另一个气候带去了。"

"从来没有人从这个监狱成功地逃走过。"保罗说。

"咳，那你就等着下一次起雾的时候看吧！"

偏偏就那么巧，第二天就起了雾，一层浓得穿不透的白雾当他们正在干活时忽然笼罩下来，将人和采石场包裹起来，典型的埃格顿荒原之雾。

"那边的靠过来，"值班的狱卒说，"停止手上的活，靠过来。那边的当心，你这白痴！"因为格莱姆斯被移动电话机绊倒。"你要是把那弄坏了，你得被送去见监狱长。"

"牵着这马。"另一名狱卒说，把缰绳递给格莱姆斯。

他蹲下身去拿铁链，准备把犯人链起来，让他们回监狱。格莱姆斯好像搞不定这匹马，只见它一边俯冲，一边后退着远离队伍。"你连匹马也牵不住吗？"狱卒说。忽然间，格莱姆斯以惊人的灵巧，考虑到他的腿，在众人眼前飞身上鞍，转眼便消失在荒原上。

"回来，"狱卒咆哮道，"回来，不然我开枪了。"他将步枪端至肩头，朝着浓雾开了火。"他会没事回来的，"他说，"没人能走多远。他会被隔离，吃几天1号餐，可怜的鱼儿。"

似乎没人被这个事故所打扰，即便当他们发现移动电话机的连接断了的时候也并不以为意。

"他没什么希望，"狱卒说，"他们常常这么干，忽然放下工具，然后开跑。可穿着那衣服，身上又没钱，跑得到哪里去。我们今晚就会警告附近的所有农场。他们有时会待在外面藏上好几天，最后要不然是饿了自己回来，要不然就是他们冒险在村里一现身就被抓了。我承认这么做纯粹是发神经。"

那天晚上马回来了，可没有一点格莱姆斯的痕迹。牵着寻血犬 ①
的特殊巡逻队被派了出去；荒原上的农场和村镇都收到了警告，被吓
坏了的居民们都仔细地闩好了门，尤其确保了孩子们不能以任何借
口离开家门；好几英里的道路被严加看守，所有过往的汽车都被拦下
搜查，使得很多守法公民异常恼怒。可格莱姆斯没有出现。犯人中
间开始赌他哪一天会回来；日子一天天过去，面包配给在赌博中一天
天换手，可仍然不见格莱姆斯。

一个星期后的晨祷告中，牧师为他的灵魂做了祈祷；监狱长将他
的名字从收监名单中画掉，并通报了内政大臣，尊敬的汉弗莱·玛
尔塔沃斯爵士，关于格莱姆斯的死亡。

"我恐怕那是个悲惨的结局。"牧师对保罗说。

"他们找到尸体了吗？"

"没有，这正是这件事情中最糟糕的一点。警犬寻着他的味道一
直追赶到了埃格顿泥沼，气味在那里忽然终止了。一个知道那条穿
过泥沼的通道的牧羊人，发现他的帽子漂在最危险莫测的那一段泥
沼表面。恐怕无疑了，他的死十分凄惨恐怖。"

"可怜的老格莱姆斯！"保罗说，"他也是一名老哈罗生呢。"

可是后来，当他安静地吃着一个又一个被提供来给他作为晚餐
享受的生蚝时，他仔细把这事想了一番，保罗知道格莱姆斯没有死。
谭金特小勋爵死了；普伦德尔高斯特先生死了；甚至有一天也会降临
到他保罗·潘尼费热尔身上；可格莱姆斯，保罗终于意识到，是得

---

① 寻血犬，当时英国警察使用最多的一种猎犬。

到了永生的。他是生命的力量。在弗兰德斯被判处死刑，他在威尔士蹦了出来；在威尔士被淹死了，他又在南美洲现身；被湮没在埃格顿沼泽的神秘迷雾中，他一定会某个时间又从某个地方升起，抖落四肢从墓穴里带来的发霉的尘土。他一定追随过来自阿卡狄①的巴克斯②列车，在神秘的簧片上吹奏出已经被遗忘的曲调，教会了孩子气

可格莱姆斯，是得到了永生的

的萨堤尔③爱的艺术④。难道他没有毫发无伤地避过所有他冒犯的众神所施予的劫难——烈焰、硫黄、崩裂的地震、瘟疫、灾难吗？难道他没有像庞贝古城的哨兵一样，当崩塌的城堡碎片从天而降，堆到他耳朵那么高时，他还依然站立吗⑤？难道他没有像海峡穿越者一样，浑身涂满油脂，冲过大洪水的波浪吗？难道他没有在黑暗笼罩的大水当中，

① 阿卡狄（Arcady），古典文学中一片象征古希腊世外桃源的山谷。
② 巴克斯（Bacchus），罗马酒神，对应的希腊酒神为狄俄尼索斯（Dionysus）。
③ 萨堤尔（satyrs），希腊神话中好酒色、半人半羊的森林之神。
④ 爱的艺术（The Ars amatoria [Art of Love]），罗马诗人奥维德（Ovid，公元前43年—公元17年）的一首诗。
⑤ 这一句出自画家爱德华·波因特（Edward Poynter）1865年的一幅油画《至死忠诚》（*Faithful Onto Death*），画中描绘庞贝古城内一片灾难景象中，守城的士兵在拱梁下站立坚守，毫不动容。画的本意是称颂哨兵对职责的忠诚，而这里是继续这一段对格莱姆斯"永生"的抒发，士兵头上有拱梁这一坚固的建筑结构。

悄无声息、不为人知地通过吗？

　　"我常常想，这件事上我是否真的没有责任，"牧师说，"一想到在我的照顾下，会有人获得如此悲惨的结局，实在太可怕了。我试图安慰他，帮他与自己的生活握手言欢，可事情并不总是很容易；我有很多人需要去见，去帮助。可怜的人！想着他孤独一人陷在泥潭中，无人能够拯救！"

第六章　保罗·潘尼费热尔之逝

几天以后保罗被叫去监狱长的房间。

"这里收到一份来自内政大臣的命令，准许你离开这里去一家私人疗养院切除阑尾。你将于今天上午在押送下，穿便装出发。"

"可是，先生，"保罗说，"我不想切除我的阑尾。事实上，几年前我还在上学的时候就已经切除掉了。"

"胡说八道！"监狱长说，"我这份来自内政大臣的命令上，明确指示要办理这件事。狱官，把这个人带走，把他的衣服给他，准备出发。"

保罗被带走了。那些他穿着上法庭的衣服从黑石跟他一起被送到了这里。狱卒从一个柜子里取出来打开，一件一件递给保罗。"鞋，袜，长裤，马甲，外套，衬衣，领子，领带，帽子，"他说，"你签个字好吗？首饰就留在这儿了。"他把手表、袖扣、领带夹、钱夹，以及其他一些保罗口袋里的小零碎一起放回了柜子里。"你的头发我们没有办法，"狱卒说，"但你可以剃一下胡子。"

半小时后，保罗从监房里出来，这世界上无论谁见到他，都会认为他像一个普通的文明人，每天都能在地铁里见到的一样。

"感觉很滑稽吧，是吗？"领他出去的狱卒说，"这是你的看护。"

另一个普通装扮的人，就像你每天都能在地铁里见到的那样，迎了上来。

"我们该出发了，如果你都准备好了的话。"他说。大家一褪下制服，仿佛很自然地就应该按正常的方式来对待彼此似的。是的，保罗觉得他从这个人的口气中听出了一丝尊敬。

"这事太怪了，"坐在送他们去车站的小货车里，保罗说，"跟监狱长争也没有用，可他确实很荒唐地搞错了。我的阑尾已经切掉了。"

"一点没错，"狱卒对他挤了下眼睛说，"不过别这么大声说，司机不知道。"

火车里已经给他们预留了一节头等车厢。当火车从埃格顿车站出发时，狱卒说："哎，这是你最后一次见到这老地方了。这么一想很神圣啊，死亡，不是吗？"他又令人骇异地挤了一下眼睛。

他们在车厢里用了午餐，保罗觉得如果不戴帽子去餐车，他那平头会让人很难为情。午餐后，他们抽了雪茄。狱卒掏出一个大钱夹来付钱。"哦，我差点忘了，"他说，"这是你的遗嘱，需要你签字，以防有任何情况发生。"他拿出一页长长的蓝色纸来递给保罗。"保罗·潘尼费热尔之最后遗愿和遗嘱"一行字十分漂亮地印在页首，下面，是以常见的法律饶舌文字写就的陈述，他将自己所拥有的一切都留给玛戈·比斯特－奇汀。两名证人已经在那空白处签好了字。

"我敢说，这一切都很不寻常。"保罗签字时说。

"我希望你可以告诉我这都是什么意思。"

"我什么也不知道，"狱卒说，"那年轻先生给我的这个遗嘱。"

"什么年轻的先生？"

"我怎么知道？"狱卒说，"那个安排了这一切的年轻先生。立个遗嘱是很明智的事啊。谁知道手术中会发生什么，你说呢？我有个姑妈取胆结石的时候死了，她没立遗嘱。那简直太麻烦了，她又没有正式结婚，你看。看上去也是个很漂亮很健康的女人。你也别担心，潘尼费热尔先生，一切都会严格按规矩来的。"

"我们这是去哪里？起码这个你该知道吧。"

为了回答这个问题，狱卒从口袋里掏出一张印制的卡片。

克里夫①庄园，沃辛，他读道。高级私人疗养院。医疗督导下的电热疗法。奥古斯都·费根，医学博士，业主。"经内政大臣批准，"狱卒说，"没什么可投诉的。"

这天下午较晚时，他们到了。一辆车等在那里将他们带到了克里夫庄园。

"我的责任就到此为止了，"狱卒说，"从现在起，交由医生对你负责了。"

*

跟所有费根博士的企业一样，克里夫庄园规模宏大。房子坐落

---

① 克里夫（Cliff），可作地名，本身亦有悬崖的意思。

在离城几英里远的海边，穿过一条长长的车道抵达。可是细节上却总有被忽略的迹象。回廊上堆着厚厚的落叶，还有两扇窗户已经破了。保罗的押送看护按了按大门上的铃，这时玎吉，装扮成一个护士，来给他们开了门。

"用人们都走了，"她说，"我猜这是那个阑尾的病案吧。进来。"她丝毫没有表现出一点认出了保罗的表情，直接把他领到了楼上。"这是你的房间。内政部的规定强调，必须得在楼上，窗户还要带栏杆，所以我们不得不特意加上这些栏杆的，费用会单独收取。手术医生几分钟就到。"

她出去时锁上了门。保罗坐在床上，等。窗下的海浪击打着卵石海滩，一艘蒸汽游艇停泊在距海岸不远处。灰色的海平面模糊地消失在灰色的天际里。

这时有脚步声走近，门开了。走进来费根博士，阿拉斯代尔·狄格比-韦恩-特朗品敦爵士，还有一个上了岁数的小个子男人，那人留着一撇下垂的红胡子，显然是个不可救药的酒鬼。

"对不起我们晚到了，"阿拉斯代尔爵士说，"可我今天也很不容易，费很大的劲让这个人保持清醒。我们刚一开始他就溜了，起初我担心他醉得太厉害，能不能动弹，不过我想他勉强能对付的。文件都准备好了吗？"

谁也没对保罗多留意一分。

"都在这儿，"费根博士说，"这是提交给内政大臣的声明，还有一份复印给监狱长。我念给你们听吗？"

"不用了！"手术医生说。

"文件就是陈述了你为一个病人做阑尾切除手术，但他未能从麻醉中恢复意识而死去。"

"可怜的小伙子！"手术医生说，"可怜的，可怜的小姑娘！"两滴同情的眼泪涌上眼眶。"我想这个世界对她太残酷了，这是一个对妇女没有仁慈的世界。"

"没关系，"阿拉斯代尔爵士说，"别担心，你已经尽了最大的努力。"

"这倒是真的，"手术医生说，"我也不在乎谁会知道这事。"

"这是一份普通的死亡证明，"费根博士说，"能麻烦你在上面签个字吗？"

"哦，死亡，你在哪里啊，丁啊零啊零啊零？"①手术医生说，伴随着这些歌词，和他手上那只笔的不懈努力，他从法律上终止了保罗·潘尼费热尔的生命。

"太棒了！"阿拉斯代尔爵士说，"这是你的钱。如果我是你的话，我会赶紧跑去喝一杯，趁酒馆还开着门。"

"你知道吗，我正要这样去做呢。"手术医生说，然后离开了疗养院。

他走后，房间里出现了将近一分钟的沉寂。面对死亡，哪怕仅仅是冰冷的法律表格，好像也能激发一丝庄严肃穆。最终被弗劳希的到来打破，她华丽地穿着洋红与绿色相配的服装。

"哦，你们都在这儿！"她带着很真挚的欢快说道，"还有潘尼

---

① 这是一句歌词，出自一首一战中流行于英国空军中的歌曲《地狱的铃声响得丁零零零零》(*The Bells of Hell Go Ting-a-ling-a-ling*)。

费热尔先生，当然了！多好的一个小派对啊！"

她说对了。"派对"这个词触动了费根博士那根热情的弦。

"我们下去吃晚饭吧，"他说，"我敢肯定我们每个人都有很多需要感恩之处。"

晚饭后，费根博士发表了一个小演说。"我认为这是一个对我们每个人都很重要的夜晚，"他说，"尤其是对我亲爱的朋友，曾经的同事，保罗·潘尼费热尔，他今天的死去，我们所有人都有某种程度的参与。对我自己以及对他而言，都是生命中一个新阶段的开始。坦白地说，这个疗养院并不成功。每个人都会有那么一天，开始对自己的使命产生怀疑。你们也许会认为我已经是个老人了，可我并没有感到自己太老而失去开始一种新的轻松愉快的生活方式的欲望。今天晚上所发生的事，使得这个愿望成为可能。我想，"他继续说，看了一眼他的女儿们，"我有一天会孤独一人。但此刻不是规划我的未来的时候。当你们到我这个年纪，如果你们善于观察所遇到的人，所经历的事，你会情不自禁地被这些事件的巧合连续所震惊。我们今晚聚在这里的这群人，多么偶然地被抛到了一起！这永恒而美好的记忆将我们从此连在了一起！我想我们应该干一杯——为命运，那位歹毒的妇人。"

保罗过去为同样的祝酒词干杯过。这一次没有出现灾难。他们只默默地喝了那一杯，然后阿拉斯代尔站了起来。

"保罗和我该走了。"他说。

他们一起走到海边。那儿有一艘船正等着他们。

"那是玛戈的游艇，"阿拉斯代尔说，"它会带你去她在科孚的别墅，你可以在那里决定一些事。再见，好运！”

“你不再陪我一段？”保罗问。

“不了，我得赶回国王的星期四，玛戈一定焦急地想要知道事情的进展。”

保罗上了船，船驶离海岸。阿拉斯代尔爵士，就像贝德维尔爵士①，目送他消失在海平面上。

---

① 贝德维尔爵士（Sir Bedivere），在《亚瑟王传奇》中，亚瑟王的最后一战之后，贝德维尔爵士将亚瑟的剑扔到一个湖里，将他的尸体抱起来放到一个将载他去到阿瓦隆极乐世界的平底船上。

第七章　重生

　　三个星期后，保罗坐在玛戈的别墅回廊上，面前摆着当天晚上的开胃酒，看着水的对面阿尔巴尼亚群山上的日落变换，霞光由绿变紫。他看了看表，这是今天刚从英国邮到的，时间是六点半。

　　在他身下，有一艘希腊来的船正在进港卸货。周围的小船像苍蝇一样围着她，兜售橄榄木雕刻的纪念品和假法郎。还有两个小时吃晚饭。保罗站起来，沿着带拱廊的街道走下去，来到广场，把脖子上的围巾拉了拉紧；这时夜凉刚刚开始。当一名死人是古怪的。那天上午玛戈给他寄来了好些关于他的剪报，大部分的标题都是《婚礼轰动的回音》或者《上流社会新郎之死确认》。跟这些剪报一起的，有他的领带夹，以及其他那些从埃格顿寄给她的遗物。他感到自己需要一点咖啡馆和码头的嘈杂，来确认自己的存在。他在一个小摊前面停下，买了些土耳其甜点。已经死掉实在太怪异了。

　　忽然他看见一个熟悉的身影穿过广场向他走来。

　　"嗨！"保罗说。

　　"嗨！"奥托·塞勒诺斯说。他肩上扛着一个没有背带的帆布背囊。

"你为什么不让那些孩子中的一个替你背着那包？只要几个德拉克马 ①。"

"我没钱，你能付吗？"

"可以。"

"那好！这样最好。我猜你跟玛戈在一起？"

"我住在她房子里，她在英国。"

"这有点遗憾。我还指望能在这儿见到她呢。不过我还是想住一阵，我觉得。有地方给我吗？"

"我想有吧，就我一个人。"

"我改主意了。我想了想，最终，还是和玛戈结婚吧。"

"恐怕晚了。"

"晚了？"

"是的，她嫁给别人了。"

"这我倒没有想到。哦，其实也没关系。嫁给谁了？那个很有用的玛尔塔沃斯？"

"是的，他现在改名了，叫米特罗兰德 ②子爵。"

"多滑稽的名字！"

他们一起向山上走去。"我刚从希腊来，去看了那儿的建筑，"塞勒诺斯教授说。

"你喜欢吗？"

"真是说不出来的丑。不过那儿有很好的山羊。我以为他们把你

---

① 德拉克马（drachma），希腊货币单位。
② 米特罗兰德（Metroland），此处指封号名。

送进监狱了。"

"是的，他们是把我送进去了，可我又出来了。"

"哦，那肯定是了，我想。那儿好吗？"

"不是特别好。"

"很好玩！我以为那儿会特别适合你。你永远也猜不到什么适合其他人，对吗？"

玛戈的用人们看见又多出一位客人来，似乎一点也不吃惊。

"我想我会在这里待上很长一段时间，"晚饭后塞勒诺斯教授说，"我一点钱也没剩下。你很快就走吗？"

"是的，我再回牛津去读神学。"

"那是好事。你过去没有留胡子，有吗？"过了一会儿他问。

"没有，"保罗说，"我现在留上了。我不想回英国后别人能认出我。"

"我觉得比过去丑，"塞勒诺斯教授说，"嗯，我得去睡觉了。"

"你近来睡得好些了吗？"

"自从我见到你以后，共睡着了两次。是我的平均水平。晚安。"

十分钟以后他又回到露台上来，穿着丝睡衣，和一件破破烂烂的帆布睡袍。

"你能借我一把指甲锉吗？"他问。

"在我梳妆台上有一把。"

"谢谢你。"可他并没有就走。相反，他走到露台矮墙边探出身，向海面上望去。"你做个牧师不错，"他说，"人总是在有一件他们管它叫作生活的事上想得很多，这给了他们很多错误的念头，我觉得诗人应该对此负主要责任。我可以跟你聊聊生活吗？"

"是的，请说。"保罗很有礼貌地说。

"嗯，就像月神公园里的大转轮。你见过那些大轮盘吗？"

"没有，恐怕我没见过。"

"你花五个法郎，走进一个房间，那儿有一圈一圈的椅子，地板的中央有一个抛光木料做成的大盘子，在飞快地旋转。一开始，你坐下来先看别人，他们都试图要坐到那轮盘上，然后他们不断被甩下来，这时别人笑，他们自己也笑，你也跟着笑，倒是很好玩。"

"我不觉得这跟生活有什么像的。"保罗有点伤心地说。

"哦，可其实是的。你看，你离轮盘的中心越近，便转得越慢，也更容易待在上面不被抛下来。通常中心总是有个人站在那儿，有时会跳一种舞，这人一般是花钱雇来的，至少，他是免费进来的。当然，在正中心肯定有那么一个点是绝对静止的，只要你能找到这个点：我不敢肯定，我自己从来没有离那个点很近过。那些很专业的人自然会想法阻止你。大部分的人仅仅就是享受爬上去，被甩下来，再爬上去这个过程，你看他们尖叫，嬉笑！然后还有另外一些人，就像玛戈，他们尽可能坐得越远越好，抓住自己的幸福生活，享受着。可关于这转轮，要点在于，要是你不愿意的话，你其实根本不必要爬上去。但是人们一旦觉得自己抓住了关于生活的某些主意，就让他们感到自己必须要参与到游戏中去，哪怕自己并不享受这个游戏。它并不适合每个人。

"可人们看不到这点，当他们谈论'生活'时，他们说的是两件不一样的事。可以是简单的存在，生理学上生长以及有机反应的结果。这是逃不开的——哪怕死，但因为这不可避免，他们便认为生活的另一面也是这样——那攀爬和兴奋和碰撞以及努力向中央靠近，然后当我们真正到了中央，发现跟压根没开始时没什么两样。就是这么奇怪。

"现在你很显然是一个注定要在某个座位上，静静地坐着，如果你无聊了，可以观察别人。然后不知怎么的，你上了那转轮，后来被抛下来，同时重重地摔了一跤。这对玛戈来说没事，她可以牢牢抓着，对我呢，我在中间，可你是静止的。与其荒谬地将人按照性别来区分，不如把人按静态或者动态来分类。那才是真的区别，尽管我也说不清楚这是怎么来的。我想我们大概从精神层面来看，是两个截然不同的物种。

"我在一个电影中用到过一次这轮盘的主意，起码我觉得听起来很相似，你不这样认为吗？我刚为什么事来的？"

"指甲锉。"

"哦对，当然。我不知道还有什么比总结生活更彻头彻尾的无聊和毫无疑义的事了，你听明白我说的了吗？"

"是，我想我听明白了。"

"我希望接下来的时间，我能独自用餐。你能跟仆人讲一下吗？说这么多话让我感到很不适。晚安。"

"晚安。"保罗说。

*

过了几个月，保罗回到了斯贡学院，在离开了一年多以后。他的死，尽管把他过去的结业证书都作废掉了，但并没有把知识也一并从他身上带走。他成功地通过了初试和入学考试，再一次进入了他过去的学院，穿上普通学生袍，留着两撇厚重的骑兵胡子。再加上他天生的羞涩，从而形成了一道完整的伪装。没人认出他来。经过再三犹豫和考虑，他保留了自己的姓，潘尼费热尔，给牧师解释，他相信自己有个远房堂兄不久前也在斯贡学院。

"他最后的结局很悲惨，"牧师说，"一个狂野的年轻人。"

"他是很远房的堂兄。"保罗急忙说。

"是的，是的，我肯定。你们俩之间没有相似之处。他是彻底堕落的那一类，我恐怕得说。"

保罗的校工也记得这名字。

"过去还有一个潘尼费热尔先生，也住这个楼，"他说，"那可真是位古怪的先生。你能相信吗，先生，他过去在晚上会脱光了衣服跑到外面方庭里跳舞。不过他也是一位和善而安静的先生，除了跳舞这一点外。我猜，他脑子可能出了什么毛病。我不知道他后来怎样了，有人说他死在监狱里了。"于是他开始给保罗讲一个安南①学生，曾经企图要买一位高级导师的一个女儿的事。

在这学期的第二个星期天，牧师约保罗一起用早餐。"真难过，"他说，"那种学院早餐——'布瑞卡'我们那时这么叫的——已经快消亡了。人们不再有空闲那么吃早饭了。除了星期天外，总是急匆匆九点赶去上课。再来一份腰子，要吗？"

---

① 安南，曾经是法属保护国一部分，1949 年成为现越南一部分。

当天在那儿的还有一位职员，叫史尼格斯先生，保罗觉得他管牧师叫"神仆"，有点傲慢。

另外还有一位来自别的学院的大学生，是一个叫斯塔布斯的神学院学生，说话声音很低，十分严肃，观点却极其稳妥。他与史尼格斯先生就重修博德利①的事，正在展开小小的争论。保罗支持他的立场。

第二天保罗在自己桌上见到斯塔布斯的名片，一角被卷翘了起来。于是保罗赶去赫特福德②见斯塔布斯，却发现他出去了。他于是留下自己的名片，也卷起一角。两天后收到来自赫特福德的一张便条：

亲爱的潘尼费热尔，

　　不知你是否愿意下周二来用茶，可以见到国际联盟的学院秘书以及牛津监狱的牧师。如果你能来就太好了。

保罗去了，吃了蜂蜜圆面包和鳀鱼抹烤面包。他喜欢那丑丑的、闷闷的小学院，他也喜欢斯塔布斯。

随着这学期的推进，保罗和斯塔布斯开始一起散步，穿过美索不达米亚③到老马斯顿再到伯克利。一天下午，空气新鲜，他们的散

---

① 博德利（Bodleian），牛津大学博德利图书馆是牛津大学的主要研究类图书馆，于1602年开放，是欧洲最古老的图书馆之一。据1931年大学委员会报告中可见，当时计划按照吉尔·斯考特的设计新建一座博德利图书馆，于1940年完工，并由国王乔治六世为之揭幕。
② 赫特福德（Hertford），牛津大学的一个学院。作者伊夫林·沃曾在此就读。
③ 这里的美索不达米亚（Mesopotamia），不是指两河流域之间的地区，是牛津大学公园里一个狭长的小岛，1926年前，有渡船通往，后来被一座步行桥代替。

步和茶点都十分轻松愉快，斯塔布斯在访客本上签上了"伦道尔·坎图阿"①。

保罗重新加入了国际联盟以及 O.S.C.U.。有一次他和斯塔布斯以及其他一些朋友一起还去牛津监狱看望那里的犯人，为他们表演合唱。

"这很开眼界，"斯塔布斯说，"得见生活的不同方面。那些不幸的人，多喜欢我们的歌声啊！"

一天在黑井书店②，保罗发现厚厚的一本书，店员告诉他一上市很快就成为畅销书。那书叫作《威尔士母亲》，作者奥古斯都·费根。保罗买了一本带回家，斯塔布斯也读了。

"太有启发了，"他说，"医院统计数据真可怕。你认为就这个话题与耶稣学院③组织一场联合辩论怎么样？"这部书标明，献给"我的妻子，结婚礼物"，是一部非常雄辩的佳作。读完之后，保罗将它放在书架上，紧挨着史丹利牧师的《东教会史》。

另外还有一件事令保罗想起自己的前世。

第二年刚开学不久的一天，保罗和斯塔布斯正骑着自行车穿过高街④，从一堂课赶往另一堂课，差点撞上一辆突然从奥里尔大街⑤以

---

① 伦道尔·坎图阿（Randall Cantuar），英国国教的主教签名传统格式为：受洗名加头衔的拉丁文形式。因此此处的"伦道尔·坎图阿"即为 1903 年至 1928 年间的坎特伯雷大主教——伦道尔·托马斯·戴维森（Randall Thomas Davidson，1848—1930）的正式签名。坎特伯雷大主教的拉丁文形式为坎图阿（Cantuar）。

② 黑井书店（Blackwell's），位于牛津宽街（Broad Street）50 号的书店，从 20 世纪 20 年代起，它开始扩张发展，已成为一个连锁书店。

③ 耶稣学院（Jesus），牛津大学的耶稣学院向来与威尔士有密切联系，始建于 1571 年。

④ 高街（High Street），牛津的一条东西走向街道。西到卡尔法克斯（市中心），东到莫德林桥。它是许多版画、绘画、摄影的主题，尤其受人欢迎的一个画面，是面向西，朝向卡尔法克斯，左侧是牛津大学大学学院，右侧是牛津大学王后学院。街上有许多历史建筑，属于牛津大学各学院。

⑤ 奥里尔大街（Oriel Street），是位于高街和奥里尔广场之间一条狭窄却历史上很有名的街道。

危险的速度拐出来的敞篷劳斯莱斯①。车后座上的人腿上盖着一条厚重的毛皮毯，正是菲尔布雷克。他经过时回头用一只戴着手套的手，对保罗挥舞。

"嗨！"他说，"嗨！你怎么样？改天来找我，我住在河边——斯金铎②。"

车随即消失在高街上，保罗继续去上课。

"你那位奢侈的朋友是谁？"斯塔布斯问道，显然被打动了。

"阿诺德·贝内特③。"保罗说。

"我觉得我认识那张脸。"斯塔布斯说。

这时讲师走了进来，整理好讲义，开始就第二世纪的异教进行详细阐述。比提尼亚④有一名主教，保罗了解到，他拒绝承认基督的神性，以及灵魂的不朽，善的存在，婚姻的合法，还有临终傅油圣礼的有效。对他的谴责是多么正确啊！

---

① 劳斯莱斯（Rolls-Royce），英国汽车及飞机引擎制造商，1906 年由查尔斯·斯图尔特·罗尔斯（Charles Stewart Rolls）和弗雷德里克·亨利·罗伊斯爵士（Sir Frederick Henry Royce）创建，公司名字取自他俩的姓氏，因此有时又译作罗尔斯－罗伊斯，以它出众的机械品质赢得了"世界上最好的车"这一声誉。
② 斯金铎，威廉·斯金铎（William Skindle）1833 年买下泰晤士河畔奥克利·阿姆斯（Orkney Arms），重新命名为 Skindle's，是一家高级酒店。
③ 阿诺德·贝内特（Arnold Bennet），英国作家。他以小说家而闻名，但是生活多姿多彩，被称作爱德华时代的大卫·鲍依，随时变换自己的角色，这一点与菲尔布雷克吻合。
④ 比提尼亚（Bithynia），古代小亚细亚的一个地区，黑海南岸，如今土耳其的一部分。

尾 声

这是保罗在斯贡学院平静生活的第三年。斯塔布斯喝完了热可可，抖了抖烟斗，便起身要走。"我得回公寓了，"他说，"你真幸运，一直住在学院里。这种夜晚骑车回沃顿街，很要花一段时间。"

"你想带走冯·胡革尔①吗？"保罗问道。

"不，今晚不了。放在你这儿明天拿行吗？"

斯塔布斯拿起他的学士袍，绕在肩上。"今晚这篇关于波兰全民公决的文章很有意思。"

"是啊，可不是吗？"保罗说。

外面传来令人困惑的吼叫声和玻璃打碎的声音。

"布灵吉尔们好像又在开心，"保罗说，"这次是在谁房里啊？"

"帕斯马斯特那儿，我想。那小伙子有点操之过急了，按他的年龄来说。"

---

① 冯·胡革尔（Von Hügel），此处指胡革尔的著作。胡革尔（1852—1925），出生于佛罗伦萨，是一名罗马天主教神学家、哲学家，于1867年定居英国。1905年发起创立了伦敦宗教研究协会，其著作包括《宗教的神秘元素》（*The Mystical Element of Religion*，1908）和《永恒的生命》（*Eternal Life*，1912）。

"哎，我希望他高兴就行，"保罗说，"晚安。"

"晚安，保罗。"斯塔布斯说。

保罗把巧克力饼干放回橱柜里，又填满烟斗，在椅子上重新安顿下来。

这时他听见脚步声，继而敲门声。

"请进。"他说，向门边看过去。

彼得·帕斯马斯特走进屋来。他穿着酒瓶绿嵌白色的布灵吉尔俱乐部晚装。脸色绯红，深色的头发略有些凌乱。

"我能进来吗？"

"是的，快进来。"

"你有喝的吗？"

"你好像已经喝不少了吧。"

"今晚布勒尔①们在我房里。一群吵闹的人，哦，去他的，我必须得喝点。"

"柜子里有点威士忌。你最近是不是喝得有点多啊，彼得？"

彼得什么也没说，只是给自己倒了威士忌加苏打。

"感觉不太好，"他说，然后，停顿了一会儿，"保罗，你这段时间为什么不理我？"

"我不知道。我不认为我们彼此认识能给我们带来什么好处。"

"不是因为对什么事生气吧？"

"不是，有什么事会让我生气啊？"

---

① 布勒尔（Boller），布灵吉尔俱乐部的成员的简称。

"哦，我也不知道。"彼得手里转着杯子，专注地盯着它。"我倒是对你有些生气，你知道。"

"为什么？"

"哦，我不知道——关于玛戈和那个玛尔塔沃斯以及所有的。"

"我不觉得这能怪得到我什么。"

"不，我想也不能，但你是这一切的一部分。"

"玛戈怎么样？"

"她还好——玛戈·米特罗兰德。你介意我再倒一杯吗？"

"好吧。"

"米特罗兰德子爵，"彼得说，"什么名字啊！什么男人啊！不过，她还是一直都有阿拉斯代尔。米特罗兰德不介意。他得到了自己想要的。我看不出他们之间有什么意义。你这一阵都在干什么，保罗？"

"我很快就要获授圣职了。"

"真希望我没有这种厌恶的感觉。你说什么？哦是的，关于米特罗兰德。你知道，保罗，我觉得你搅进我们的生活里来是个错误。你不觉得吗？我们有些不一样，也不知道怎么不一样。你不觉得这么说很不礼貌吧，保罗？"

"不，我完全明白你说的。你是动态的，我是静态的。"

"是这样啊？我猜你是对的。真好玩，你过去还教过我，你记得吗？赫兰勒巴——拉丁语句，Quominus 和 Quin①，还有管风琴，你

---

① 拉丁语的两个连接词。

记得吗？"

"是的，我记得。"保罗说。

"事情发生得真滑稽。你那时教我弹管风琴，你记得？"

"是的，我记得。"保罗说。

"然后玛戈·米特罗兰德想要嫁给你，你记得吗？"

"是的。"保罗说。

"然后你进监狱了，然后阿拉斯代尔——玛戈·米特罗兰德的小男人——以及米特罗兰德——这是她丈夫——一起把你从监狱里弄出来，你记得吗？"

"是的，"保罗说，"我记得。"

"然后就是现在，我们在一起谈这些，在这儿，在所有这一切之后！真滑稽，不是吗？"

"是的，是有一点。"

"保罗，你记得在丽兹你说的一件事吗——阿拉斯代尔在那儿——那个玛戈·米特罗兰德的小男人——你记得吗？我那时也有一点醉了。你说：'命运，一个歹毒的妇人。'你记得吗？"

"是的，"保罗说，"我记得。"

"好你个老保罗！我就知道你会记得。让我们为那一句再喝一杯吧，好吗？后来怎样，该死，我忘了。算了，我真希望我感觉不这么糟。"

"你喝得太多了，彼得。"

"哦，去他的，别的还能干什么？你要成为一个牧师吗，保罗？"

"是的。"

"这也真他妈好玩。你知道你真不该跟我和米特罗兰德混到一起的。我能再倒一杯吗？"

"你该去睡觉了，彼得，你想呢？"

"是，我想是的。你不介意我今天来吧，会吗？再说，你过去还教过我管风琴呢，你记得吗？谢谢你的威士忌！"

彼得走了出去，保罗再次在椅子里安顿下来。所以苦修的伊便尼派①过去在祈祷时通常会面对耶路撒冷②。保罗把这一点记录了下来。镇压他们也是非常正确的。于是他拧灭了灯，来到卧室，上床睡觉。

---

① 伊便尼派（Ebionites），一个基督教早起的犹太基督教运动。
② 耶路撒冷（Jerusalem），位于现代耶路撒冷城市内一块面积为0.9平方公里的区域。19世纪60年代以前，这一区域构成耶路撒冷的整个城市。旧城拥有一些重要的宗教圣地：犹太教的圣殿山及其西墙，基督教的圣墓教堂，以及伊斯兰教的圆顶清真寺和阿克萨清真寺。

人物表

中文译名	原名	简单身份说明
史尼格斯先生	Mr. Sniggs	牛津大学斯贡学院初等学监
帕索斯维特先生	Mr. Postlethwaite	牛津大学斯贡学院宿舍会计
阿拉斯代尔·狄格比 – 韦恩 – 特朗品敦	Alastair Digby-Vane-Trumpington	贵族后代，富家子弟，牛津大学斯贡学院学生，布灵吉尔俱乐部会员
帕特里奇	Partridge	贵族后代，富家子弟，牛津大学斯贡学院学生，布灵吉尔俱乐部会员
桑德斯	Sanders	贵族后代，富家子弟，牛津大学斯贡学院学生，布灵吉尔俱乐部会员
伦丁	Rending	贵族后代，富家子弟，牛津大学斯贡学院学生，布灵吉尔俱乐部会员
奥斯汀	Austen	贵族后代，富家子弟，牛津大学斯贡学院学生，布灵吉尔俱乐部会员
朗姆斯敦	Lumsden	贵族后代，富家子弟，牛津大学斯贡学院学生，布灵吉尔俱乐部会员
保罗·潘尼费热尔	Paul Pennyfeather	本书中心人物，所有故事都围绕着他的遭遇展开。故事开始时，他是牛津大学斯贡学院神学系的学生
瑞丁	Reading	贵族后代，牛津大学斯贡学院学生
学院牧师		牛津大学斯贡学院的牧师
布莱克沃	Blackall	牛津大学斯贡学院的门房
保罗的监护人	Guardian	保罗双亲去世后，留下五千英镑的遗产给保罗，在其成年之前由这位监护人管理，并按照遗嘱所规定的方式发放
保罗监护人的女儿		保罗监护人的女儿
列维先生	Mr. Levy	一个教师职介所的经理
山姆森	Samson	教师职介所职员
奥古斯都·费根博士	Dr. Augustus Fagan	一位学者。保罗离开牛津后任教的一所公学——赫兰勒巴城堡的创办人，校长。后来将公学卖掉，开办一所疗养院

中文译名	原名	简单身份说明
谭金特小勋爵	Lord Tangent	瑟康弗伦斯伯爵的儿子，继承人，保罗的学生之一
瑟康弗伦斯伯爵	Earl of Circum-ference	赫兰勒巴城堡学生家长之一，谭金特的父亲
格莱姆斯上尉	Captain Grims	赫兰勒巴城堡的老师之一，保罗的同事
普伦德尔高斯特先生	Mr. Prendergast	赫兰勒巴城堡的老师之一，保罗的同事
克拉特巴克	Clutterbuck	赫兰勒巴城堡的一名学生，与格莱姆斯关系特别
比斯特－奇汀	Beste-Chetwynde	赫兰勒巴城堡的一名学生，与保罗关系特别，他母亲后来与保罗订婚，几乎结婚
菲尔布雷克	Philbrick	赫兰勒巴城堡的管家
布雷格斯	Briggs	赫兰勒巴城堡的一名学生，绰号布劳利
弗洛伦丝	Florence	费根博士的大女儿，小名弗劳希
黛安娜	Diana	费根博士的小女儿，小名玎吉
罗伯茨太太	Mrs. Roberts	赫兰勒巴城堡附近的酒吧老板
格莱姆斯的学院导师	Housemaster	格莱姆斯在哈罗上学时的导师
格莱姆斯的叔叔	Uncle	格莱姆斯在埃德蒙顿开制刷厂的叔叔
阿伯尔太太	Mrs. Aber	普伦德尔高斯特先生做牧师时教区里的一位教友，牙医太太
普伦德尔高斯特先生的母亲	Mother	普伦德尔高斯特先生做牧师时与他一同生活
邦朵尔夫妇	Mr. and Mrs. Bundle	普伦德尔高斯特先生做牧师时教区里的教友夫妇
邦朵尔家的儿子	their son	普伦德尔高斯特先生做牧师时教区里的教友夫妇的孩子
克朗普太太	Mrs. Crump	邦朵尔太太的母亲
恩丁少校	Major Ending	普伦德尔高斯特先生做牧师时教区里的一位教友

续表

中文译名	原名	简单身份说明
亚瑟·帕兹	Arthur Potts	保罗第一次上牛津时的好友，后来参与国际联盟调查白奴贩运的罪行，导致保罗的入狱
斯狄更斯	Stiggins	保罗第一次上牛津时的朋友
沃尔顿	Walton	保罗第一次上牛津时的朋友
瑟康弗伦斯伯爵夫人	Lady Circumference	赫兰勒巴城堡学生家长之一，谭金特的母亲
霍普－布朗一家	Hope-Brownes	赫兰勒巴城堡学生家长
沃伦顿一家	Warringtons	赫兰勒巴城堡学生家长
牧师	Vicar	赫兰勒巴城堡所在教区的牧师
塞德博萨姆少校	Major Sidebotham	赫兰勒巴城堡所在村里的名人
邦彦夫人	Lady Banyan	赫兰勒巴城堡上一次校运会嘉宾
戴维斯先生	Mr. Davies	赫兰勒巴城堡所在地火车站的站长，以及当地银管乐队的队长
比斯特－奇汀夫人	Mrs. Beste-Chetwynde	比斯特－奇汀的母亲，南美富商后代，嫁到英国贵族世家，守寡多年后与保罗订婚，并几乎结婚。经营走私白人女子到南美卖淫的业务，导致保罗入狱
帕斯马斯特侯爵（鲍比）	Lord Pastmaster（Bobby）	比斯特－奇汀的伯父
齐克·菲尔布雷克	Chick Philbrick	菲尔布雷克所号称的自己的父亲，一个拳击手
托比·克莱茨维尔	Toby Cruttwell	菲尔布雷克众多"生平"故事中的一个人物，大盗
阿尔夫·拉瑞根	Alf Larrigan	菲尔布雷克众多"生平"故事中的一个人物
毕德菲尔德	Peterfield	菲尔布雷克众多"生平"故事中的一个人物，托比认识的一个医生
吉米·德瑞基	Jimmy Drage	菲尔布雷克众多"生平"故事中的一个人物，大盗，绑匪

中文译名	原名	简单身份说明
厄特瑞奇勋爵	Lord Utteridge	菲尔布雷克众多"生平"故事中的一个人物，富有的贵族
简	Jane	赫兰勒巴城堡的女佣
艾米莉	Emily	赫兰勒巴城堡的女佣
娄德尔上校	Colonel Loder	赫兰勒巴城堡上一届校运会的嘉宾
弗雷迪·弗伦奇－怀斯	Freddy French-Wise	瑟康弗伦斯伯爵认识的人，在牛津上学
汤姆·奥伯斯维特	Tom Obblethwaite	瑟康弗伦斯伯爵认识的人，在牛津上学
卡索顿家的小儿子	youngest Castleton boy	瑟康弗伦斯伯爵认识的人，在牛津上学
克拉特巴克先生（约翰）	Mr. Clutterbuck（John）	珀西·克拉特巴克的父亲
山姆·克拉特巴克	Sam	克拉特巴克家的长子
玛莎·克拉特巴克	Mrs. Clutterbuck	珀西·克拉特巴克的母亲
克拉特巴克家的家庭女教师	Clutterbuck governess	克拉特巴克家的家庭女教师
裘克伊（又叫塞巴斯蒂安·切尔蒙德利）	Chokey（Sebastian Cholmondley）	比斯特－奇汀夫人一度的男友，全书唯一的黑人
葡萄牙公爵	Portuguese Count	菲尔布雷克众多"生平"故事中的一个人物，一位欧陆贵族，驻英国外交官
葡萄牙公爵夫人	Portuguese Countess	菲尔布雷克众多"生平"故事中的一个人物，一位欧陆贵族女子，驻英国外交官夫人
老菲尔布雷克	Mr Philbrick senior	菲尔布雷克众多"生平"故事中的一个人物，这是他的父亲
格蕾西	Gracie	菲尔布雷克众多"生平"故事中的一个人物，这是他的妹妹
切尔西的一个女诗人	a female poet in Chelsea	菲尔布雷克众多"生平"故事中的一个人物

续表

中文译名	原名	简单身份说明
两名侦探（其中一个叫比尔）	detectives（one of them is called Bill）	菲尔布雷克失踪后，拿着拘捕令出现在赫兰勒巴城堡
杰克·斯派尔先生	Mr. Jack Spire	一位古建筑及传统文化捍卫者
奥托·弗里德里希·塞勒诺斯	Otto Friedrich Silenus	一位现代建筑设计师，设计改建了"国王的星期四"
范布勒勋爵夫人	Lady Vanburgh	"国王的星期四"的邻居
迈尔斯·玛尔普兰柯蒂斯	Miles Malpractice	比斯特－奇汀夫人的朋友之一，从名字的暗示看，应当是一位律师
大卫·伦诺克斯	David Lennox	比斯特－奇汀夫人的朋友之一，摄影师
帕梅拉·波帕姆	Pamela Popham	比斯特－奇汀夫人的朋友之一
奥利维亚	Olivia	比斯特－奇汀夫人的朋友之一
帕尔吉特勋爵	Lord Parakeet	比斯特－奇汀夫人的朋友之一
比尔	Bill	格莱姆斯在爱尔兰期间的旧识
梅克皮斯	Makepeace	赫兰勒巴城堡新来的老师
红头发老师	Another one with red hair	赫兰勒巴城堡新来的老师
癫痫症老师	the other, has fits	赫兰勒巴城堡新来的老师
布鲁斯检察官	Inspector Bruce	伦敦警视厅检察官，在婚礼当日逮捕保罗
维尔弗莱德·卢卡斯－多克瑞爵士	Sir Wilfred Lucas-Dockery	黑石监狱的监狱长
麦卡德上校	Colonel MacAdder	黑石监狱的前一任监狱长
小个子囚犯	a little bony figure in prison dress	黑石监狱的一位犯人，保罗重塑计划的第一个伴
大个子囚犯	a burly man	黑石监狱的一位犯人，保罗重塑计划的第一个伴，杀死了普伦德尔高斯特先生
监狱牧师	chaplain	埃格顿荒原犯人流放点牧师
监狱长	governor	埃格顿荒原犯人流放点监狱长

中文译名	原名	简单身份说明
押送看护	escort	押送保罗离开埃格顿荒原犯人流放点，去到疗养院的狱卒
手术医生	surgeon	在费根博士的疗养院里签署保罗死亡证明的医生
校工	scout	保罗重回牛津后，学院宿舍里的男仆
斯塔布斯	Stubbs	保罗重回牛津后，新认识的朋友，一位神学院学生

作者年表

时间	作者生平	文学界大事	历史事件
1903	伊夫林·沃出生于英国汉普斯特德父母分别为亚瑟·沃和凯瑟琳·沃	詹姆斯：《奉使记》 萧伯纳：《人与超人》	艾米琳·潘克斯特创立妇女社会政治联盟
1904		詹姆斯：《金碗》 康拉德：《诺斯托罗莫》	日俄战争爆发
1907		康拉德：《间谍》	
1908		福斯特：《看得见风景的房间》 贝内特：《老妇人的故事》	阿斯奎斯就任首相
1910	进入西斯·蒙特预备学校 《赛马的诅咒》（未发表）	福斯特：《霍华德庄园》	爱德华七世离世
1911		劳伦斯：《白孔雀》	乔治五世加冕 阿加迪尔危机 妇女参政运动
1913		劳伦斯：《儿子与情人》 普鲁斯特：《追忆似水年华》	
1914		康拉德：《机会》 乔伊斯：《都柏林人》	第一次世界大战爆发
1915		麦多克斯·福特：《好兵》 康拉德：《胜利》 巴肯：《三十九级台阶》 伍尔芙：《远航》 布鲁克：《诗选》	阿斯奎斯与贝尔福组建联合内阁

时间	作者生平	文学界大事	历史事件
1916	进入蓝星公学 开始写日记，这一习惯终其一生	乔伊斯：《一个青年艺术家的肖像》 萧伯纳：《卖花女》，又译作《皮格马利翁》	第一场索姆河战役 劳合·乔治就任首相
1917		叶芝：《库利的野天鹅》 艾略特：《普鲁弗洛克及其他》	俄国革命 美国参战 第三次伊普尔战役
1918			休战 三十岁以上妇女获选举权
1919		萧伯纳：《伤心之家》	巴黎和会
1920		庞德：《休·塞尔温·莫伯利》	国际联盟成立 美国执行禁酒令
1921	进入牛津大学赫特福德学院，同时在罗斯金艺术学校学习	皮兰德娄：《六个寻找剧作家的角色》 赫胥黎：《克罗姆庄园的铬黄》	
1922		乔伊斯：《尤利西斯》 艾略特：《荒原》 豪斯曼：《最后的诗》 菲茨杰拉德：《美丽与诅咒》	墨索里尼进军罗马 联合内阁瓦解，博纳·劳组建保守党政府
1923	《安东尼，一个寻找过去的人》	e.e. 库敏思：《巨大的房间》 赫胥黎：《滑稽的环舞》 萧伯纳：《圣女贞德》	鲍德温就任首相 希特勒在慕尼黑政变失败 妇女在离婚案件中获平等法律权利
1924	以三等荣誉学位离开牛津 在一所预备学校担任教职 《茅草屋顶的神殿》（未发表）	福斯特：《印度之旅》	拉姆齐·麦克唐纳组建首个工党政府 希特勒入狱 列宁去世 鲍德温继续担任首相

时间	作者生平	文学界大事	历史事件
1925		菲茨杰拉德：《了不起的盖茨比》 卡夫卡：《审判》	洛迦诺会议
1926	接受木工培训 《一篇关于前拉斐尔兄弟会的散文》（自印） 《平衡》——收入他哥哥埃里克·沃编辑整理出版的《乔治亚短篇小说集》	福克纳：《士兵的报酬》 纳博科夫：《玛利》 亨利·格林：《失明》	英国大罢工 第一台电视机问世
1927	与伊芙琳·加德纳相识并订婚 第一本书《但丁·加百利·罗塞蒂传记》出版 因为他的名字，这部传记作品的作者被报纸误称为"沃小姐"	伍尔芙：《到灯塔去》 海明威：《没有女人的男人》 邓恩：《时间实验》	德国经济崩溃
1928	与伊芙琳·加德纳结婚 《衰亡》距离被误称为"沃小姐"不到一年时间，伊夫林·沃凭借这本《衰亡》引起轰动，成为英国家喻户晓的名字	劳伦斯：《查泰莱夫人的情人》 伍尔芙：《奥兰多》 叶芝：《钟楼》 纳博科夫：《王，后，杰克》	胡佛当选美国总统
1929	与妻子伊芙琳离婚	福克纳：《喧哗与骚动》 考克多：《可怕的孩子们》 海明威：《永别了，武器》 普里斯特利：《好伙伴》 雷马克：《西线无战事》	华尔街崩盘

时间	作者生平	文学界大事	历史事件
1930	皈依罗马天主教 《邪恶的躯体》 《标签》	艾略特：《灰烬星期三》 福克纳：《我弥留之际》 纳博科夫：《防守》	甘地在印度发起非暴力不合作运动 纳粹在大选中赢得多数议席
1931	在非洲和南美洲旅行 《遥远的人》	福克纳：《圣殿》	
1932	《黑色恶作剧》 《游船》 《贝拉·弗里斯举办派对》 《阿桑尼亚事件》	赫胥黎：《美丽新世界》 福克纳：《八月之光》 纳博科夫：《荣耀》	英国爆发反饥饿大游行
1933	《力所不及》	马尔洛：《人的境遇》 斯坦因：《爱丽丝·B.托克拉斯自传》	希特勒就任德国总理 纳粹对犹太人的镇压开始
1934	《一抔尘土》 《勒弗戴先生的短暂外出》 《戒备》 《九十二天》		巴黎暴动
1935	《胜者为王》	伊舍伍德：《诺里斯先生换火车》 艾略特：《大教堂中的谋杀》 奥德茨：《等待左派》 格雷厄姆·格林：《英国造就了我》	意大利入侵阿比西尼亚
1936	《怀旧品》 《在现实中跋涉》 《沃在阿比西尼亚》 《爱在低潮期》	福克纳：《押沙龙，押沙龙！》 纳博科夫：《绝望》	西班牙内战开始 英国退位危机

时间	作者生平	文学界大事	历史事件
1937	与劳拉·郝伯特结婚	海明威:《虽有犹无》 奥威尔:《通往威根码头之路》 斯坦贝克:《人鼠之间》	巴黎发现法西斯密谋 鲍德温离任,内维尔·张伯伦就任首相
1938	女儿特蕾莎出生 《独家新闻》	萨特:《恶心》 格雷厄姆·格林:《布莱顿硬糖》 贝克特:《墨菲》 奥威尔:《向加泰罗尼亚致敬》	德国吞并奥地利 慕尼黑危机
1939	儿子奥伯龙出生 加入英国皇家海军陆战队,随后加入突击队,战争中一直服役 《一个英国人的家》 《合法抢劫》	乔伊斯:《芬尼根的守灵夜》 艾略特:《家庭团聚》 斯坦贝克:《愤怒的葡萄》 亨利·格林:《结伴出游》 奥登:《战争之旅》 伊舍伍德:《再见柏林》	德国入侵捷克斯洛伐克和波兰 英国、法国宣战
1940		海明威:《丧钟为谁而鸣》 格雷厄姆·格林:《权力与荣耀》 迪伦·托马斯:《艺术家作为一条小狗的画像》 福克纳:《村子》 亨利·格林:《收起包裹:一幅自画像》	丘吉尔出任首相 法国沦陷,意大利加入德国一方参战
1941		阿克顿:《牡丹花与马驹》 菲茨杰拉德:《最后的大亨》	苏联遭入侵 日本袭击珍珠港 美国参战
1942	女儿玛格丽特出生 《打出更多的旗帜》——《黑色恶作剧》续集 《工作暂停》	加缪:《陌生人》 加缪:《西西弗斯神话》	

续表

时间	作者生平	文学界大事	历史事件
1943		萨特：《苍蝇》 戴维斯：《诗选》 亨利·格林：《着火》	德军撤离俄国，非洲和意大利
1944	女儿哈里耶特出生	艾略特：《四个四重奏》 加缪：《卡利古拉》 萨特：《密室》	德国被围
1945	《布园重访——查尔斯·莱德上尉的神圣和渎神回忆》《查尔斯·莱德的校园生活》	布洛赫：《维吉尔之死》 奥威尔：《动物农场》 亨利·格林：《爱着》	希特勒自杀 美国在广岛、长崎投放原子弹，二次世界大战结束
1946	儿子詹姆士出生《司各特·金的现代欧洲》《当时一切顺利》	拉提根：《温斯洛男孩》 考克多：《双头鹰》 亨利·格林：《后面》 迪伦·托马斯：《死亡与入场》	丘吉尔铁幕演说
1947	《和平与战争中的酒》	曼：《浮士德博士》 加缪：《鼠疫》 安妮·弗兰克：《安妮日记》	德国青年作家组成47社 死海古卷发现
1948	《亲者》	艾略特：《文化定义之论》 格雷厄姆·格林：《问题的核心》 福克纳：《坟墓的闯入者》 亨利·格林：《虚无》	艾哈德发行德国马克
1949		奥威尔：《一九八四》 德·波伏娃：《第二性》 格雷厄姆·格林：《第三个人》 米勒：《推销员之死》	德国被一分为二，阿登纳任西德总理，乌尔布里希特统治东部

续表

时间	作者生平	文学界大事	历史事件
1950	儿子塞普蒂默斯出生 《海伦娜》	劳伦斯·德雷尔:《萨福》 海明威:《渡河入林》 艾略特:《鸡尾酒会》 亨利·格林:《溺爱》	麦卡锡 "猎杀女巫" 行动
1951		塞林格:《麦田里的守望者》 鲍威尔:《教养问题》 福克纳:《修女安魂曲》	
1952	《军人》——《荣誉之剑》三部曲的第一部 《神圣的地方》	贝克特:《等待戈多》 米勒:《萨勒姆的女巫》	伯吉斯和麦克莱恩叛逃苏联
1953	《废墟中的爱情》	哈特利:《送信人》	斯大林去世
1955	全家迁入萨默塞特郡的一座乡村大庄园。 《军官与绅士》——《荣誉之剑》三部曲的第二部	纳博科夫:《洛莉塔》 米勒:《桥上风景》 格雷厄姆·格林:《输家全拿》《文静的美国人》 默多克:《在网下》	西德加入北约
1956		加缪:《堕落》	苏伊士危机
1957	《吉尔伯特·平福尔德的折磨》	加缪:《放逐和王国》 帕斯捷尔纳克:《日瓦戈医生》 品特:《生日派对》 纳博科夫:《普宁》 斯帕克:《安慰者》	麦克米伦就任英国首相 阿登纳在德国大选中获绝对多数票 苏伊士运河重开

时间	作者生平	文学界大事	历史事件
1959	发表一部关于罗纳德·纳科斯的传记	斯帕克：《死亡警告》 艾略特：《政界元老》 格雷厄姆·格林：《彬彬有礼的情人》 贝克特：《剧终》	戴高乐就任法国总统 卡斯特罗成为古巴领袖
1960	《在非洲的旅游者》	斯帕克：《派克莱姆之歌》 厄普代克：《兔子，快跑》 品特：《看门人》	J.F.肯尼迪当选美国总统
1961	《无条件投降》——《荣誉之剑》三部曲的第三部	格雷厄姆·格林：《一个自行发完病毒的病例》 阿尔比：《美国梦》 赫胥黎：《无启示的宗教》 斯帕克：《布罗迪小姐的盛年》	赫鲁晓夫在联大会议上留下政治笑柄 柏林墙的建立 英国申请加入共同市场
1962	《战术练习》	阿尔比：《谁怕弗吉尼亚·伍尔芙》 伊舍伍德：《在那儿进行访问》	《明镜周刊》丑闻 英法就联合研制"协和"飞机签署政府合作协议
1963	《巴塞尔·希奥又上马了》	斯托帕德：《水上行走》 品特：《情人》 斯帕克：《窈窕淑女》	肯尼迪总统遇刺 普罗富莫事件 道格拉斯-休姆就任英国首相
1964	《一知半解：一份自传》	萨特：《文字生涯》 伊舍伍德：《单身男人》 阿尔比：《小爱丽丝》	马丁·路德·金获诺贝尔和平奖
1965		品特：《回家》	
1966	复活节弥撒后，沃在家中去世	阿尔比：《优美的平衡》	

图书在版编目(CIP)数据

衰亡 / [英]伊夫林·沃著;黑爪译.
一桂林:漓江出版社,2017.9
[外国名作家文集·伊夫林·沃卷]
ISBN 978-7-5407-8149-1

Ⅰ.①衰… Ⅱ.①伊…②黑… Ⅲ.①长篇小说-英国-现代 Ⅳ.①I561.45
中国版本图书馆CIP数据核字(2017)第140992号

SHUAIWANG

衰亡

[英]伊夫林·沃 著

黑爪 译

责任编辑:张谦
助理编辑:辛丽芳
书籍设计:石绍康
责任印制:杨东

出版人:刘迪才
漓江出版社有限公司出版发行
广西桂林市南环路22号 邮政编码:541002
网址:http://www.lijiangbook.com
全国新华书店经销
销售热线:0773-2583322 010-85893190
北京大运河印刷有限责任公司印刷
[北京市通州区潞城镇大营工业区 邮政编码:101117]
开本:880 mm×1230 mm 1/32
印张:9.25 字数:185千字
2017年9月第1版 2017年9月第1次印刷
定价:32.00元

如发现印装质量问题,影响阅读,请与承印单位联系调换